KB055771

"너 따위가 마왕을 이길 수 있다고 생각하지 마"라며 용사 파티에서 추방되었으니 왕도에서 멋대로 살고 싶다

01

플럼 애프리코트

밀키트

"밀키트는
요리도 잘하는구나."

"좋아해주셔서
다행이에요."

"저게 뭐지?"

플럼은 어안이 벙벙했다.

확실히 저건 오거 다.
그것은 틀림없지만——
아까 희미하게 보인 얼굴 부분.
그 부위만이 아까 쓰러뜨린 개체와
다른 것 같다.
아까는 가려져서 잘 보이지 않았지만
오거가 이동하여
재차 그 머리가 드러났을 때

"너 따위가 마왕을 이길 수 있다고 생각하지 마"라며
용사 파티에서 추방되었으니
왕도에서 멋대로 살고 싶다

01

◆ 번외편 세 사람의 일과

제1장

신의 자비를 거부하는

리버싱 걸

Episode

1

01

평범함을 바랐을 뿐인 소녀의 말로

"너 따위가 마왕을 이길 수 있다고 생각하지 마."

전설의 마법사가 멱살을 잡고 노려보자 소녀는 명백하게 겁을 먹었다.

그것은 말하지 않아도 알 수 있었다.

아까 마족과 싸울 때도 전혀 도움이 되지 않았고, 오히려 보호만 받으며 방해가 되었다.

하지만 '쓸모없다'고 일방적으로 매도되고도 참을 수 있을 정도로 인내심이 강하지도 않았다.

조금이라도 신경을 돌리고자 살짝 유머를 섞어 반론하자——이 모양이다.

분위기를 풀고자 얼굴에 지었던 미소는 굳었고, 눈에는 서서히 눈물이 고였다.

남자는 그런 소녀의 표정을 보고 "흥" 하고 코웃음 친 뒤 흥미를 잃고 그 자리를 떠났다.

그녀는 그곳에 멈춰 선 채 고개를 숙이고 옷 소매로 눈을 비볐다.

"나도 원해서 이런 곳에 온 게 아닌데……."

떨리는 목소리로 그렇게 중얼거린 소녀의 이름은 플럼 애프리코트.

창조신 오리진의 계시에 따라 용사와 함께 마왕 토벌 여행에 나선 영웅 중 한 명……이다.

참고로 플럼을 제외한 면면은——,

아까 그녀를 날린 불, 물, 바람, 흙의 네 속성을 조종하는 '고고한 현자' 진 인테이지.

천 리 밖의 사냥감도 쏘아 맞힐 만큼 좋은 눈과 활 솜씨를 가진 '신을 죽이는 사수' 라이너스 레디언츠.

자비심과 빛의 힘으로 다양한 상처와 병을 치료하는 '자애로운 성녀' 마리아 아펜젠스.

거대한 검을 한 손으로 휘두르며, 발생한 충격파만으로 S랭크 몬스터조차 분쇄하는 '별을 부수는 완력' 가디오 라스컷.

압도적인 마력으로 다양한 적을 물속에 처넣는 '영원의 마녀' 에타나 린바우.

그리고 다른 영웅을 압도하는 힘을 가졌고, 마왕을 쓰러뜨리기 위해 태어났다는 '구세의 용사' 키릴 스위치카.

——마왕을 토벌하기 위해 결성된 파티이니 당연히 모인 면면도 **그저 시골 아가씨**인 플럼조차 이름을 들어본 적이 있을 정도의 유명인뿐이었다.

그런 모임에 용도도 알 수 없는 '반전'이라는 능력을 가진 데다 전투능력을 나타내는 스테이터스 **수치가 모두 0**인, 어떤 의미로 전대미문인 스테이터스를 가진 그냥 마을 아가씨가 참가하여 잘 지낼 리가 없었다.

키릴도 계시를 받아 이름이 언급되기 전까지는 플럼과 비슷한 무명의 시골 아가씨였다고 주장해봤자 의미는 없다.

키릴은 강하고, 플럼은 약하다

그 사실이 뒤집힐 일은 없다.

그래서 그녀는 전투 이외의 부분에서 공헌하고자 노력을 거듭했다.

다른 영웅들보다 더 열심히 살을 깎아내는 고통까지 겪어가며.

누군가를 감싸다 다쳐도 "치료해봤자 마력만 아까워"라는 말을 들어 플럼의 몸에는 상처가 끊이지 않았다.

그래도.

누군가의 도움이 되어도 "쓸데없는 짓 하지 마"라며 매도당했다.

그래도.

출출하다기에 요깃거리를 만들어도 "부디 드셔주세요"라며 머리를 숙이지 않으면 받아주지 않았다.

그래도——.

어쩌면 풀 죽은 플럼의 피해망상이었는지도 모른다.

하지만 그녀는 명백하게 부당한 괴롭힘을 당했고, 왜 자신이 이런 꼴을 당해야 하는지, 무엇 때문에 이런 짓을 하는지 자문한 적도 많았다.

그때마다 **그래도** 라고 자신에게 반복적으로 되뇌며 씩씩하게 노력했지만…… 조만간 한계가 찾아올 것이다.

"…………."

멈춰 서 있던 플럼은 시선을 느껴 얼굴을 들었다.

어느샌가 누군가 그녀를 보고 있었다.

격려하러 왔을까——? 그런 기대를 했지만, 키릴은 아무 말도 없이 플럼을 바라볼 뿐이었다.

귀를 덮을 정도로 긴 금발에 플럼보다 더 아담한 그 소녀는 그

몸에 마족조차 벌벌 떨 정도의 힘을 갖고 있었다.

그렇다. 그녀가 바로 '용사' 키릴 스위치카였다.

그 표정에서 무슨 생각을 하는지 읽을 수는 없었다.

하지만 부정적인 감정을 보낸다는 것만은 쉽게 짐작할 수 있었다.

플럼은 일단 한 가닥 희망을 걸고 그녀에게 말을 걸었다.

"키……."

하지만 그 이름을 다 부르기도 전에 키릴은 등을 돌려 플럼의 앞에서 떠나갔다.

심장이 거세게 죄어들었다.

입술을 깨물어 솟구치는 눈물을 억눌렀다.

——완전히 무시당했다.

그렇게 생각했다.

여행을 시작한 무렵에는 비슷한 시골 출신인 데다 또래 여자애이기도 하여 제법 친했다.

하지만 플럼의 쓸모없는 모습이 드러나면서 두 사람의 거리는 멀어졌다.

그리고 지금은 풀 죽은 플럼을 격려하기는커녕 무시하는 상황이었다.

본래 아무 힘도 없는 그녀는 여행에 참가할 생각이 없었다.

하지만 오리진의 계시가 그녀를 지명한 이상은 거부할 수도 없었다.

나아가 고향 사람들도 "마을에서 영웅이 나왔다!"며 크게 흥분하는 바람에 도저히 물러설 수 없게 되었다.

부모님과 친구들이 그토록 기대했는데, 지금 이렇게 쓸모없고 동료에게도 버림받고 혼자 우물쭈물하는 플럼을 보면 뭐라고 생각할까?

"다들 실망하겠지……?"

친했던 사람들이 키릴처럼 자신에게 차가운 시선을 보내는 모습을 상상하며 플럼의 기분은 더욱 침울해졌다.

하지만 여행을 그만두는 일은 허용되지 않는다.

그것은 플럼의 의사와 관계없이 주어진 의무이기 때문이다.

손바닥으로 뺨에 흐르는 눈물을 닦고 총총 달려가 동료들과 합류했다.

이런 취급까지 당하면서도 그들을 의지할 수밖에 없는 자신이 한심했다.

이 세상에 제 편은 아무도 없는 외톨이가 된 기분이었다.

대륙의 남쪽 절반은 인간의 영지고 북쪽 절반은 마족의 영지다.

용사 일행은 마족령의 북부에 있는 마왕성을 향해 오로지 북상하였다.

하지만 맨몸으로 하는 여행이라 지닐 수 있는 물자의 양도 한정적이었다.

그러나 키릴이 가진 '리턴'이라는 마법 덕분에 물자 부족을 걱정할 필요가 없었다.

리턴을 이용하면 일행은 언제든 키릴이 '귀환 지점'으로 지정한 왕도로 돌아갈 수 있었다.

또한, 같은 마법을 재차 이용하면 '기억'한 장소로 돌아갈 수도 있었다.

단, 기억에는 유적에서 발견되는 귀중한 고대 도구인 '전이석(轉移石)'이 필요한데, 그 양이 한정된 데다 현재의 기술로는 제조할 수도 없다.

따라서 낭비할 수 없기에 사전에 예정된 지점에 도착하지 않으면 사용할 수 없다.

또한, 전이석을 사용하여 장소를 기억하는 데는 고도의 마법 기술이 필요해서 그것을 재현할 수 있는 것은 극히 일부의 우수한 마법사―― 파티에서는 에타나와 진뿐이었다.

즉―― 리턴은 언제 어디서 몇 번이든 마음껏 기억할 수 있을 정도로 만능인 마법은 아니다.

하지만 편리하다는 사실은 틀림없다.

먼저 나아가 기억하고 왕도에 돌아와 물자를 보급한 뒤 또다시 기억 지점으로 돌아온다――. 이것을 반복함으로써 용사 일행은 물자가 부족할 걱정 없이 확실하고 착실하게 목적지인 마왕성에 다가갔다.

그날, 예정했던 지점까지 진행이 끝난 용사 일행은 기억을 행하고 왕도로 귀환했다.

리턴을 이용하여 전이하는 곳은 왕성의 지하에 있는 통칭 '전이실'이었다.

어두컴컴하고 이목이 닿지 않는 곳에 있으며, 다음에 마족의 영토로 갈 때도 이 방에 집합하기로 되어 있었다.

"휴우……. 응, 역시 이쪽 공기가 더 상쾌해."

며칠 만에 왕도의 공기를 들이마신 에타나는 크게 심호흡을 했다.

실제로는 지하기 때문에 그리 맑은 공기가 차지는 않았지만, 주위에 적이 없다는 안심감이 그렇게 느끼게 했는지도 모르겠다.

"그러게요. 마족령은 공기가 탁했으니까요."

동의하는 성녀 마리아에게 사수 라이너스가 손을 신나게 움직이며 다가왔다.

"마리아, 그런 곳에서 돌아온 참인데 몸의 마디마디가 굳은 거 아니야? 괜찮다면 내가 마사지……."

"라이너스 씨, 그런 농담은 싫어요."

웃으며 거부하자 라이너스의 어깨가 축 처졌다.

처음에는 조금 저급한 그의 농담에 얼굴을 새빨갛게 물들이며 당황한 목소리를 냈지만, 마리아도 더는 만만치 않다.

하지만 그는 굴하지 않았다.

"그렇지? 내가 생각해도 촌스러운 작업 멘트였어. 그럼 식사라면 어때?"

자연스레 분위기를 바꾼 라이너스가 데이트 신청을 했다.

마리아는 입가에 손을 대고 기분 좋은 듯 키득키득 웃었다.

"후후후, 그럼 그렇게 할게요."

"좋았어!"

라이너스는 기쁨을 감추지 못하고 승리 포즈를 취했다.

두 사람은 그대로 다른 멤버에게 인사도 없이 전이실을 나섰다.

현자 진은 그런 그들의 모습을 보고 "시시하군"이라며 노골적으로 한숨을 쉬었지만, 그에게 두 사람의 데이트를 막을 힘은 없었다.

여하튼 모레 집합 시각까지는 자유로운 행동이 허용되기 때문이다.

라이너스와 마리아의 퇴실을 계기로 다른 면면도 각자의 목적을 위해 방을 나서 흩어졌다.

방에 마지막으로 남은 이는 플럼과 키릴이었다.

키릴이 눈을 감자 마족령에 있었을 때부터 쥐고 있던 보석이 박힌 한손검이 입자로 변해 사라졌다.

그리고 손등에 문장이 떠올랐다.

그녀는 한순간 플럼 쪽을 힐긋 보더니 노려보듯 눈을 가늘게 뜨고 방을 나섰다.

──왜 이렇게 되었을까?

플럼은 자문을 반복했지만, 물론 답은 나오지 않았다.

두 사람은 단 음식을 아주 좋아해서 과거에는 왕도에 돌아오면 함께 케이크를 먹으러 가기도 했는데.

지금은 엄두도 낼 수 없다.

"집에 가고 싶다……. 어머니, 아버지, 잘 지내실까……?"

고향과 가족이 떠올랐다.

전형적인 향수병이었다.

그 마을을 떠난 게 불과 몇 달 전인데 벌써 그리웠다.

따뜻한 가정의 분위기를 떠올리기만 해도 눈물이 흘렀다.

플럼은 팔로 눈을 마구 비비고 고개를 저으며 슬픔에서 빠져나왔다.

그리고 주먹을 불끈 쥐고 "좋았어"라며 기합을 넣은 뒤 방의 출구로 향했다.

울고 있을 시간은 없다.

모레 떠날 여행에 대비하여 플럼은 물자 보충을 해야 했다.

그것은 무력한 그녀가 파티에서 할 수 있는 몇 안 되는 공헌이었다.

전이실의 출구에서 복도로 나갔다.

방 안과 마찬가지로 그곳 또한 어두컴컴했고, 차가운 공기가 흘렀다.

그곳에는 플럼의 배는 된다──고 해도 과언은 아닐 정도로 크며 갑옷을 입은 남자가 벽에 등을 기대고 팔짱을 낀 상태로 서 있었다.

"가디오 씨? 그리고 에타나 씨도!"

갑옷을 입은 남자는 앞서 나간 전사 가디오였다.

그 그림자 뒤에 숨듯 에타나의 모습도 있었다.

그녀는 플럼의 앞에 불쑥 모습을 드러내더니 손을 팔랑팔랑 흔들었다.

하얀 수영복 같기도 하고 레오타드 같기도 한 신기한 재질의 옷과 물고기처럼 생긴 알 수 없는 물체가 주위에 떠오른, 여전히 특징적인 모습이었다.

마법사다운 모습을 연출하려 했는지 챙이 넓은 에냉을 쓰고 케이프를 두르기는 했지만, 강한 개성은 억누를 수 없었다.

"장을 보러 간다고? 나도 용건이 있으니 같이 가자."

"에타나가 짐꾼 행세를 하래. 확실히 적역이기는 하지만, 나도 한가하지는 않은데."

그렇게 말하면서도 플럼을 보는 가디오의 표정은 다정했다.

아무래도 풀이 죽은 그녀를 보다 못해 기다려준 모양이었다.

가디오는 모험자 경력이 길고, 에타나도 플럼과 크게 다르지 않은 외모에 비해 실제 연령은 그럭저럭 많은 모양이었다.

베테랑인 만큼 위태로운 플럼의 모습을 간파했으리라.

"아…… 감사합니다!"

플럼은 깊게 머리를 숙였다.

그녀는 단순한 사람이라, 자신을 몰아넣었던 수많은 고민이 날아갔다.

적어도 그 순간에는 모든 것을 구원받은 기분이었다.

그로부터 몇 시간 뒤에는 그 모두가 기분 탓이었다는 것을 깨닫게 되지만.

장보기를 마친 플럼은 함께 와준 에타나와 가디오에게 감사와 작별 인사를 했다.

그리고 짐을 성에 맡긴 뒤 숙소로 향했다.

그녀는 방에 들어가자마자 이내 거울과 마주한 채 자신의 얼굴을 보고 한숨을 쉬었다.

짐은 두 사람이 들어줬는데도 피로가 한꺼번에 몰려왔다.

모든 스테이터스가 0이다.

즉, 근력이 0이기 때문에 무거운 물건을 들 수 없고, 체력도 0이기 때문에 조금만 걸어도 숨을 헐떡인다.

일상생활을 하지 못할 정도는 아니지만, 다양한 신체 능력이 일반인보다 훨씬 떨어진다.

플럼은 그런 자신의 몸을 혐오했다.

이 **체질**은 지금 시작된 게 아니다.

그녀가 어렸을 때부터── 더 자세히 말하자면 태어났을 때부터 그랬다.

원인은 알고 있다. '속성' 때문이다.

이 세계의 인간은 태어났을 때 그 몸에 속성을 가진다.

불, 물, 바람, 흙, 빛, 어둠.

이 6속성 중에서 한 가지가 선택되고, 자신의 마력량에 따라 해당 속성의 마법을 쓸 수 있는 것이다.

하지만 드물게 6속성 이외의 예외를 가지는 자가 태어나기도 한다.

이를테면 현자 진의 불, 물, 바람, 흙의 4속성을 조종하는 '자연'.

이를테면 용사 키릴의 수많은 전용 마법을 행사할 수 있는 '용사'.

이것들은 '희소 속성'이라 불리며 **기본적**으로는 6속성보다 우수한 경우가 많다.

물론 희소 속성 자체가 예외이듯 이것에도 예외는 존재한다.

그 구체적인 예가 플럼의 '반전'이었다.

근력, 마력, 체력, 민첩성, 감각── 그녀의 모든 스테이터스가 0으로 고정되어 전혀 성장하지 않는 것은 틀림없이 반전의 영향이다.

보통, 인간은 평범하게 생활하기만 해도 스테이터스가 상승한다.

하지만 플럼의 경우, 이 성장이 반전되는 바람에 늘어나야 할 수치가 계속해서 감소한다.

그리고 스테이터스는 0 이하로는 내려가지 않기 때문에 0에 머물러 있다.

물론 마력도 0이기 때문에 마법 사용은커녕, 희소 속성의 은혜를 입지도 못했다.

"마을 사람들은 역시 모두 다정했어."

아무도 플럼을 괴롭히지 않았고, 어른들은 그녀를 다른 아이와 똑같이 대해주었다.

또래 친구도 누구 하나 그녀를 깔보지 않았다.

지금 생각해보면 그것은 아주 이상한 일이었다.

여행을 떠나며 플럼은 정상적인 세계에 내던져졌다.

그리고 현실을 깨달았다.

언젠가 부딪칠 벽이었다. 그것이 지금이냐, 미래냐의 차이였을 뿐…… 이 힘을 갖고 태어난 시점에서 플럼의 인생은 꽉 막혔다.

자신에게 깃든 힘을 저주하며, 그녀는 침대에 뛰어들어 베개를 안고 뒹굴었다.

누운 채 눈을 감자, 기분 좋은 졸음이 온몸을 감쌌다.

피곤하니깐 이대로 잘까── 하고 생각하며 꾸벅꾸벅 졸고 있자, 똑똑 문 두드리는 소리가 났다.

"누구세요?"

반쯤 잠든 그녀는 얼빠진 목소리로 물었다.

"나다. 중요한 할 말이 있어."

그 목소리를 들은 순간, 플럼의 의식이 번쩍 깨어났고 재빨리 일어나 황급히 문으로 달려갔다.

그 도중에 아무것도 없는 곳에서 한 번 넘어져 무릎이 까졌지만, 아픔을 참고 눈물을 글썽이며 잠금장치를 풀고 손잡이를 돌렸다.

그곳에는 무뚝뚝한 현자님이 서 있었다.

"가, 갑자기 무슨 일이죠? 진 씨."

"따라와."

진은 목적조차 말하지 않았지만, 거역한다는 선택지는 준비되어 있지 않았다.

그녀는 책장 위에 둔 제 방 열쇠를 쥐고 눈으로 문단속을 확인한 뒤 진의 뒤를 따라갔다.

숙소를 나서 거리를 걷는 그는 한 번도 뒤를 돌아보려 하지 않았다.

플럼이 따라오지 않을 가능성은 처음부터 생각하지 않는 것처럼.

신뢰라기보다는 '자신의 명령을 듣는 것은 당연한 일이다'라며 얕보는 것이리라.

진은 방향을 틀어 좁은 골목으로 들어섰다.

인적이 없는 그 길에는 눈에 힘이 풀린 채 빼빼 마른 남자가 무릎을 안고 앉아 있거나 땅바닥에 얇은 천을 깔고 누워 있었다.

플럼 혼자라면 절대로 발을 들여서는 안 될 곳이리라.

목적지도 모르니 불안해진 그녀는 진에게 물었다.

"저기, 어디 가세요?"

"…………."

물론 대답은 없었다.

단념한 플럼은 조용히 진을 따라갔다.

이윽고 구불구불한 길을 지나자 탁 트인 곳이 나왔다.

여전히 주위는 어두컴컴하고 습했으며, 왕도 안이라고는 생각할 수 없이 흉흉했지만── 다른 마을보다 수십 배가 크다는 거대 도시 안이다. 플럼이 모르는 곳이 있는 것도 당연하다.

"여기가 목적지인가요?"

플럼이 재차 묻자 진은 마침내 그녀 쪽을 돌아보았다.

그리고 머리에 손을 뻗어── 정수리의 머리카락을 움켜쥐었다.

진은 그대로 플럼을 끌고 앞장서더니 구부정한 자세로 천박한 미소를 짓는 남자 쪽으로 데려갔다.

"아파, 아파요! 그만두세요. 진 씨!"

소녀의 비통한 외침이 메아리쳤다.

하지만 그 목소리는 누구의 마음에도 울리지 않았다.

왜냐하면, 이곳에 멀쩡한 인간의 마음을 가진 이는 아무도 없었기 때문이다.

버둥대며 저항해봤지만, 플럼의 근력으로는 뿌리칠 수 없었다.

"헤헤헤, 이런 미인을 데려가도 정말로 괜찮겠어? 형씨."

남자는 알랑거리는 표정으로 손을 주무르며 플럼을 뚫어지게 관찰했다.

"그래, 상관없어. 그저 쓰레기야."

진은 선언한 대로 쓰레기를 버리듯 플럼을 남자의 앞에 내던졌다.

"어흑!"

그녀는 단단한 땅에 부딪혔다.

그대로 차가운 땅바닥에 축 늘어졌다.

끌려올 때 생긴 발의 상처에 피가 배어 아팠다.

플럼은 무슨 일이 일어나는지 전혀 이해할 수 없었다.

그녀가 겁먹은 표정으로 진 쪽을 올려다보자, 그는 전에 없이 냉담한 표정으로 노려보았다.

"고귀한 혈통도 아니거니와 특별한 힘도 없어. 그러는 주제에 쓸데없는 짓만 하며 발목을 잡지. 솔직히 같은 공기를 마시는 것만으로도 구역질이 날 것 같았어. 용케 지금까지 참았던 내게 칭찬해주고 싶을 정도야."

진은 그렇게 내뱉었다.

"진, 씨……?"

"쓰레기가 함부로 내 이름을 부르지 마!"

"힉?!"

진의 분노에 호응하듯 마법이 발동되어 돌멩이가 플럼을 향해 비상했다.

화살처럼 발사된 그것은 그녀의 왼쪽 뺨을 스쳤고 희미한 붉은 선이 떠올랐다.

따끔한 통증이 내달렸다.

플럼은 상처를 확인하고자 뺨을 만졌고, 미지근한 감촉이 손끝을 적셨다.

손에 묻은 붉은 액체를 보고 그녀는 또다시 "히익" 하고 겁먹은 목소리를 냈다.

"그러면 안 되지. 형씨. 그 녀석은 상품이니까."

"미안해. 울컥 화가 나서 그만. 그러니 마침 잘됐어. 상처가 생긴 곳에 **그걸** 새기면 되지 않을까?"

"뭐, 저 정도의 상처는 그냥 두면 사라지겠지. 위치는 형씨 마음대로 해."

남자는 그렇게 말하더니 미리 준비해둔 철봉을 진에게 건넸다.

봉은 20센티미터 정도의 길이로, 그 끝에는 철 덩어리가 붙어 있었다.

진은 그곳에 손을 가까이 대고 "히트"라며 불의 마법을 발동했다.

그러자 철 덩어리가 **안쪽부터** 열기를 띠며 붉게 변색되었다.

"잘 들어. 플럼. 지금부터 내가 네게 어울리는 입장이 뭔지 가르쳐줄 테니까."

"그……건?"

"노예의 인(印)을 새기기 위한 낙인이야. 인 자체는 천민인 너도 본 적이 있겠지?"

노예——. 그것은 금전으로 사고파는 행위가 합법적으로 인정

되는 신분인 인간이다.

노예 부모 밑에 태어난 데다 신원 인수인이 없는 아이, 혹은 일부 범죄자가 처분을 받아 노예가 되는 정도이므로 그 숫자는 감소하고 있다.

하지만 현재처럼 왕국에 의한 대륙의 통일이 성립되지 않고 복수의 국가가 영토를 차지하고자 전쟁을 반복할 때는 적국에서 인간을 납치하는 경우도 있어서 왕국에는 많은 노예가 존재한다.

전쟁 후에도 한동안은 전쟁 때와 같은 제도가 유지되지만, 오만한 주인이나 열악한 노동 환경에 반발하여 탈주가 많이 발생한다.

그리고 도망친 그들로 인해 많은 범죄가 발생하여 치안악화가 사회 문제가 되었다.

그 결과, 노예에 대한 과잉 폭력 등이 법에 따라 규제되어 그 취급이 개선되었다. ──그런 것처럼 생각되었다.

하지만 한편으로는 탈주한, 요컨대 '임자 없는 노예'를 납치하여 재차 노예화하는 권리가 법으로 인정되거나 왕국의 허가를 얻지 않은 노예상인, 즉 '암상인'에게 노예를 사서 학대를 즐기는 귀족이 있는 등 아직 문제는 많다.

"일단 설명해두겠는데, 왕국의 노예는 몸의 일부에 그 신분을 명확히 하는 표시를 새겨야 해. 바로 이게 그거지. 더 편한 방법도 있기는 하지만 몸에 자신의 신분을 가르쳐준다는 의미도 포함해서 나는 낙인을 골랐어. 어때? 참 다정하지?"

진의 말은 사실이었다.

부상 등의 이유가 있는 경우 말고는 노예의 인을 늘 볼 수 있는 곳에 새겨두는 것이 정해진 규칙이다.

하지만 낙인일 필요는 없다.

그가 그 붉게 빛나는 철 덩어리를 플럼의 얼굴에 대려는 것은 취향에 지나지 않는 것이다.

"시, 싫어요……. 저는 노예가 되고 싶지 않아요!"

"거부권은 없어."

"그런 건 이상해요! 왜, 어째서 제가 노예가 되어야 하죠?!"

왕국법에서는 플럼 같은 일반인을 강제로 노예로 삼는 일이 당연히 인정되지 않는다.

즉, 여기에 대기하던 남자는 위법 노예를 전문으로 하는 암상인일 것이다.

그는 이미 용의주도하게 낙인을 끝내고 뒤처리에 필요한 도구까지 준비한 상태였다.

"왜냐고……?"

플럼의 말에 진의 표정이 분노로 일그러졌다.

"네놈은── 지금까지 네가 얼마나 민폐를 끼쳤는지 모르는 거야?! 너만 없었으면 마왕 토벌은 예정대로 진행되었을 거다! 네가, 네가 있어서 발목만 잡으니 내가 세운 완벽한 예정이 무너졌어! 평민 주제에! 재능도 없는 잡종 주제에! 그게 얼마나 큰 죄인지 이제 그만 깨달으란 말이야!"

──그 말은 너무나도 불합리했다.

아니, 진에게는 그것이 정론이리라.

왕국 내에서 이름을 모르는 이가 없을 정도의 호걸만을 모은 파티.

그 일원으로 선택된 천재인 자신.

그런데 어찌 된 일인지 그곳에 스테이터스 0의 쓸모없는 자가 섞여 있었다.

명예에 손상을 입었다.

진은 그렇게 느낀 것이 틀림없다.

"……다, 다른 사람은 알고 있나요? 쓸모없다고 하지만 저도 선택받은 한 사람이니 멋대로 이런 짓을 하면 그냥 넘어가지는 않을 거예요!"

"물론 알지."

"거짓말 말아요……. 분명 거짓말이에요! 에타나 씨는, 가디오 씨는 말리지 않았나요?!"

조금 전까지 함께 장을 봤던 두 사람이 고개를 끄덕였으리라고는 생각할 수 없었다.

하지만 진은 잘라 말했다.

"그래. 그들은 잠시 고민했지만, 최종적으로 승낙해줬어. 별수 없지. 마왕 토벌을 위해서야. 게다가 네 존재를 가장 부담스럽게 생각한 것은 다름 아닌 그 두 사람일 테니까."

그것은 확실한 사실이다.

에타나와 가디오는 플럼을 가장 배려해준 두 사람이지만, 그만큼 부담을 가졌으리라는 걸 플럼 자신도 늘 미안하게 생각했다.

믿을 수 없다. 믿어서는 안 된다. 그렇게 생각하면서도 궁지에

몰린 플럼의 마음은 흔들렸다.

"라이너스 씨는요, 마리아 씨는요?!"

"아무래도 상관없댔어. 뭐, 그런 거지. 본래부터 밀접한 관계도 없었잖아?"

그것은 별수 없다.

거의 의사소통을 한 적이 없는 두 사람이다. 감쌀 이유도 없을 것이다.

"그, 그럼…… 키릴, 은요?"

확실히 요즘에는 차갑게 대하지만, 얼마 전까지는 친구였다.

다정한 그녀라면 플럼을 노예로 만들다니 말도 안 되는 일이라며 승낙하지 않을 것이다.

하지만── 진은 오늘 본 중에서 가장 큰 미소를 지으며 이렇게 단언했다.

"제일 찬성했어. 흔쾌히 승낙했지. 그 얼굴을 보지 않아도 된다고 생각하니 속이 후련하다며."

"……거짓말, 이죠?"

"사실이야."

"거짓말……이에요…….."

"사실이라고 했어."

"아…… 아아…… 그런 건…… 그런 건……!"

플럼은 도저히 믿으려 하지 않았다.

하지만 진에게 그녀의 의사는 중요치 않았다.

"어떻게 받아들일지는 네 자유야. 어차피 현실은 변하지 않아.

너는 노예로 팔려갈 거고 우리 용사 일행의 자금으로 변할 테지. 잘됐지? 우리에게 공헌하고 싶었잖아?"

"싫어요……. 싫어. 노예라니 싫어요!"

"여행을 시작한 이후로 지금이 우리에게 가장 도움이 되고 있어. 더 가슴을 펴도 돼."

"저를…… 마을로 돌려보내 주세요……!"

용사 일행 중 자기 편이 없는 이상, 이제 기댈 상대는 고향에서 기다리는 자신의 가족과 친구밖에 없었다.

진은 플럼에게 아직 매달릴 것이 남아 있다는 게 불쾌했으리라. 표정을 악의로 일그러뜨리며 말했다.

"유감스럽지만, 그건 무리야. 너 같은 쓰레기를 돌려보내면 마을 사람에게도 도움이 되지 않잖아?"

"아버지…… 어머니…….."

"그 부모님이야말로 지금쯤 딸이 없는 생활을 구가하고 있지 않을까? 어차피 아무 도움도 되지 않는 쓰레기보다 못한 식충이가 없어졌으니까. 영웅의 부모라는 명예도 손에 넣었으니 만만세야. 하하하핫!"

"ㅇㅇㅇㅇㅇㅇㅇㅇㅇㅇㅇㅇㅇㅇ…… 아아아아아아아아악!"

아무리 끙끙대고 소리쳐도 진은 그녀를 놓아주지 않았다.

플럼은 네 발로 엎드려 그에게서 떨어지려 했다.

하지만 땅바닥에서 솟은 팔 모양의 흙이 그녀의 양쪽 손과 발을 잡았고 책형을 집행하는 상태로 구속했다.

플럼은 버둥대며 벗어나고자 발버둥 쳤다.

하지만 그녀의 취약한 육체로는 현자가 만든 땅 속성의 마법을 파괴할 수 없었다.

진은 눈물을 흘리며 미쳐 날뛰는 플럼에게 웃으며 다가가 그 뺨에── 치익, 하고 붉게 달아오른 철을 댔다.

"앗, 끄아아아아아아아아아아아아아아아악!"

플럼의 잠긴 목에서 비명이 쏟아졌다.

눈동자에서 흐른 눈물이 철에 닿아 증발되며 사라졌다.

고개를 저어 피하려 했지만, 또다시 뻗어온 팔 모양의 흙이 머리를 잡아 그것마저 허용되지 않았다.

"아아아아아아악, 아아아아아아악! 아아아아아아아아!"

목소리가 쉬어도 절규는 멈추지 않았다.

괴로워하는 플럼을 보며 진은──.

"하하핫, 인과응보야! 꼴 좋다! 하하하하하핫!"

하고 더욱 기분 좋게 웃었다.

자존심이 센 그에게 무능한 주제에 동료인 척하는 그녀는 인정할 수 없고, 인정해서는 안 되는 존재였다.

"아아앗, 아, 아아, 앗, 끄, 끄으, 끄, 윽…… 아, 아──."

목소리가 끊어졌다.

온몸에서 땀이 줄줄 흘러 셔츠는 물론이거니와 활동하기 편해서 애용하던 쇼트팬츠까지 젖었다.

아니, 적신 것은 땀만이 아니었다.

플럼은 몸을 경련하며 실신했다.

너무나도 볼썽사나운 모습이었지만, 마침내 의식을 놓고 고통에서 벗어날 수 있었다.

진은 서서히 열기를 잃은 철 덩어리를 플럼의 얼굴에서 떼어냈다.

찌이익…… 하고 불에 탄 가죽과 살이 조금 붙어 있었지만, 힘으로 잡아 당겼다.

그리고 철봉을 내던지더니 노예상인 쪽을 보았다.

"아주 즐거워 보이더군. 형씨."

처참한 광경을 보고도 노예상인은 전혀 동요하지 않았다.

그도 멀쩡하지 않은 세계를 사는 사람이다.

그 정도는 일상다반사다.

"뭐, 그렇지. 지금까지 한 고생을 생각하면 아직 부족할 정도야."

"하지만 이 이상은 참아줘. 죽어버릴 테니까."

"나도 죽일 정도로 괴물은 아니야. 그럼 약속한 대로 돈은 받도록 하지."

"그래. 여기 있어."

상인은 금화가 가득 든 자루를 가볍게 흔들어 짤랑짤랑 소리를 내며 진에게 건넸다.

자루를 받은 그는 그 무게에 만족스레 미소 짓더니 광장을 떠났다.

상인은 그 뒷모습을 바라본 뒤 준비해둔 도구로 플럼의 얼굴을 처치하기 시작했다.

불에 탔을 뿐만 아니라 그 위에 특수한 도료가 발려 각인은 평생 사라지지 않는 저주가 되었다.

──이리하여 그녀는 멀쩡한 인간으로서 살 권리와 인간으로

서의 존엄을 잃었다.

그것은 그녀에게 축복이었다

노예상인은 플럼을 제 방으로 데려가 골드브라운 빛깔의 머리카락을 잡고 들어 올린 뒤 복부를 수차례 발로 찼다.

"빌어먹을. 엄청난 쓰레기를 떠맡았어! 덕분에 큰 손해를 봤잖아! 인마, 인마!"

"으윽, 으으…… 후아악…… 히익…… 윽."

그의 발끝이 닿을 때마다 목소리가 새어 나오며 입가에서는 침이 흘렀다.

떨어진 물방울이 조금이라도 신발에 묻으면 그는 더욱 열을 내며 플럼에게 폭행을 가했다.

플럼의 표정은 절망과 공포로 가득했고, 몸은 완전히 작게 움츠러들었다.

그렇게 비장한 그녀의 모습을 보자, 상인은 배알이 뒤틀리는 것 같았다.

"피해자인 척하지 마! 네놈이 잘못했어. 상품 가치도 없는 쓰레기가!"

둔탁한 타격음이 반복적으로 방에 울려 퍼졌다.

상인은 자신의 선택을 크게 후회했다.

영웅이고 현자인 그를 무조건 믿은 자신이 바보였다──며.

진이 떠나고 몇 시간 뒤, 플럼의 스테이터스가 모두 0이라는 것을 깨닫고 노예상인의 얼굴이 새파래졌다.

처음에 그 영웅, 진 인테이지에게서 '여자를 팔고 싶다'는 이야

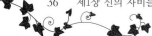

기를 들었을 때 상인은 저도 모르게 신께 감사했다.

용사와 관련 있는 인간과 연줄을 만들 수 있는 데다 그 여자도 용사와 관련 있는 인간이니 아주 비싼 값에 팔 수 있을 것이다.

여하튼 진 자신도 "리스크에 걸맞은 보상은 있을 터"라고 말했으니까.

하지만 아무 죄도 없는 여자를 동의도 없이 노예로 삼는 일은 두말할 나위도 없이 불법행위였다.

게다가 플럼은 전직 영웅이니 말할 것까지도 없이 팔아넘기기가 대단히 곤란할 것이다.

하지만 관계자는 진이 잘 포섭하겠다고 말했고, 어둠의 경로를 통한 인신매매는 상인의 전문분야였다.

두 사람이 협력하면 서로 손해 볼 일 없는 거래가 성립될 터였다.

하지만 상인은 주의를 거듭하여 신중하게 거래에 임했다.

조금이라도 그의 심기를 거슬러서는 안 된다며 가능한 한 파고드는 언동은 피하고 철저하게 자세를 낮추었다.

배려했다기보다는 진이 '너무 파고들지 마'라고 말하는 듯한 분위기를 풍긴 것이 이유였다.

──생각해보면 그 시점에 상인은 의심해야 했다.

무언가 정보를 감추고 싶어 하는 진에게 의심이 들지 않았냐고 하면 거짓말이다.

하지만 그건 기대를 덮을 수 없는 정도에 불과했다.

처음으로 불안이 기대를 웃돈 것은, 진이 플럼을 넘길 때 가차 없이 매도하는 그 모습을 본 순간이었다.

그는 쓸모없다고 단언했다.

자신이 엄청난 가격으로 팔아넘기려는 여자를 사려는 남자의 앞에서.

보아하니 끌려온 소녀는 틀림없이 영웅인 플럼 애프리코트 본인이었지만── 도무지 숨기질 않아서 상인도 "단순한 블랙 조크겠지"라고 자신에게 되뇔 수밖에 없었다.

그 시점에는 아직 진을 믿었다.

플럼을 사서 거점으로 데려와 그녀의 스테이터스를 확인하기 전까지는.

타인의 스테이터스를 열람하기는 매우 쉽다.

모두가 사용할 수 있는 무속성 마법 중 하나인 '스캔'을 쓰면 된다.

플럼 애프리코트
속성 : 반전
근력 : 0
마력 : 0
체력 : 0
민첩 : 0
감각 : 0

먼 옛날의 위인이 만든 그 마법은 대상의 전투능력을 수치화하

는 데다 속성까지 명확하게 보여주는 훌륭한 기능이다.

원래대로라면 돈을 건네기 전에 확인해뒀어야 했다.

상인도 통상적인 거래라면 망설이지 않고 스캔을 사용했을 것이다.

하지만 이번에는 달랐다.

만약 상인이 스캔을 쓰는 모습을 보였다면 진은 거래를 거부했을 것이다.

결국, 상인은 진에게 '압력을 가하면 의중을 떠보지는 않겠지'라며 얕보이고 이용당한 것이다.

그리하여 상인이 거액의 금전과 맞바꾸어 플럼을 떠맡은 뒤로 벌써 일주일이 지났다.

아무리 화를 내봤자 상품이 될 수 없고, 더러운 수단으로 손에 넣은 스테이터스 0의 무능한 노예를 살 사람을 찾을 수도 없었다.

즉── 이미 플럼은 전혀 쓸모없는 쓰레기(상품)이며, 샌드백 말고는 쓸모가 없었다.

하지만 그것조차 이제 끝이다.

플럼이 살아 있는 한, 그 얼굴을 볼 때마다 앞으로도 상인은 자신의 실패를 떠올릴 것이다.

아직 파산한 것은 아니다.

앞으로도 노예상인을 계속할 것이라면 심기일전하여 견실하게 장사를 해야 한다.

그렇다면 차라리 이렇게 쓸모없는 데다 보기만 해도 화가 치미는 쓰레기는 처분하는 편이 나을 것이다.

손해본 부분은 어쩔 수 없다고 생각할 수밖에 없다.

속았다고 해서 피해자가 될 수 있는 입장은 아니기 때문이다.

그렇게 결론을 내렸다.

너덜너덜한 하얀색 셔츠를 입은 플럼은 옷깃을 잡힌 채 돌로 만든 복도 위를 끌려갔다.

거친 바닥에 쓸려 살갗에 수많은 찰과상이 새겨졌다.

"으……으…….”

이제 그 정도의 통증으로는 별로 목소리도 나오지 않았다.

이번에는 어디로 끌려갈지 상상할 마음도 들지 않았다.

어차피 멀쩡한 곳은 아닐 것이다.

다른 누군가에게 팔릴까, 아니면 살해될까?

어느 쪽이든 미래는 캄캄했다.

노예의 인이 새겨진 시점에 이미 고향에 돌아갈 수도 없다.

처음에는 '왜 이런 일이'라며 한탄했지만, 모든 것을 포기한 플럼은 이제 그것조차 그만두었다.

상인은 그녀를 끌고 계단을 내려갔다.

다리와 엉덩이가 부딪혔고 그때마다 플럼의 입에서는 고통스러운 목소리가 새어 나왔다.

그리고 상인은 목적지인 지하의 감옥 문을 열고 그 안에 플럼을 내던진 뒤 즉각 잠갔다.

"……아웃.”

그녀의 몸은 충격과 함께 차가운 바닥 위에 쓰러졌다.

천천히 상반신을 든 플럼은 주위를 둘러보았다.

그곳은—— 노예폐기용 감옥이었다.

이미 플럼 말고도 네 명의 노예가 있었고, 그 모두가 인생의 끝을 확신하며 눈이 죽어 있었다.

물론 식사는 주지 않기 때문에 팔다리는 한계까지 야위었고, 맨 안쪽에 앉아 있는 여성은 분뇨를 떨어뜨리며 희미하게 미소짓고 있었다.

진즉에 마음이 망가졌으리라.

아직 심장은 뛰지만 이미 죽은 것과 마찬가지였다.

말할 것까지도 없이 위생 상태는 최악이었다.

물론 냄새도 심했다. 무기력한 상태인 플럼조차 얼굴을 찌푸릴 정도로 심했다.

"가득 찼으니 슬슬 때가 되었나?"

감옥 앞에 준비된 의자에 앉은 상인은 그렇게 중얼거렸다.

무언가가 시작된다—— 하지만 산 송장들은 그 누구도 무엇이 시작될지 관심 없었다.

그는 일단 준비하기 위해 일어나 감옥 앞을 떠났다.

그러자 지하실에서 노예들의 숨소리 말고는 모든 소리가 사라졌다.

플럼은 스멀스멀 기어서 감옥의 끝까지 이동했고, 벽에 기대고 앉았다.

그리고 풍화된 돌 천장을 보며 몇 번인가 호흡을 반복했고—— 옆에서 얼굴을 붕대로 감은 흉흉한 노예의 모습을 알아챘다.

"너는…… 언제부터 이곳에 있었어?"

말을 걸자고 생각한 것은 그저 변덕이었다.

그러자 **그녀**는 천천히 플럼 쪽을 보고 한동안 말없이 눈을 빤히 보더니 틈을 두고 대답했다.

"사흘 전부터 이곳에 있어요."

목소리를 들었을 때, 플럼은 그 노예가 여성이라고 알아챘다.

뼈가 드러날 정도로 야윈 몸에 붕대로 덮은 얼굴── 겉모습만으로는 성별을 판단할 수 없었다.

색소가 옅은 회색 머리카락은 어깨까지 뻗어 있었다……. 혹시 머리를 감으면 아름다운 은색일지도 모르겠다.

머리카락 길이만을 보자면 여성이라고 판단하지 못할 것도 없지만, 그 끝은 녹슨 칼로 억지로 자른 듯 길이가 들쑥날쑥했다.

상대는 노예이니 이발을 하지 못해 적당히 길렀을 뿐일 가능성도 있다.

옷도 지저분했고, 피부도 까무잡잡했으며, 시큼한 냄새도 나서 빈말로라도 청결한 상태라고는 할 수 없었다.

하지만 그녀의 눈을 똑바로 보았을 때, 플럼은 저도 모르게 숨을 삼켰다.

아름다운 눈──. 직감적으로 그렇게 생각하여 매료되었다.

여성적인 다정함이 깃들었고, 맑은 마음을 가진 눈동자였다.

분명 다른 만남이 있었더라면 전혀 다른 행복한 인생을 살았을 것이다.

그렇게 생각될 정도로 이 더러운 지하실에서 그녀의 아름다운 눈동자는 빛났다.

"저기…… 이곳에 끌려왔다는 건…… 역시 우리는 살해될까?"

"몰라요. 하지만 주인님은 저희를 처분한다고 했어요."

"주인님?"

"아까 그 남성이에요. 지금은 아무도 저를 사주지 않으니 그 사람이 주인님이에요."

"아아…… 그렇구나."

그 말을 들은 플럼은 그녀가 자신과 다른 생물이라고 깨달았다.

아마 어렸을 때부터 계속 노예로 살아와 그것이 몸에 배었을 것이다.

그래서 그런 남자도 '주인님'이라고 부르는 데 거부감이 없다.

이제야 깨달았지만, 붕대 사이로 보이는 피부는 붉게 짓물러 있었다.

어쩌면 그 얼굴은 이전 주인에게 당한 일 때문일지도 모른다.

──그런 상상을 하며 플럼은 몸을 떨었다.

붕대를 감은 여성──아마 소녀──에게는 대화를 이어가려는 의사가 없었다.

플럼이 겸연쩍은 듯 입을 다물자 소녀는 한동안 그녀 쪽을 빤히 보고는 흥미를 잃은 듯 천천히 시선을 바닥으로 보냈다.

그대로 두 사람은 나란히 무릎을 안은 채 웅크리고 앉아 아무것도 아닌 회색을 계속 쳐다보았다.

이름 모를 벌레 몇 마리가 무수한 다리를 꿈틀거리며 돌아다녔다.

평소라면 징그러워서 접근하려고도 않을 그 벌레를 플럼은 빤히 관찰했다.

그 뒤, 머지않아 발소리가 감옥으로 다가왔다.

철창살 너머로 모습을 드러낸 사람은 물론 노예상인인 남자였다.

그는 일부러 가져온 작은 의자를 감옥 앞에 두고 그곳에 앉더니 거만하게 다리를 꼬고 말했다.

"자, 알다시피 너희에게는 이미 상품 가치가 없어. 즉, 목숨의 가치도 없다는 뜻이지. 그렇게 가치 없는 고깃덩이를 키울 여유는 없으니 처분해야겠어."

그렇다면 단순히 죽이면 될 뿐이다. 준비할 필요도 없다.

"하지만 말이지."

상인의 입가가 사악하게 일그러졌다.

"너희들을 사는 데 돈을 사용했어. 지금까지 살려둔 데도 적게나마 식비가 들어갔지. 그렇다면 죽기 전에라도 즐겨야 수지가 맞겠지?"

상인은 노예들에게 물었지만 아무도 대답하지 않았다.

기대는 하지 않았지만, 아니나 다를까 반응이 없자 그는 "칫" 하고 혀를 차더니 이동하여 철창살 앞에서 모습을 감추었다.

감옥 안에서는 보이지 않지만, 아무래도 그 앞에 있는 벽에 핸들이 설치되어 있는 모양이었다.

그는 양손으로 금속의 핸들을 쥐고 시계 방향으로 돌렸다.

그러자 감옥의 천장에서 돌끼리 달그락달그락 스치는 소리가 울리며 돌멩이와 모래 먼지가 떨어졌다.

플럼이 소리 나는 쪽으로 나른하게 시선을 보낸 다음 순간──

털썩, 하고 천장에 뚫린 구멍에서 사람만한 무언가가 세 개 정도

떨어졌다.

아니, 그것은 말 그대로 사람이었다. 하지만 살아 있는 모습은 아니었다.

사체가 접힌 상태로 천장에서 떨어졌다.

혈액과 투명한 액체가 바닥에 퍼져 감옥에 악취가 충만했다.

모여 있던 벌레는 사체가 떨어진 충격으로 흩어져 마구 돌아다녔다.

핸들을 다 돌린 뒤 재차 노예들의 앞에 모습을 드러낸 상인은 어찌 된 일인지 의기양양한 표정을 지었다.

"홋…… 그게 뭔지 알아? 구울이야. 인간의 사체에 남은 마력의 영향으로 본능에 따라 멋대로 움직이는── 요컨대 F(최하)랭크 몬스터지."

상인의 설명에 맞추듯 구울들이 치덕치덕 불결한 소리를 내며 일어섰다.

그리고 경련하듯 몸을 떨더니 목의 방향을 바꾸고 사냥감을 찾았다.

"아아……아…….'

썩은 목에서 쏟아지는 불쾌한 신음.

용사의 여행에 동행했던 플럼은 알고 있었다.

확실히 구울은 최하랭크인 F랭크 몬스터다.

움직임은 완만하고, 몸도 썩은 살로 이루어져서 대단히 무르다.

"그 녀석들을 쓰러뜨리면 감옥에서 꺼내서 다시 상품으로 팔아줄게. 한동안은 살아남을 수 있다는 뜻이야. 하지만 조심해. 구울은 말이지……."

하지만 한편으로 F랭크라며 방심한 신참 모험자가 목을 뜯겨 희생되었다는 이야기도 자주 듣는다.

적어도 전투 경험이 없는 일반인이 맨손으로 상대할 수 있는 몬스터는 아니었다.

"아～아, 말했잖아? 금세 모인다니까."

방구석에서 분노를 떨어뜨리던 여성에게 구울들이 쇄도했다.

그들이 움직이는 본능은 '식욕'.

완전히 썩어 자신의 육체에는 없는 신선한 살점을 갈구하며 산 인간에게 덤벼든다.

끈적끈적한 실을 늘어뜨리며 입을 쩍 벌리더니 누런 이가 살에 박혔다.

여성은—— 비명조차 지르지 않았다.

다만 무기력하게 자신의 몸에 덤벼드는 몬스터를 바라보았다.

한 마리는 허벅지에, 또 한 마리는 어깨에, 그리고 또 한 마리는 뺨에.

찹찹, 쩝쩝, 후루룩—— 세 마리의 구울은 상스럽게 소리를 내며 살을 탐했다.

이윽고 여성의 몸은 경련하기 시작했고, 입가에서 피가 섞인 거품을 토하며 목을 축 늘어뜨리고 숨을 거두었다.

그 얼굴은 어딘가 행복한 것도 같았다.

그녀는 마침내 고통밖에 없는 현세에서 해방된 기분이었으리라.

사후에도 구울들은 욕망이 가는 대로 사체를 물어뜯었다.

플럼과 남은 두 사람은 진즉에 자신의 목숨을 포기했지만——타인의 죽음을 보고 깨달았다.

자신은 아직 죽고 싶지 않다고.

완전히 체념한 사람은 붕대를 감은 소녀 정도였다.

감옥 안에 넘치기 시작한 공포를 알아차린 상인은 더욱 기분 좋게 입가를 끌어 올렸다.

"큰일이군. 얼른 손을 쓰지 않으면 모두 저 여자와 똑같은 꼴을 당할 거야. 하지만 맨손으로 구울을 쓰러뜨릴 수는 없지. 무기가 필요해. 그렇지?"

흥이 났는지 남자의 말투가 과장되었다.

"이런, 벽에 거대한 검이 장식되어 있네? 도저히 손에 들 수 있는 무게는 아니지만, 혹시 저게 에픽(최상급) 장비고, 인챈트(마법)가 걸려 있다면 연약한 노예라도 다룰 수 있을지 몰라."

함정이라는 것 정도는 모두가 알고 있었다.

하지만 살기 위해서는 그것에 매달릴 수밖에 없었다.

한 남자가 가장 먼저 벽의 대검으로 달려가 칼자루를 쥐었다.

물론 그렇게 거대한 금속 덩어리를 가녀린 팔로 들 수 있을 리가 없었다.

무게를 견디지 못하고 훤히 드러난 검신이 쿵! 하고 돌바닥에 떨어졌고, 작은 불꽃이 일었다.

하지만 칼자루를 놓지 않은 것은 그 나름의 집념이리라.

그러나 이제 와서 엄청난 힘을 발휘한대도 아무 의미도 없었다.

소리에 반응한 구울들은 무정하게도 그에게 접근했다.

저항하려 해도 들 수조차 없어서야 검을 휘둘러 요격할 수가 없다.

"헉, 헉, 헉! 이, 이걸로, 이걸로 나는 살아서, 살아서 인생을 다시 시작……하……고."

허세를 부리는 남자의 목소리가 끊어졌다.

그 모습을 보고 상인은 "헤헷" 하고 소리 내어 웃었다.

"네 마음은 잘 봤어. 애썼네. 그 노력을 봐서 고통을 조금 줄여주지."

"뜨…… 뜨거워……. 모, 몸, 이, 아아아아아아아아아악!"

검을 쥔 남자는 갑자기 소리쳤다.

자세히 보니 손등의 가죽이 벗겨져 살과 뼈가 훤히 드러나 있었다.

아니, 손뿐만이 아니었다.

팔도, 어깨도, 목도── 아마 옷 밑에 있는 몸통과 다리도.

가죽이 벗겨지고 살까지도 흐물흐물 녹아 액체로 변하여 사람의 형태를 잃고 흘렀다.

"크하하하하하! 이거 유감이로군. 배짱은 대단했지만, 그 검은 저주받았어. 게다가 쥐기만 해도 몸이 녹아서 죽는 강렬한 저주라고. 까만 칼날이 그런 느낌이잖아? 거기 있는 플럼이라는 여자랑 마찬가지야. 예전에 엄청난 에픽 장비라고 속아서 샀지. ──아아, 나도 학습 능력이 없네. 뭐, 에픽 장비라는 건 사실인 모양이니 사기치고는 양심이 있었는지도 모르겠지만. 쿠히히히히, 흐하하하하!"

상인은 뭐가 우스운지 손뼉을 치며 낄낄 웃었다.

"그나저나 그런 쓰레기가 지금은 즐기기 위한 무대 장치가 되었으니 뭐에 도움이 될지는 모르는 법이네."

그가 말을 하는 동안에도 구울들은 다음 타깃으로 접근했다.

이번 타깃은 플럼이 아니라 또 한 명의 여자였다.

"왜 내 쪽으로 오는 거야……. 저리 가. 제발……. 오지 마. 오지 말라고오오오오오오오!"

여성은 떼치고자 필사적으로 손을 휘두르며 뒷걸음질 쳤다.

그 버둥대는 모습이 우스꽝스러웠는지 상인은 더욱 큰 소리로 웃었다.

맨손으로 이길 수 있는 상대가 아니고, 의지하던 무기도 쓸모없다는 걸 안 지금, 이제 이 감옥 안에 희망은 없었다.

살 수 있는 방법은 없다.

그렇게 확신한 그녀는 마지막 수단에 나섰다.

"살려주세요……. 부탁이에요. 열심히 할게요! 팔릴 수 있도록 목숨 걸고 노력할게요오오오오!"

힘을 쥐어 짜내어 철창살에 달려들더니 그 틈으로 얼굴을 넣고 목숨을 구걸했다.

남아 있는 약간의 자존심조차 버리고 증오해 마땅한 상대에게 굴복하는 길을 택한 것이다.

그렇게 해서 살아남을 수 있다면 상관없다. 괴물에게 먹히거나 녹아서 죽는 것보다는 훨씬 낫다.

"부탁이에요. 부탁드립니다아아아아아아아!"

필사적인 애원을 들은 상인은 "훗" 하고 다정한 미소를 지으며 일어섰다.

그리고 철창살 앞에 웅크리고 앉아 가까운 위치에서 눈을 맞추었다.

"아…… 아아…… 살려주실, 건가요?"

지금까지 본 적 없는 상인의 표정에 여성의 가슴에는 작은 희망 불꽃이 켜졌다.

인간을 돈으로 파는── 짐승만도 못한 상인에게도 일말의 인간성이 남아 있는 것일까?

기대하는 눈빛을 보내는 여성에게 그는 한마디 했다.

"구려."

표정도 변하지 않고 차갑게 내뱉었다.

그리고 허리에 매달린 칼집에서 칼을 뽑아 날카로운 칼끝을 부드러운 아래턱에 꽂았다.

"큭…… 크윽……."

칼은 혀끝을 뚫고 비강을 지나 뇌까지 도달했다.

"아…… 심하네. 같은 인간이라고는 생각할 수 없는 냄새야. 아니, 이미 같은 인간이 아닌가? 이런 것과 같은 취급을 당하고 싶지 않아. 하핫."

여성은 철창살 사이에 얼굴을 댄 채 주르륵 쓰러졌다.

꽂힌 칼이 지렛대가 되어 때마침 상인과 눈이 맞은 상태가 된 모양인지 의자까지 돌아간 그는 죽은 여성의 얼굴을 보며 뿜듯이 웃었다.

──세상은 매우 넓다.

자신이 알던 곳은 정말로 좁은 일부였다. 조금만 밖으로 나가면 썩어 문드러진 것들이 가득하다.

나오지 말 걸 그랬다.

사실은 나가고 싶지 않았다.

플럼은 자신을 용사 파티에 참가시킨 창조신 오리진을 저주했다.

뭐가 계시야.

뭐가 선택받은 용사야.

그런 것만 없었다면 이런 꼴을 당할 일도 없었는데.

아침부터 점심까지 부모님의 밭일을 돕고, 가족끼리 따뜻한 점심밥을 먹고, 오후부터 똑같이 일을 하려는데 친구가 놀자고 하자 부모님은 다정하게 다녀오라며 보내주고.

그리고 어두워질 때까지 시답지 않은 이야기를 하거나, 마을의 가게를 돌아다니거나, 가볍게 모험하는 마음으로 숲까지 가서 꽃을 꺾거나.

체력이 없는 플럼은 빈번히 휴식을 취할 필요가 있지만, 아무도 그것을 나무라지 않는 상냥한 곳이었다.

집에 돌아가면 이번에는 저녁 식사 시간.

그곳에는 따뜻한 대화가 있고, 모두 웃었으며, 잘 준비를 하고, 날이 밝으면 또 똑같은 하루가 시작되고──.

그걸로 충분했다.

그 이상을 바란 적은 없었고, 어리광을 부린 적은 거의 없으며, 모두 착한 아이라고 말해주었다.

물론 변변치 않은 딸이었을지도 모른다.

스테이터스가 0이니 부모님에게 민폐를 끼친 적도 있었으리라.

하지만 그게 뭐 어떤가? 다른 아이들도 다소는 민폐를 끼칠 것이다.

플럼이 끼친 민폐는 귀여운 수준이다.

실제로 부모님도 "그 정도의 민폐라면 오히려 반갑지"라며 웃어주었다.

그럼 역시 잘못되었다.

이런—— 구울에게 먹혀 꼴사납게 소리 지르며 죽어서 끝나는 인생은 잘못된 게 틀림없다.

"싫어……. 싫다고……. 이런 곳에서 죽고 싶지 않아……. 나는 아무 잘못도 하지 않았다고!"

낮게 "으으으" 하고 으르렁거리며 스물스물 썩은 살을 끌고 다가온 구울을 앞에 두고 플럼의 머릿속에서는 분노와 공포, 전율과 증오—— 아무튼 다양한 부정적 감정이 믹서에 넣은 듯 마구 돌았다.

"아니, 했지. 나를 속이고 거금을 앗아간 게 너잖아? 얌전히 죽어서 속죄해."

"안 했어어엇! 내가 아니야. 그건 내가 아니라고. 나는 잘못이 없어!"

플럼의 말은 사실이었다.

막무가내로 팔렸고, 막무가내로 노예가 되었고, 막무가내로 죽어간다.

그 행위의 책임을 죄다 피해자에게 전가해도 되는 것인가? 허용되는 일인가?

"아니. 네가 잘못했어. 비싼 돈을 주고 팔려왔는데 쓰레기인 네가 잘못했다고."

──세계의 규칙은 그렇게 되어 있을 텐데.

왜 이곳에서는 상인의 말이 옳은 것일까?

정당한 호소가 힘에 짓눌렸다.

이대로라면 플럼은 죽는다.

손 쓸 도리도 없이 비참하고 불행하게 방구석에 나뒹굴며 원형조차 남지 않은 징그러운 사체로 끝난다.

그런 그녀를 아무도 추모하지 않고 아무도 슬퍼하지 않을 것이다.

부모님조차 그녀가 죽은 것을 모르고, 사체는 분명 어딘가의 쓰레기장에 버려져 소각되어 플럼이라는 존재는 사라질 것이다.

그런 것은 싫다.

"그래도 죽는 게 싫다면…… 핫, 무기라도 쥐고 싸울 수밖에 없지 않아? 아하하핫!"

무기──. 플럼의 눈에 땅바닥에 놓인 거대한 검이 비쳤다.

그 옆에는 육체가 완전히 녹아 백골만 남은 남성 노예의 비참한 말로가 나뒹굴었다.

포기하고 잡아먹혀 죽느냐.

저항하고 녹아서 죽느냐.

둘 다 어차피 죽는다.

고통에 얼굴을 찌푸린 채 싫다고 외치며 비참하게 죽을 것이다.

어쩔 수 없다.

하지만…… 검을 쥐고 죽으면 저항하다 죽었다는 약간 멋진 사실만이 남는다.

어차피 남은 마지막 한 사람── 붕대 소녀도 머지않아 죽을 테고, 그것을 기억하는 이는 노예상인뿐이다.

하지만 비웃음을 사다 죽을 바에야 그쪽이 좋겠다고 생각했다.

"으…… 으으으으…… 으으으으으으으!"

플럼은 천천히 일어섰다.

몸 상태는 최악이고 배도 고파서 몸에 힘이 제대로 들어가지 않았다.

게다가 지난 한 주 동안 상인에게 당한 폭력이 그녀의 몸을 너덜너덜하게 만들었다.

안짱다리로 선 채 부들부들 떨며 꼴사납기 그지없었다.

사실 상인은 그런 그녀의 모습을 반쯤 비웃으며 바라보았다.

그녀는 이를 꽉 깨물고 다리에 힘을 팍 주었다.

그리고 한 걸음 앞으로 나아갔다.

보폭은 좁았다.

이대로라면 그녀가 검에 이르기도 전에 구울이 그녀에게 덤벼들 것이다.

"하……아아, 아…… 아아아아…… 윽!"

그래도── 불합리한 사태에 직면했을 때 수없이 자신에게 되뇐 말이다.

그녀는 마음속으로 반복했다.

그래도, 그래도, 그래도——.

약한 마음을 그 말로 억누르자 다리는 한 발 앞으로 나아가 주었다.

횟수가 늘어날 때마다 보폭이 커지는 것 같았다.

하지만 악몽을 깨부수려는 용감한 결의보다 잔혹한 사실이 훨씬 더 강력했다.

정신을 차리고 보니 구울은 그녀의 바로 옆까지 다가와 있었고, 마침내 그 문드러진 팔이 그녀의 어깨를 잡았다.

"아——."

인간을 초월한 힘으로 잡아 당기자 플럼의 몸이 휘청 기울었다.

구울은 그녀의 왼쪽 어깨에 얼굴을 들이댔다.

입을 크게 벌리자 끈적끈적한 체액이 실을 늘였고, 지저분하고 누런 이가 옷 위에서 박혔다.

"크윽……."

그리고 천을 물어뜯은 이가 직접 살갗에 닿았다.

점액이 묻은 단단한 그것이 살에 파고들어 가죽을 찢자 뜨거운 혈액이 쏟아졌다.

"아아아아아악! 큭, 흐앗, 아홋, 히이이이이이이이이익……!"

구울은 그 상태로 목을 좌우로 흔들어 어깨를 물어뜯었다.

"끄아아아아아아아악!"

자신의 일부가 찢어지면서 플럼의 얼굴이 고통으로 일그러졌다.

참지 못하고 저도 모르는 사이에 차가운 돌바닥에 쓰러졌다.

하지만 그녀의 시선 끝에는 검이 있었다.

제대로 움직이지 않게 된 왼쪽 어깨를 포기하고 발과 오른손의 힘만으로 기어 무기로 향했다.

"힘내라고. 얼마 안 남았어."

상인은 놀리듯 말했다.

무관심을 관철하던 붕대 소녀는 빛이 없는 눈동자로 플럼을 바라보았다.

"후, 후으으⋯⋯으으, 으으으으으으, 크, 으으으으으윽."

코로 거칠게 숨 쉬어 고통과 싸우면서도, 서서히 확실하게 다가갔다.

하지만 서서 걷는 것보다 당연히 속도는 느렸다.

구울은 즉각 따라붙어 납작 엎드려서 그녀의 오른쪽 종아리를 향해 덤벼들었다.

"으아아아악!"

부드러운 종아리에 이를 박더니 근육을 찢고 씹어 삼켰다.

나아가 다른 구울은 왼쪽 허벅지를 물었다.

남은 한 마리도 버걱버걱 소리를 내며 단단한 뒤꿈치를 먹었다.

이제 그녀의 다리는 기능하지 않았다.

오른손만 남았다.

출혈이 너무 심하고 몸이 차가운데 온몸이 땀으로 흠뻑 젖었다.

숨을 쉴 때마다 폐가 떨렸다. 아무리 산소를 들이마셔도 몸이 편해지지 않았다.

의식도 몽롱해졌다.

통증 때문에 언제 기절해도 이상하지 않았다. 아마 한순간이라

도 마음이 '포기하자'고 생각하면 거기서 끝일 것이다.

따라서 그것은 분명 집념이 자아낸 기적이었다.

손끝이── 중지 끝이 칼자루에 닿았다.

플럼은 팔을 더욱 뻗어 이번에는 그것을 꽉 쥐었다.

"이제…… 드디, 어……."

마침내 잡았다.

드디어 녹아서 죽을 수 있다.

구울들은 더욱 감각이 없어진 다리를 물어뜯고 있었다.

벗겨진 살과 뼈, 쏟아지는 혈액.

어차피 그냥 둬도 죽는다.

자신의 의사로 검을 쥐고 죽는다는 것이 중요하다. 그게 뭐가 다르냐고 묻는다면 잘 모르겠다. 다만 자기만족이라면 그럴 것이다.

하지만 기묘한 달성감만은 있었다.

눈을 감자 통증이 사라졌다.

묘하게 주위가 따뜻했고, 전에 없이 몸이 가벼웠다.

아무래도 마침내 본격적으로 저세상에 가까워진 모양이었다.

"아……?"

상인의 목소리가 들렸지만, 이제 죽어가는 플럼과는 상관없었다.

"뭐냐, 저건?"

……그렇게 생각했지만.

"어떻게 된 거야……? 왜, 왜 상처가 낫는데?!"

그의 당황한 목소리에 위화감을 느낀 플럼은 마지막으로 딱 한 번 결심하고 눈을 떴다.

"어라?"

어찌 된 일인지 구울들은 플럼에게서 거리를 두고 서 있었다.

그 모습은 어딘가 당황한 것처럼도 보였다.

그리고 무엇보다 놀란 것은, 구울에게 물어뜯긴 다리의 상처가 멋대로 아물어 깔끔하게 나은 점이었다.

물론 어깨도.

플럼은 자신의 손바닥을 눈앞에서 수없이 쥐었다 펴보았다.

나아가 뺨을 꼬집고 당겨보았다.

……아프다.

기분 탓이 아니다. 꿈도 아니다. 즉, 몸이 가벼운 이 감각도——.

플럼은 일어서서 한 손으로 검을 주워들었다.

결코 가볍다고는 말할 수 없지만, 그래도 들 수 있었다.

연약한 플럼이 검신만 해도 자기 키의 8할 크기인 금속 덩어리를 한 손으로.

"그렇구나…….."

이론적으로는 이해할 수 없지만, 결과는 이해할 수 있었다.

플럼은 포기하지 않았다.

절망적인 상황에도 기어서 자신의 의사를 관철하려 했다.

"……나는 살아도 되는구나."

온몸에 솟구치는 힘은 그 각오에 대한 보답인 것이다.

"그래. 그런 거야. 아무 죄도 없는데 이런 곳에서 죽다니……
잘못된 일이야."

당황한 구울들이 천천히 플럼을 향해 다가오기 시작했다.

그 흉흉한 모습에도 이전만큼의 공포는 느끼지 않았다.

그녀는 눈을 감고 "후우" 하고 숨을 내뱉었다.

의식을 집중하고 검을 쥔 손바닥에 힘을 실어 자신의 의사로 적을 향해 전진했다.

아무것도 두렵지 않았다. 칼날의 리치는 구울의 팔보다 훨씬 길었다.

영웅에게 배웠듯 적절한 틈을 노려 가볍게 검을 휘두르면──.

"하아아아앗!"

부웅!

구울 세 마리의 상반신이 동시에 날아갔다.

아무리 몸이 썩었다지만, 칼끝이 스쳤을 뿐인데 둘로 잘릴 정도의 위력.

도저히 근력 0의 소녀가 가한 일격이라고는 생각할 수 없었다.

검에 어떤 장치가 있을 것이다.

하지만 지금 플럼에게 그런 것은 아무래도 좋았다.

여기서 살아서 나가는 게 더 중요했다.

이번에는 철창살을 봉쇄한 자물쇠로 다가가 대검을 위에서부터 힘차게 휘둘렀다.

철컹!

검 자체의 무게도 실린 일격으로 자물쇠는 깔끔하게 파괴되었고 끼익── 하고 문이 열렸다.

그녀는 그곳에서 나가 겁먹은 표정으로 자신을 올려다보는 상인의 앞에 섰다.

"기……기다려. 기다려줘! 그래. 이대로 나가도 돼! 그러니까…… 모, 목숨, 만은…….."

태세 전환이 빠른 남자다. 아까까지 죽어가는 노예들을 내려다보며 웃었으면서.

딱히 플럼에게 그를 죽일 이유는 없었다.

애초에 거의 전투 경험조차 없는 그녀는 살인자가 될 생각이 없었다.

게다가 만약 그가 왕도에서 그럭저럭 지위가 있는 상인이라면 죽였을 때 죄인이 될 가능성도 있었다.

노예라는 입장을 고려하면 사형을 면할 수 없으리라.

그래서——.

"하……윽?!"

우선은 오른쪽 어깨 언저리에 검을 찔렀다.

폭이 넓은 검은 상인의 팔을 훌륭하게 절단했고, 바닥에 떨어져 나뒹구는 그것은 한순간 움찔 경련하더니 움직이지 않았다.

"아…… 아아아아아아악! 내, 내, 내 팔이이이이!"

"시끄러워."

다음에는 왼쪽 어깨에 피투성이인 까만 칼날을 찔렀다.

"으아아아아아아아아악!"

비명소리가 지하에 울려 퍼졌다.

플럼 자신도 놀랄 정도로 마음은 침착했다.

사람을 죽이는 게 처음인데 마치 고깃덩어리를 자르는 것 같았다.

어쩌면 플럼의 뇌가 이미 이 녀석은 사람이 아니라고 인식했는지도 모른다.

그래서 죄책감도 들지 않았다.

"학, 아아아아악!"

플럼은 때마침 왼발에 검을 찔렸고, 이 발에 수없이 차였던 기억을 떠올렸다.

정말 아팠다.

배는 멍투성이였고, 몸의 곳곳이 아파서 곰팡이 핀 빵 한 조각조차 삼킬 수 없을 정도로 엉망진창이었다.

"흡, 흐으으으……읍! 학, 이, 이제…… 부탁, 이야아아앗!"

이 오른발도 그렇다.

하얀 지방에 빨간 피와 살, 그리고 타원형의 대퇴골.

자르면 그냥 고깃덩이인데 이 남자에게 붙어 있으면 악의를 흩뿌리는 흉기로 변한다.

그러니 상실한 것은 당연한 업보다.

"이, 이제…… 용서해, 줘…….."

상인의 목소리가 힘을 잃어갔다.

상처에서 다량의 혈액이 흘러나와 이제 다 죽어가는 목숨이었다.

플럼은 이대로 실혈사로 목숨을 잃게 하기는 왠지 싫었다.

"용서……해줘."

쿵, 촤악.

그래서 마지막으로 세로로 든 검을 똑바로 얼굴 한가운데에 찔렀다.

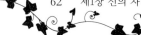

피와 살로 둔탁하게 빛나는 칠흑의 검은 그의 머리끝에서 턱까지를 깔끔하게 잘랐다.

그것을 쑥 뽑자 두개골은 꽃이 피듯 깔끔하게 벌어졌다.

혈액과 뇌장이 흘러나왔다.

상인의 안에서는, 그가 냄새난다고 부르던 여성보다 훨씬 불쾌한 냄새가 났다.

플럼의 마음의 평정은 아직 계속되었고, 징그러운 광경을 앞에 두고 두렵지도 않거니와 여전히 죄책감을 느끼지도 않았다.

손바닥에 전해진 감촉은 구울을 베었을 때와 거의 비슷했다.

그렇다. 그녀는 진즉에 인간형 몬스터를 죽였다.

그렇다면 구울보다도 훨씬 썩어빠진 노예상인을 죽이는 정도는 간단했다.

논리정연한 로직.

괜찮다. 자신은 정상이다. 미치지 않았다. 그렇게 확신했다.

미친 게 아니라—— 지난 일주일 동안 맛본 경험으로 가치관이 조금 일그러졌을 뿐이다.

플럼이 쥔 대검은 처음부터 칼집이 없었다.

아무리 한 손으로 다룰 수 있다지만 훤히 드러난 칼날을 그대로 들고 걸을 수는 없었다.

'어떻게 넣으면 좋을까?'—— 플럼이 그렇게 생각한 순간, 대검은 입자가 되어 사라졌다.

그리고 그녀의 오른쪽 손등에 붉은 문장이 새겨졌다.

"그러고 보니 에픽 장비라고 했던가……? 키릴이 가진 장비도 그랬지? 생각만 하면 수납할 수 있었어."

이것이 높은 마력을 가진 '에픽' 랭크 장비의 특징이다.

장비는 커먼, 언커먼, 레어, 레전드, 에픽의 5단계로 나뉘고, 에픽에 가까울수록 성능이 높아진다.

이것들의 랭크는 스테이터스와 마찬가지로 장비를 '스캔'하면 확인할 수 있다.

그리고 랭크가 에픽인 장비는 소유자의 생각에 따라 자유롭게 이공간에 수납할 수 있다.

단순히 성능이 높고 소지하기 편리하기도 하여 에픽 장비는 엄청나게 비싸다.

평범한 노예상인이 가질 수 있을 법한 물건은 아니지만── 아마 사람들의 원한을 흡수한 '저주받은 장비'라 싼값에 거래했을 거다.

훤히 드러내 놓고 운용하지 않아도 된다면 더할 나위 없이 좋다.

무사히 장비 수납에 성공한 플럼은 감옥 쪽을 돌아보았다.

살아남은 붕대 소녀가 조용히 자신 쪽을 바라보고 있었다.

플럼은 재차 감옥으로 들어가 그녀에게 다가간 뒤 손을 내밀었다.

"……?"

의도를 알아채지 못한 소녀는 고개를 갸웃거렸다.

그때 메마른 붕대가 버석거리며 흔들렸다.

"응? 그게 아니야. 같이 도망치자."

"어떻게요?"

"상인이 죽었으니 더는 여기 있을 이유가 없어."

"…………."

소녀는 플럼의 얼굴을 빤히 본 채 입을 다물었다.

예쁜 눈이다.

하지만 그곳에는 감정이 없었고, 무슨 생각을 하는지 알 수 없었다.

"아이, 참. 나도 상인을 죽인 게 들통나면 곤란하대도. 자, 얼른 가자!"

기다리다 못한 플럼은 억지로 그녀의 손을 잡고 일으켜 세웠다.

그리고 그대로 감옥을 나서 거점 밖으로 데려가려 했다.

"저기……."

"응?"

"저의 주인님이 되어주실 건가요?"

플럼은 저도 모르게 발을 멈추었다.

"딱히 그럴 생각은 없는데."

데리고 나가려고만 했는데 왜 그런 결론에 다다르는 걸까?

"하지만 저를 데려가실 거죠? 이용하시려는 거죠?"

"이용하다니……."

"아닌가요? 그럼 저를 왜 데려가시나요? 주인님이 아닌 분을 따라가도 저는 어떻게 하면 좋을지 몰라요."

플럼이 맨 처음에 그녀와 이야기를 나누었을 때, 직감적으로 느낀 것이 떠올랐다.

그녀는 자신과는 다른 생물이다. 근본부터 노예다.

그것도 아마 태어난 뒤로 쭉.

그래서 그녀에게 인간관계는 '노예'와 '주인님' 말고는 존재하지 않는다.

솔직히 말해서 플럼이 그녀를 데려가려던 이유는 딱히 없다.

굳이 말하자면 혼자는 불안하거나 쓸쓸하다는 이유뿐이었지만── 붕대 소녀가 주인이 된다고 말해야 납득한다면.

"알았어. 그럼 오늘부터 내가 네 주인님이 될게. 그렇게 말하면 따라올 거야?"

그녀는 고개를 끄덕였다.

플럼은 마음속으로 '그거면 되는 거냐?'고 딴죽을 걸었다.

"그럼 우선은 자기소개부터 해야겠지? 나는 플럼 애프리코트, 열여섯 살이야. 너는?"

"네, 밀키트라고 해요. 열네 살이에요. 잘 부탁드립니다. 주인님."

밀키트는 깊게 고개를 숙였다.

"으, 응……. 잘 부탁해. 밀키트."

익숙지 않은 호칭에 당황하면서도 그녀의 손을 잡은 채 다시 달리기 시작했다.

계단을 올라가 습한 지하실을 나섰고, 거점의 출구를 찾았다.

시체 냄새가 충만하지 않은 것만으로 기분이 상쾌했다.

탐색을 이어가다가 머지않아 현관으로 보이는 문을 발견했다.

지금처럼 낡은 천을 두른 모습은 수상하니깐 밖에 나가기 전에 옷걸이에 걸려 있던 망토를 빌렸다.

둘이서 그것을 입고 밖으로 나갔다.

그곳에서 탈출하여 공터를 조금 나아가자 진에게 팔렸던 광장이 나왔다.

되살아나는 기억에 플럼은 저도 모르게 발을 멈추었지만——인형 같은 밀키트의 눈동자가 자신을 바라보는 걸 알아채고 발을 움직였다.

진에게 안내받았을 때를 떠올리며 대로로 향했다.

단숨에 인파가 많아졌다. 여기까지 왔으니…… 이제 안심해도 되리라.

오랜만에 **멀쩡한 곳**의 공기를 들이마시자 플럼은 마침내 자신이 인간으로 되돌아온 듯한 안심감을 느꼈다.

빠진 작은 톱니바퀴는

플럼이 노예상인에게 팔린 다다음 날.

당연히 집합시간이 되어도 성의 지하에 그녀는 나타나지 않았다.

모두 모인 모습을 보고 현자 진이 입을 열었다.

"플럼은 고향으로 돌아갔어. 이제 여행에는 참가하지 않아."

"뭐?"

그의 말에 가장 먼저 반응한 이는 의외로 용사 키릴이었다.

눈을 크게 뜨고 진 쪽을 응시했다.

남은 세 명은 각자 작은 반응을 보이는 데 그쳤다.

마녀 에타나는 미간을 살짝 찌푸렸고, 전사 가디오는 "흠" 하고 한숨을 쉬었으며, 성녀 마리아는 시선을 바닥으로 떨어뜨리고 입술을 깨물었고, 사수 라이너스는 "그게 나을지도 모르지"라고 작게 중얼거렸다.

"진이 그걸 어떻게 알아?"

키릴이 떨리는 목소리로 묻자, 진은 일순 벌레 씹은 표정을 지었다.

파티에서 떠나면 그녀의 마음속에서도 그 **벌레**의 존재가 깔끔하게 지워질 줄 알았는데.

그렇게 만만하지 않았던 모양이다.

그녀의 마음에 **둥지를 튼** 플럼의 존재는 지금도 계속 진을 방해하고 있다.

"내가 설득했으니까. 더이상 여행에 동행하기는 무리라고. 그녀도 그걸 통감했어. 그래서 본인의 의사로 고향에 돌아갔지."

"본인의 의사로……."

"그래. 그러니까 이제 그녀는 잊어. 원래부터 도움이 되지 않았어. 키릴도 동의하잖아. 그렇지?"

"으, 응."

진은 키릴에게 어울리는 남자는 자신이라고 생각한다.

스물여덟 살의 그에 비하면 열여섯 살의 그녀는 너무 어리지만, 중요한 것은 나이가 아닌 재능이다.

자신이 만약 혈육을 남길 것이라면 동등하거나 그 이상으로 우수한 상대와 함께하는 것이 바람직하다.

여행에 나서기 전부터 그는 늘 그렇게 생각했다.

그리고 만났다.

키릴 스위치카라는 이상적인 **소재**와.

하지만 파티 내에서 그녀가 가장 먼저 거리를 좁힌 사람은 진이 아니라 아무 재능도 없고 힘도 없고 도움도 되지 않는 쓰레기 같은 소녀── 플럼이었다.

동성, 또래, 게다가 고향이 비슷한 시골이라는 이유로 일찌감치 공감대를 형성한 것이 컸으리라.

자존심이 센 그는 화가 났다.

지금까지의 인생에서 다시 없을 정도로 강한 분노를 느꼈다.

우수한 인간끼리 끌려야 할 터인데, 왜 용사는 현자인 자신이 아니라 플럼을 선택했을까?

그래서—— 올바른 방향으로 이끌기 위해 착실히 노력했다.

노력은 진의 주특기 분야다.

복 받은 재능과 풍부한 노력으로 현자의 지위를 얻었을 정도이니까.

그런 그에게 키릴의 마음을 플럼에게서 떼어놓는 것도, 그리고 플럼을 궁지로 몰아넣는 것도 식은 죽 먹기였다.

"그럼 아쉬울 건 없지?"

진은 키릴에게 다가가 어깨를 감싸며 말했다.

"……응."

키릴은 작게 고개를 끄덕였다.

지금은 보다시피 그녀에게 '플럼은 무능하다'고 인정시키는 데까지 이르렀다.

이제 방해꾼은 이곳에 없다.

노예로 팔려가 더는 눈앞에 모습을 드러낼 일도 없을 것이다.

그렇다면 키릴의 마음에 그 존재가 남아 있더라도 염려할 것은 없다. 지금까지와 마찬가지로 그녀의 마음을 올바른 방향으로 이끌며 끈질기게 달라붙은 플럼이라는 이름의 때를 지워버리면 그만이다.

키릴 이외에 플럼의 탈락에 의문을 가진 이는 없었다.

리턴이 발동하여 방은 빛에 감싸였고, 파티원 여섯 명은 지난번의 진행 지점까지 이동했다.

진은 마침내 장애물이 없는 여행을 시작할 수 있어서 마치 소풍 전날 밤의 아이처럼 설레었다.

◇ ◇ ◇

"이봐, 키릴, 진, 기다려!"

마족의 영지에 라이너스의 짜증스러운 목소리가 울려 퍼졌다.

그가 두 사람의 이름을 부르는 게 벌써 몇 번째일까?

"……아, 미안해."

발을 멈춘 키릴은 라이너스 쪽을 보며 명백하게 침울한 모습으로 사죄했다.

진은 그런 그녀에게 다가가 등을 부드럽게 두드리며 말했다.

"사과할 필요는 없어, 키릴. 이봐, 라이너스, 이제 플럼은 없어. 속도를 늦출 필요는 없을 텐데?"

"뭐……? 이전부터 말했지만, 딱히 플럼에게 맞춰서 속도를 늦춘 게 아니야. 여긴 적지라고. 안전을 확보하며 나아갈 필요가 있어!"

"우리가 힘을 합치면 위협적인 건 없어!"

그의 자신감은 실력에 비례한다.

확실히 몬스터나 평범한 마족이라면 그들을 기습해도 쉽사리 격퇴될 것이다.

"그 3마장이라는 녀석들이 덮치면 어떡하게? 조심해서 나쁠 건 없어. 아니야?"

3마장, 그 이름을 듣고 진은 말을 잃었다.

그들은 마족을 통솔하는 마왕의 직속 부하다.

현재 교전 경험이 있는 이는 피바람의 네이거스와 도깨비불의 차이온, 이 둘뿐이다.

하지만 둘 다 용사와 비슷한 힘을 가졌고, 특히 쓸 수 있는 마법의 위력은 진이 목숨의 위기를 느낄 정도로 강했다.

"알았으면 속도를 늦춰."

"윽……."

이렇게까지 말하니 진은 얌전히 따를 수밖에 없었다.

플럼은 이제 없다. 그렇다면 이제부터는 진행 속도가 빨라질 것이다――. 그 생각이 그의 보폭을 넓힌 것은 말할 것까지도 없다.

한편 키릴은 멍하니 주위를 볼 여유가 없는 듯했다.

머리에는 물론 플럼의 모습이 떠올랐다.

심한 말을 했다.

상처를 많이 줬다.

그리고 그대로 뿔뿔이 헤어졌다……. 친구라고 부르는 것조차 허락하지 않았지만 소중한 사람이었다.

시골 마을에서 싸움과는 인연이 없는 생활을 하던 그녀는 밝은 플럼이 없었다면 진즉에 용사로서의 압력에 짓눌렸을 것이다.

그런데――.

"……나는 은혜도 모르는 인간이야."

후회해도 이제 플럼은 돌아오지 않는다.

할 수 있는 일이라고는 마왕을 쓰러뜨리고 세계를 구하는 정도다.

동료들이 그런 키릴의 모습을 알아채지 못할 리 없었다.

진에게 충고한 라이너스는 마리아의 옆으로 이동한 뒤 "휴우" 하고 숨을 내뱉었다.

"나도 아직 멀었네."

"어떻게 된 거예요? 라이너스 씨. 웬일로 자신감이 없어요?"

"분위기가 다르다고 할까? 나도 솔직히 플럼에게는 심한 말을 했거든. 없어지니 이렇게 확 다른가 싶어서."

플럼이 있던 무렵의 파티는 아직 온화한 분위기였다.

확실히 진은 짜증스러워했지만, 그것은 그녀가 있든 없든 마찬가지다.

"확실히 키릴은 누가 봐도 풀이 죽었고, 진 씨도 씩씩대다 제풀에 나가떨어졌고, 에타나 씨는 평소와 같아 보이지만 실은 심기가 불편한 듯하고, 가디오 씨는 한마디도 안 하네요."

플럼이 필사적으로 노력해서 누군가의 도움이 되려는 모습이 어느샌가 파티의 분위기를 밝게 했으리라.

애초에 그것은 플럼 자신도 알아채지 못했기에 아무도 라이너스를 나무랄 수 없었지만.

"마리아는 어때?"

"……저는."

마리아는 우물거렸다.

라이너스는 그런 그녀의 얼굴을 들여다보며 말했다.

"곤란해?"

"그럴지도 모르겠네요."

"의외네. 마리아도 나와 비슷하게 플럼과는 연관이 없는 줄 알았는데."

"키릴 씨와는 자주 이야기를 하니까요. 여행을 막 시작했을 무렵에 그녀의 입에서 나온 화제는 플럼 씨에 관한 것뿐이었어요."

플럼에 대한 이야기를 할 때의 키릴은 늘 즐겁고 행복해 보였다.

그것을 들을 뿐인 마리아도 무심결에 뺨이 느슨해질 정도였다.

"그래……? 키릴이 풀 죽으니 파티 전체에 영향이 가네."

아직 어린 열여섯 살의 소녀지만, 틀림없이 파티의 주력 멤버다.

그녀 없이는 마왕은커녕 3마장에게 이기기도 어려울 것이다.

"오리진교의 수도녀인 마리아 앞에서 이런 말을 하는 건 어떨지 모르겠지만."

"라이너스 씨의 말이라면 신경 쓰지 않아요. 미묘하게 세심하지 못한 건 늘 있는 일이니까요."

"그것도 좀 그러네……. 뭐, 좋아. 솔직히 플럼의 스테이터스를 들었을 때 오리진이라는 창조신도 실수를 하는구나 싶었어."

라이너스의 반성하는 듯한 말을 듣고 마리아는 자랑스레 미소 지었다.

"오리진 님께서는 실수하지 않으셨어요."

뻔뻔한 그녀의 얼굴을 보고 라이너스는 '세상에. 엄청 귀여워'라며 매료되었다.

금발에 하얀 피부, 청초한 성격와 말투—— 하나부터 열까지 마리아는 그의 취향 그 자체였다.

"……그, 그런 모양이야. 그녀는 그녀대로 파티에 필요한 역할을 맡고 있었잖아? 그래도 우리는 멈출 수 없지만."

이제 와서 플럼을 데려올 수도 없다.

그러면 진의 심기를 거스를 테고, 기껏 여행에서 해방되었는데 그녀를 이렇게 위험한 여행에 두 번이나 동행시키기는 꺼려졌다.

플럼이 없이도 그들은 나아가야 했다.

"맞아요, 라이너스 씨. 저희는 마족을 멸한다는 숭고한 임무를 맡았어요. 무슨 일이 있어도 그것만은 반드시 완수해야 해요——."

마리아는 강한 결의를 담아 그렇게 말했다.

하지만 라이너스는 의심을 품었다.

과연 그녀가 마음속에 숨긴 것은 정말로 세계를 구한다는 사명감일까?

투명한 유리처럼 아름다운 마음의 밑바닥에 좀 더 혼탁하고 시커먼 감정이 잠들어 있는 듯했다——.

파헤치면 모든 것이 끝날 것이다.

그런 기분이 든 라이너스는 아직 거기까지 내디딜 수 없었다.

◇ ◇ ◇

언제나 플럼이 만들었던 식사는 당번을 정해 돌아가며 하게 되었다.

첫날에는 S랭크 모험자이자 야영에 가장 익숙한 가디오가 맡았다.

"맛은 보증 못 하지만."

그렇게 겸손을 떤 가디오였지만, 현지에서 잡은 몬스터 고기를 이용한 요리는 플럼의 요리에 비해 조잡하지만 맛있었다.

대부분의 멤버가 만족하는 와중에 어찌 된 일인지 진만은 얼굴을 찌푸리고 있었다.

몬스터 고기 중에는 독특한 냄새가 나는 것도 많다.

향초로 최대한 제거하기는 했지만, 그 풍미를 싫어하는 사람은 금방 알아챌 수 있을 정도로는 남아 있었다.

"가디오, 이 고기를 어떻게 더 손볼 수 없을까? 이전에는 좀 더 깔끔하게 냄새가 제거되었을 텐데."

"내게 거기까지 바라지 마."

"플럼은 할 수 있는데 S랭크 모험자인 네가 못 해?"

무시하는 듯한 진의 발언이었지만, 가디오는 표정 하나 변하지 않았다.

옆에 있는 에타나는 눈을 가늘게 뜨고 화가 난 듯했지만.

그러나 마음이 상하지 않은 것은 아니었다.

"고기의 냄새를 싫어하는 누군가를 위해 그녀는 전날부터 준비했으니까."

가디오는 그에게 가차 없이 사실을 말했다.

홧김에 하는 말이 아니라 어디까지나 실제로 있었던 일을 그에게 말했을 뿐이었다.

"……하, 하하, 쓸데없는 수고를 했네."

진은 명백하게 당황한 모습으로 허세를 부리며 커다란 고깃덩이를 입에 넣었다.

그리고 쓸쓸한 표정으로 씹으며 입속에 퍼진 냄새를 참았다.

가디오는 "흥" 하고 코를 울리더니 재차 자신의 식사에 집중했다.

그 뒤, 그들 사이에 대화는 전혀 없었고, 모닥불을 에워싸고 조용한 식사가 진행되었다.

플럼이 있었을 때는 불편한 침묵을 참다못한 그녀가 어색하게 나마 대화가 이루어졌지만, 지금은 그것조차 없었다.

◇ ◇ ◇

식후에는 습격이 없으면 밤에 이동하는 일은 없기에 자기 전까지 각자 자유로운 시간을 보낸다.

키릴과 라이너스, 가디오는 자신의 무기를 손질했고, 마리아는 오리진에게 기도를 올렸으며, 에타나는 명상하며 의식을 집중했다.

진은 달콤한 향기가 나는 허브티를 마시며 마법 전문서를 읽는 것이 일과였지만, 플럼이 없는 지금은 당연히 차를 대접받을 일은 없었다.

별수 없이 짐을 뒤져 도구를 찾아낸 뒤 직접 끓일 수밖에 없었다.

천재 마법사라고 추앙받으며 살아온 그에게는 왕국 연구소에 소속되었을 무렵부터 직접 차를 끓이는 습관은 없었다.

덕분에 도구를 어떻게 사용하는지도 몰라 여기저기를 어지르자 보다 못한 라이너스가 다가왔다.

"네게도 못 하는 일이 있구나."

"시끄러워. 본래 이런 건 급사에게 맡기면 돼."

"상류계급은 역시 다르네. 이리 줘봐. 내가 끓여줄게."

그것은 진에게 대단히 굴욕적인 일이었다.

왕국에서 가장 뛰어난 마법사라는 자신이 플럼도 할 수 있는 쉬운 작업을 남에게 맡길 수밖에 없다니.

그는 팔짱을 끼고 다리를 떨어 땅바닥을 울리며 라이너스의 준비가 끝나기를 기다렸다.

"자, 다 됐어."

수증기가 피어오르는 찻잔을 받은 진은 즉각 한 모금 머금고――,

"……퉤."

즉각 뱉어냈다.

"이게 뭐야. 맛없어."

"너…… 남이 끓여줬는데 그 태도는 뭐냐! 나는 평범하게 했을 뿐이야."

"맛없는 건 없는 거니 별수 없잖아. 쓰고 향도 최악이야. 어떻게 하면 이런 맛을 낼 수 있지?!"

식사 때부터 욕구불만이 쌓인 진은 라이너스에게 거칠게 말했다.

물론 좋은 마음으로 차를 끓여준 라이너스의 입장에서는 억울하기 그지없는 말이었다.

진이 오만한 것은 알고 있었고, 게다가 친구로서 지냈다고 생각했지만, 이것만은 용서하기 어려웠다.

"이놈이고 저놈이고 입에 넣는 것도 제대로 못 만드나?"

그 한 마디가 치명적이었다.

라이너스의 분노는 폭발하여, 진에게 덤벼들려던 그때.

우연히 지나가던 에타나가 평소와 다르지 않은 맥빠진 목소리로 이렇게 말했다.

"플럼은 상대에게 맞춰서 끓이는 방법과 맛을 바꾸었으니 도련님 입맛인 진도 맛있었던 게 아닐까?"

그녀는 그 말만 하고 폴짝폴짝 뛰어서 또다시 어딘가로 떠나갔다.

이번에는 진이 화를 낼 차례였다.

"큭…… 플럼, 플럼. 왜 그렇게 쓸모없는 녀석을……!"

쨍그랑!

그는 찻잔을 땅바닥에 내던졌다.

백자가 흩날리며 그 속에 든 액체는 라이너스의 발밑을 적셨다.

하지만 진은 사과하지 않고 모두 방치한 채 떠나갔다.

"이, 이봐, 진!"

당황한 라이너스는 그를 불러 세웠지만, 화가 나서 이성을 잃은 그의 귀에는 다다르지 않았다.

별수 없이 웅크려 앉아 파편을 주워 적당한 곳에 모아두었다.

"이 찻잔은 고급품이라고. 물론 진에게는 푼돈이겠지만."

라이너스는 주운 파편을 관찰하며 중얼거렸다.

대충 회수가 끝나자 이번에는 젖은 바짓자락을 모닥불 근처에서 말리기 시작했다.

흔들리는 불꽃을 멍하니 바라보자 우울한 기분이 들었다.

라이너스는 아직 스물네 살이지만, 가디오와 마찬가지로 S랭크 모험자다.

어렸을 때부터 실력주의인 세계에서 살아남은 그는 또래와는 비교도 되지 않을 정도의 경험을 쌓았다.

그런 그의 감이 경종을 울렸다.

"위험한 분위기야. 붕괴 전야의 파티와 아주 비슷해."

모험자끼리 짠 파티가 해산될 때, 가장 큰 원인으로 꼽는 것은 몬스터의 습격도, 금전 문제도 아니다.

인간관계의 갈등이다.

"마왕의 성에 다다를 때까지 치명적인 일이 일어나지 않으면 좋겠는데――."

무사히 여행이 지속되기를 바라면서도 라이너스의 풍부한 경험이 단언했다.

그것은 불가능하리라고.

다 나쁜 사람은 아니니
어떻게든 할 수 있으려나

플럼과 밀키트는 손을 잡고 마을을 걸었다.

목적지는 정해지지 않았지만, 아무튼 그 상인의 거점에서 멀어지고 싶었다.

다만 걸을 뿐인데 기분 탓인지 다른 사람들의 시선이 차가웠다.

망토를 걸친 채 얼굴도 야위었고 머리카락도 부스스한 데다 얼굴에 노예의 인을 새긴 두 소녀.

노예 둘이 손을 잡고 걷는 것만으로 여러 가지 억측이 난무하리라는 것은 이해하지 못하는 바 아니다.

밀키트의 인은 붕대로 가렸지만, 그 몸집, 그리고 플럼과 함께 행동한다는 점에서 상상은 된다.

하지만 그렇다고 해서 일부러 어깨를 부딪치며 히죽히죽 웃을 필요가 있는지는 의문이었다.

"밀키트. 노예는 늘 이런 취급을 받아?"

사람과 사람 사이를 누비듯 나아가며 플럼은 물었다.

밀키트는 고개를 갸웃거렸다.

"이런 취급이라니요?"

그 대답만으로 충분했다.

그녀 역시 아까 발에 걸려 넘어질 뻔했을 터였다.

그런데 이 반응—— 아마 그녀에게는 이유 없이 학대당하는 일이 일상일 것이다.

즉, 노예란, 그것이 소녀이든 소년이든 깔봐도 되는 존재인 것이다.

아니—— 깔보기 위해, 그리고 욕구를 충족하기 위해 만들어진 신분이라고 해야 할까?

플럼은 저도 모르게 빈 왼손으로 자신의 뺨을 쓰다듬었다.

손가락에는 본래 있어서는 안 될 미묘한 굴곡이 느껴졌다.

특수한 염료로 색까지 넣은 노예의 인은 설령 재생 능력이 있다고 해도 두 번 다시 없앨 수 없으리라.

피부가 탄 지 일주일이 지났지만, 만지면 아직 조금 아팠다.

하지만 노예의 인을 의식했을 때 느껴지는 것은 육체적인 아픔보다 정신적인 아픔이 컸다.

"주인님, 어디 불편하세요?"

어두운 표정을 짓는 플럼에게 밀키트가 감정 없이 물었다.

"이게 노예라고 재확인했을 뿐이야."

"……?"

밀키트는 또다시 고개를 갸웃거렸다.

노예 생활이 몸에 밴 그녀에게는 정상적인 플럼의 감각을 이해할 수 없을 것이다.

파티에서 추방된 덕분에 마왕 토벌 책무에서는 해방되었지만, 이 얼굴로는 고향에 돌아갈 수 없다.

결국, 플럼 애프리코트라는 인간은 죽은 것과 마찬가지다.

하지만 이렇게 살아 숨쉬고 있었다.

플럼은 분명한 자신의 의지로 땅에 발을 딛고 서 있다.

혼자가 아니다.

가치관 차이는 있지만, 함께 괴로워해줄 길동무도 있다.

"살아가려면 우선 돈을 벌어야 해."

"네……. 역시 몸을 팔 수밖에 없을까요? 저는 그런 경험이 없어서 잘할 수 있을지 불안하지만요."

가장 먼저 떠오른 의견이 설마 매춘일 줄이야.

플럼은 성대하게 한숨을 쉬었다.

"밀키트, 네 몸을 좀 더 소중히 여겨."

"소중히요? 잘 모르겠어요."

"몸을 파는 건 마지막 수단이라는 거야."

"그럼 어떻게 하죠?"

"우선은 서구로 갈까? 거기서 일을 얻을 수 있을 테니까."

"노예도 맡을 수 있는 일……."

이 왕국에는 신분을 따지지 않고 돈을 벌 수 있는 수단이 한 가지 있었다.

밀키트의 머리에서는 떠오르지 않은 모양이지만, 건물 앞까지 가면 그녀도 알 수 있을 터였다.

플럼은 잡은 손에 힘을 주며 속도를 높여 걸어갔다.

왕도는 중앙구, 동구, 서구, 북구의 네 구역으로 나뉘어 있다.

가장 넓은 중앙구에는 크고 작은 상점들이, 그리고 대로에서

벗어난 곳에는 많은 주택이 즐비하다.

동구에는 귀족과 대상인 등 다양한 부자들이 사는 고급 주택가가 있고, 북구에는 왕성과 대성당 등 왕국에서 중요한 역할을 담당하는 시설이 모여 있다.

그리고 서구에는 그 밖의 구역에서 넘치는 빈곤한 인간들이 모여 있다.

노예상인의 거점은 중앙구의 서부에 있어 서구와 가깝다.

플럼의 목적지에서도 비교적 가까운 곳이었다.

20분쯤 걸어 어떤 곳에서 멈춰선 두 사람은 건물에 걸린 간판을 올려다보았다.

"여긴…… 모험자 길드인가요?"

밀키트는 그곳에 그려진 상징을 보고 말했다.

모험자 길드── 그것은 이름이 알려주듯 모험자들이 모여 위탁된 일을 따내기 위한 시설이다.

'모험자'라는 호칭은 왕국에 아직 미개척지가 많았던 무렵, 몬스터가 북적이는 대지를 개척한 용감한 인간들을 지원하는 시설이었던 데서 유래된다.

"맞아. 노예 출신 모험자도 있다고 들었고, 지금의 내게는 싸울 힘도 있으니까. 간단한 의뢰 정도라면 소화할 수 있을 것 같아서."

구울과 상인을 죽인 경험이 플럼에게 자신감을 심어주었다.

치명적인 선을 넘은 느낌은 들지만, 멀쩡한 길에서 벗어난 인간의 삶에서 그것은 이점이었다.

"확실히 구울을 한 방에 쓰러뜨린 힘이 있다면 돈은 벌 수 있을지도 몰라요. 하지만 주인님, 그 힘이 나오는 원리는 뭘까요? 검을 쥐자마자 상처가 아물고, 그렇게 큰 검도 가뿐히 휘두를 수 있게 되다니 믿을 수 없는 힘이에요."

"아마 그 상인이 말한 대로 이 검은 에픽 장비일 거야. 부여된 인챈트의 효과로 신체 능력이 향상된 게 아닐까?"

"하지만 앞서 쥔 남성은 몸이 녹아서 죽었어요."

"확실히 그건 신경 쓰이지만, 나는 마력이 없으니 스캔도 쓸 수 없고……."

검에 마법을 쓰면 장비의 이름과 부여된 인챈트도 확인할 수 있다.

"음, 잠깐만. 몸도 가벼워졌으니깐, 마력도 올라가지 않았을까……?

써본 적은 없지만 어떻게 쓰는지 정도는 알고 있었다.

플럼은 밀키트의 손을 잡아끈 채 "잠깐 이리 와봐" 하고 모험자 길드의 옆에 있는 샛길로 들어갔다.

그리고 인적도 없이 어두컴컴한 그곳에서 '나와라'라고 생각하자 그녀의 손바닥 위에서 입자가 소용돌이치며 퍼져 검의 형태를 띠었다.

정말로 나오자 내심 놀라며 한 호흡 쉰 플럼은 검을 향해 '스캔' 발동을 시도해보았다.

우선은 마법을 행사하기 위한 기본 중의 기본인 온몸에 넘치는 마력을 감지하여 조작하고 임의의 부위에 집중했다.

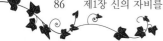

지금까지는 몇 번을 시도해도 그 감각을 파악할 수 없었지만── 지금은 확실히 몸의 안쪽에 흐르는 연기처럼 정해진 모양이 없는 존재를 느낄 수 있었다.

플럼의 입가에 미소가 떠올랐다.

지금까지 16년 동안 아무리 노력해도 다다르지 못했던 힘이 자신에게 깃든 것이다. 이런 상황이지만 기쁜 것은 어쩔 수 없었다.

하지만 의식에 잡음이 조금 섞이자 포착한 마력이 무산될 것 같았다.

황급히 다시 집중하여 위로 들어 올리는 이미지── 그대로 머리까지 가져와 눈동자 주변에 모았다.

"스캔."

그리고 마법 발동을 선언했다.

───────────────

명칭 : 영혼 사냥꾼 츠바이헨더

품질 : 에픽

[이 장비는 당신의 근력을 318 감소시킨다.]

[이 장비는 당신의 마력을 96 감소시킨다.]

[이 장비는 당신의 체력을 293 감소시킨다.]

[이 장비는 당신의 민첩성을 181 감소시킨다.]

[이 장비는 당신의 감각을 107 감소시킨다.]

[이 장비는 당신의 육체를 녹인다.]

───────────────

"영혼 사냥꾼……."

플럼은 시야에 표시된 흉흉한 문자를 무심결에 따라 읽었다.

저주받은 장비에 어울리는 접두사였다.

아마 본래는 그저 츠바이헨더(양손검)였으리라.

그것이 어떠한 형태로 사자(死者)의 원한을 샀고, 나아가 이 검을 쥐고 죽은 자의 원통함까지 흡수하여 모든 소유자를 거부하는 검으로 전락했다.

"하지만 왜지? 스테이터스 감소의 인챈트가 붙었다면 내가 이렇게 거대한 검을 다룰 수 있을 리가 없는데……."

"감소한대요?"

"응. 장비의 정보를 보면 그래. 너도 스캔을 써봐."

"저는 쓰지 못하니 사양할게요."

그럴 리가 없다.

플럼처럼 특수한 사정으로 스테이터스가 0이 되지 않은 한 마력이 1이라도 있으면 스캔을 쓸 수 있을 터였다.

그렇게 생각했지만, 그녀는 이내 깨달았다.

확실히 기본적인 마법이기는 하지만 배우지 않고서 홀로 쓸 수 있는 것이 아니라는 사실을.

요컨대, 초보적인 마법을 쓰는 방법조차 지금까지 아무도 그녀에게 가르쳐주지 않은 것이다.

"게다가 만약 보인다고 해도 잘 모를 거예요. 글자를 못 읽거든요."

아아, 자신은 운이 좋은 편이구나── 하고 플럼은 통감했다.

"그럼 글자는 나도 가르쳐줄 수 있으니 상황이 정리되면 같이 공부하자."

플럼이 그렇게 말하며 웃었다.

그러자 밀키트는 입을 다문 채 수 초 동안 정지했다.

그 뒤, 아주 살짝 시선을 내려 플럼에게서 시선을 피했다.

눈동자에 떠오른 감정은 당혹감과 곤혹스러움이었다.

"주인님께서 그게 필요하다고 말씀하신다면 저는 따를게요."

쓸데없이 소극적인 말이 마음에 걸렸다.

하지만 그것이 밀키트라는 소녀이리라. 플럼은 그렇게 납득하기로 했다.

"그럼 결정됐어. 내가 잘 가르쳐줄 테니 맡겨줘."

플럼은 조금 우쭐대며 가슴을 폈다.

"……아, 그러고 보니 장비의 수수께끼가 풀리지 않았구나. 이 검을 쥐면 스테이터스가 감소하거나 몸이 녹아야 하는데, 왜 나는 반대로 신체 능력이 오르고 상처가 나았는지 말이야."

"네. 원인만 알면 주인님께서 강해지는 방법도 알 수 있지 않을까요?"

"그러면 좋겠지만. 감소해야 하는데 증가하고, 녹아야 하는데 나았어. 으~음……."

"완전히 역전되었네요."

"그러게. 반대로…… 뒤집혀서……."

반대, 뒤집혔다. ──바꿔 말하면 반전.

그것은 플럼이 가진 희소 속성이다.

그녀의 스테이터스를 0으로 만든 원흉이자 쓸모없는 쓰레기 능력……일 터였다.

하지만 지금 현재, 플럼의 능력을 향상시킨 것이 그 힘이라면──.

"완전히 쓸모없다고 생각했던 속성에도 쓸모가 있었나……?"

"속성이요?"

"사실 나는 반전이라는 속성을 가졌어. 요컨대 희소 속성이지. 스테이터스가 0이 된 것도 그것 때문이라 전혀 도움이 되지 않는다고 생각했는데……. 그렇구나. 그런 쓸모가 있었어……!"

즉, 감소는 증가로, 육체의 용해는 육체의 치료로 뒤집혔다.

저주가 축복으로 반전되었다고 말해도 좋을지 모르겠다.

"나는 왜 이렇게 쓸모없는 힘을 가졌냐고 생각했지만…… 하하, 저주받은 장비를 쓰려고 하지 않았으니 알 턱이 없지……. 하하핫, 하하하핫!"

홀로 신이 난 플럼의 웃음소리가 울려 퍼졌다.

밀키트는 잘 이해가 되지 않는지 멍하니 있었다.

"아, 미안해. 혼자 들떴네. 요컨대, 나는 내 속성 덕분에 저주받은 장비를 쓰면 쓸수록 강해질 수 있었던 거야!"

"그런가요? 잘 모르겠지만, 주인님은 굉장하네요."

반응이 약했다.

플럼은 저도 모르게 풀썩 무너졌다.

그야 그럴 것이다.

만난 지 얼마 지나지 않은 데다 감정 표현에 그다지 능숙하지

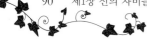

않으니까.

공감을 얻지 못해서 조금 유감이지만, 들뜰 때가 아니었다. 느긋하게 있다가는 해가 지고 만다.

오늘 잘 곳을 얻기 위해서도 최소한의 보수를 벌고 싶었다.

모험자 길드에서는 모험자로서 등록하기 위해 맨 처음에 간단한 F랭크 의뢰를 받아 해결해야 한다.

그 의뢰를 해결하면 라이센스와 저렴한 여관에 머물 수 있는 돈을 받을 수 있다.

재차 길드 앞으로 돌아온 두 사람은 마음을 다잡고 입구로 들어갔다.

빈말로라도 깔끔하다고는 말할 수 없는 시설 안에는 낮인데도 술 냄새가 진동했다. 동료를 모집하기 위한 '소개소'라는 이름의 술집이 함께 있었기 때문이다.

그곳에는 험상궂고 덩치가 큰 모험자들이 많이 모여 있었다.

그들은 플럼과 밀키트의 모습을 보고 얼굴에 새겨진 노예의 인을 확인하자 일제히 씩 웃으며 천박한 표정을 지었다.

접수창구는 입구의 정면에 있었다.

화려한 화장을 하고 지루한 듯 손톱을 만지작거리던 접수창구의 아가씨는 플럼을 보자마자 더욱 뾰로통한 표정을 지었다.

"노예가 이런 곳에 무슨 일이야? 어느 귀족의 몸종도 아닌 것 같은데."

"모험자가 되고 싶어서 왔어. 라이선스를 발행해줄 수 있어?"

플럼이 말하자 접수창구의 아가씨뿐만 아니라 술을 마시던 모험자들도 실소했다.

"농담하지 마. 목숨을 버릴 셈이야? 너희에게는 창부가 더 어울려. 거기 있는 기분 나쁜 붕대 소녀는 모르겠지만, 너는 젊어서 비싸게 팔릴 거야. 원한다면 그쪽 일을 소개해줄까?"

그녀는 히죽히죽 악의에 찬 표정으로 말했다.

플럼은 간신히 짜증을 억눌렀지만, 재차 타격을 주듯 모험자가 야유했다.

"거기 있는 갈색 머리카락은 괜찮은 것 같은데? 오늘 밤에 사줄까? 아, 붕대는 사양할게."

"너무하네."

"그럼 너는 저렇게 괴물 같은 생김새가 가능하냐?"

"무리지……. 아니, 하지만 최근에는 쌓여서 가능할지도 몰라."

"으하하핫, 지금의 너라면 들개도 가능할걸!"

"병만 없다면……."

"진심으로 받아들이지 마. 크하하하핫!"

플럼은 이를 꽉 깨물고 주먹을 쥔 채 참았다.

하지만 마침내 참지 못하고 남자들 쪽을 노려본 뒤 그들에게 다가가고자 발을 앞으로 내디뎠을 때── 밀키트가 그녀의 옷자락을 잡았다.

그리고 옆으로 고개를 저었다.

"왜……?!"

"주인님이 손해볼 뿐이니 그만두세요."

"말해두겠는데, 내가 화난 건 네가 들은 말 때문만은 아니야.

나 자신이 내가 들은 말 때문에 화가 났어!"

하지만 90퍼센트는 그녀에게 천박하게 뱉은 말 때문에 화가
났다.

밀키트는 그것을 알아챘기 때문에 플럼을 막았다.

"진지하게 생각해봐. 사주겠다고 했으니 얌전히 따라가면 되잖
아? 편하게 벌 수 있다고."

"거절이야."

"그래?"

무뚝뚝하게 말하자 접수창구의 아가씨는 손에 든 서류를 처리
하는 데 집중했다.

"아니, 저기, 뭐 하는 거야? 라이선스를 발행해 달라니까."

"……."

"이봐!"

"쫑알쫑알 시끄럽네. 남의 호의를 무시하는 노예에게 알선할
일은 없어. 알았으면 잔말 말고 남자에게 가랑이나 벌려."

반쯤 웃으며 그렇게 말하자 아무리 플럼이라도 한계였다.

멱살이라도 잡고자 카운터로 불쑥 몸을 내밀었다.

"거 참, 그렇게 말하지 말래도."

그러자 중재하듯 소개소 쪽에서 남자 한 명이 다가왔다.

플럼보다도 머리 하나만큼 크고 마른 남자였다.

하지만 온몸에 근육이 옹골차게 붙어서 빼빼 마른 게 아니라 다
만 다부질 뿐이었다.

색소가 옅은 갈색 머리카락은 짧게 잘라 어딘가 청결했다.

쉬는 날인지 모험자다운 장비는 장착하지 않았지만, 허리에는 비싸 보이는 한손검을 차고 있었다.

"이런, 아가씨, 갑자기 끼어들어서 미안해. 내 이름은 데인 피니어스야. 이곳의 길드에서 A랭크 모험자지. 잘 부탁해."

플럼은 그가 내민 손을 수상쩍게 여기면서도 잡았다.

손은 크고, 피부도 두꺼웠으며, 울퉁불퉁했다.

표정만은 온화했지만, 뺨의 상처로 보나 날카로운 눈매로 보나 실력은 확실할 것이다.

그렇지 않고서는 A랭크까지 올라갈 수 없다.

여하튼 모험자는 F랭크부터 시작된다.

받아온 보수액의 누계로 랭크가 오르는데 고액 의뢰를 반복해서 받을 수 있을 정도의 신뢰가 없으면 그 영역까지 도달하기는 힘들다.

"이라, 이렇게 치안이 나쁜 서구의 길드에 신인이 와줬어. 환영하는 게 맞지."

"하지만……."

"라이선스를 받은 뒤에 살아남을지 어떨지는 실력에 달렸어. 도전에 노예든 귀족이든 신분은 관계없지. 문은 활짝 열려 있어야 한다고 생각해."

"……데인 씨가 그렇게 말한다면."

이 데인이라는 남자, 길드에 꽤 강한 권력을 갖고 있을 것이다.

아까까지 욕을 하던 이라가 깔끔하게 물러섰다.

나아가 그는 카운터에 몸을 내밀고 이라 쪽에 손가락을 뻗더니

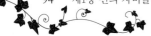

"이런 거라면 괜찮지 않을까?" 하고 의뢰까지 지정했다.

어찌 된 일인지 이라는 "아니, 그건 좀……" 하고 당황한 모습이었지만, 거역할 수 있는 입장은 아닌 모양이라 이내 고개를 끄덕였다.

그리하여 플럼의 앞에 들이민 서류에는 '워울프의 엄니 하나를 납품'이라고 적혀 있었다.

의뢰 랭크는 F였다.

지도도 받았는데, 그곳에는 몬스터가 나오는 지점이 표시되어 있었다.

"받아. 임무를 완료한 동시에 라이선스를 줄 거야."

"고마워."

플럼이 낮은 목소리로 그렇게 말하고 지도를 받자, 이라는 노골적으로 싫은 표정을 지었다.

모험자가 되면 그녀와도 오래 알고 지내게 될 것이다.

벌써 천적이 생겨서 속으로 한숨을 쉬었다.

"데인 씨, 맞지요? 감사합니다. 덕분에 라이선스를 받을 수 있을 것 같아요."

길드를 나서기 전에 플럼은 데인에게 머리를 숙였다.

그는 "신경 쓰지 마"라며 상큼한 미소를 지었다.

그리고 소개소 쪽으로 향하더니 동료로 보이는 모험자가 앉은 테이블로 돌아갔다.

플럼은 데인의 모습을 한동안 바라본 뒤 밀키트에게 말을 걸었다.

"그럼 슬슬 갈까?"

"네, 주인님."

플럼은 자연스레 밀키트의 손을 잡고 길드를 뒤로 했다.

목적지는 지도에 적힌 워울프의 생식지였다.

◇ ◇ ◇

두 사람의 모습이 길드에서 사라질 때까지 데인은 상큼한 미소를 지은 채 배웅했고——보이지 않게 되자마자 "훗" 하고 뿜듯이 웃었다.

"뭘 한 거예요, 데인 씨?"

같은 테이블의 남자가 그에게 물었다.

"보다시피 라이선스 발급용 의뢰를 받게 해줬지. 나는 다정한 사람이거든."

"뻔뻔하네요. 어차피 의뢰 내용에 무슨 짓을 했겠죠."

"뭐…… 후배의 미래를 염려해서 조금 벽을 높여줬을 뿐이야."

그렇게 말하며 유리잔의 하얗고 탁한 술을 들이켰다.

"푸하압! 크헤헷. 원래는 F랭크 의뢰를 달성하면 라이선스를 발행하잖아?"

"그렇지요."

만약 데인이 마음에 든 상대라면 그 의뢰도 패스할 수 있을 것이다.

하지만 이번처럼 **마음에 들지 않는 상대**라면 그 반대도 가능

하다.

"그걸 올렸어."

"얼마나요?"

"조금이야, 조금. D랭크 의뢰를 F랭크라며 줬을 뿐이야. 정말로 재능이 있다면 워울프 정도는 쉽게 쓰러뜨릴 수 있을 테지."

그 말을 들은 남자는 뺨이 굳으며 조금 질린 모습이었다.

"D랭크는 F랭크의 세 배고, 어떨 때는 다섯 배 가까이 강한 몬스터잖아요? 그 아이들은 죽은 목숨이네요."

"그때는 어쩔 수 없지. 나와 달리 재능이 없는 거야."

"하핫, 과연 데인 씨네요!"

모험자들은 노예 소녀들이 무참히 죽는 모습을 술안주 삼아 성대하게 떠들었다.

──'용맹한 비겁자' 데인 피니어스.

그는 길드와 유착하여 고액 의뢰를 부정하게 융통한다.

서구의 다른 모험자들을 통괄하며 그들의 보수 일부를 자신의 공적으로 취급하여 랭크를 올렸다.

그 밖에도 각종 더러운 짓으로 실력이 미치지 않는데도 불구하고 A랭크가 된 남자다.

그의 정체도 악의도 모른 채 마을을 나선 플럼과 밀키트는 손을 잡고 지도에 적힌 곳으로 향했다.

04 이 정도의 의뢰라면 식은 죽 먹기지

왕도의 서문을 나선 뒤 걷기를 약 한 시간── 마침내 목적지인 숲이 보였다.

장비의 효과로 체력이 오른 플럼은 괜찮지만, 밀키트는 이미 피로해 보였다.

"숲에 들어가기 전에 일단 쉴까?"

"저를 생각하시는 거라면 신경 쓰지 않으셔도 돼요."

"그럼 쉬자."

주인은 노예의 몸을 신경 쓸 필요 없다. 밀키트는 그렇게 말하고 싶은 모양이었다.

하지만 '신경 쓰지 마'라고 말하는 시점에 '본심은 쉬고 싶다'고 자백하는 것과 마찬가지가 아닌가.

그녀는 얼굴에서 늘어진 붕대 끝을 손가락으로 가볍게 만지작거렸다.

그것은 불만을 표시하는 동작이었는지도 모른다.

물론 플럼에게 그것이 전해질 리는 없었고, 전해졌대도 그녀의 의사가 변할 일은 없었으리라.

쉰다고 말하면 쉬기로 결심한 플럼은 끄떡도 하지 않았다.

숲의 입구 부근에 잘린 나무 밑동을 발견한 그녀는 그곳에 앉았다.

그리고 발을 버둥버둥 움직였고, 초목을 흔드는 상쾌한 바람을 느끼며 하늘을 올려다보았다.

마침내 손에 넣은 안식의 시간.

그리 길게 누릴 수는 없었다.

그래서 지금 최대한 몸과 마음을 쉬어두고 싶었다.

하지만 서 있는 밀키트가 자꾸만 신경 쓰였다.

철저하게 자신을 밑에 두려는 그녀의 행동을 보며 플럼은 조금 짜증스레 자신의 옆을 손바닥으로 탁탁 쳤다.

"신경 쓰지 마세요."

"서 있는 게 더 신경 쓰여. 제발 앉아."

"그건 명령인가요?"

"명령이라도 좋으니 앉아."

곤란해하는 플럼의 애원에 밀키트는 더이상 자신의 태도를 관철할 수 없었다.

주인에게서 조금 거리를 두고 나무 밑동의 가장자리에 조심스레 앉았다.

미묘한 거리감이 신경 쓰였지만, 지금은 그걸로 타협할 수밖에 없어 보였다.

"……주인님은."

밀키트는 조금 난처한 모습으로 물었다.

"응?"

"저를 보고 기분 나쁘다는 생각이 안 드세요?"

붕대 너머의 입술이 움직이자 덩달아 메마른 천이 버석거리며 마찰되었다.

플럼은 아주 자연스럽게 대답했다.

"생각해. 흉흉하고 기분 나쁘다고."

숨겨봤자 소용없다.

얼굴을 뒤덮은 천은 곳곳이 검붉게 물들었고, 그 틈에서 힐긋 보이는 살갗은 건강한 빛깔이 아니었다.

아무리 또래로 보이는 소녀라지만 그런 겉모습이어서야 혐오감을 품는 것이 당연했다.

"그럼 왜 저를 데려오셨나요?"

"혼자서는 쓸쓸하고 불안하니까."

"그런 목적이라면 말 없고 무뚝뚝한 저는 적합하지 않아요. 저를 팔고 다른 노예를 사야 하지 않을까요?"

밀키트는 진저리가 날 정도로 부정적이었다.

확실히 그 말처럼 플럼이 그녀에게 집착할 이유는 없다.

그저 우연히 같은 감옥 안에 있었고, 우연히 살아남았으니 데려왔을 뿐이다.

하지만 어쩐지── 사명감 같은 무언가가 '밀키트가 아니면 안 돼'라고 마음속에서 플럼에게 속삭였다.

"그리고…… 위선, 일지도 몰라."

정의감이라는 멋진 것이 아니라 어디까지나 위선.

지저분하고 일그러진 자기만족 덩어리.

"저를 데려온 이유가요?"

"그래. 나는 아무것도 하지 못하고 쓸모없어서 아무도 구하지 못해. 그 결과, 노예로 팔렸어. 뭐랄까? 아주 더러운 생각이지만…… 불행한 너를 데리고 멀쩡한 생활을 하며 행복하게 해주면

내게도 삶의 이유가 생기지 않을까 하는 속셈이야. 아마 조금이지만 있었을 거야."

면피하려는 것이 아니라 정말로 자각조차 못 할 정도로 사소한 충동이었다.

하지만 의식해보면 확실히 이유 중 하나로 존재하는 것도 같았다.

듣기 좋게 말하자면 '밀키트를 나락의 밑바닥에서 구하고 싶었다'.

혹은, 영웅 심리라고 불러야 할까?

그리하면 파티에서 추방되어 노예가 되었을 때 완전히 잃어버린 자신감을 회복할 수 있을 것 같았으니까.

"잘 모르겠어요. 이유는 어찌 됐든 주인님은 저를 행복하게 만들고 싶다는 건가요? 그렇다면 더더욱 저를 팔아야 해요. 저는 그에 걸맞은 노예가 아니에요."

"너는 이제 나를 주인이라고 인정했잖아? 그럼 안 돼. 이제 와서 반품할 생각은 없거든."

"그럼──."

밀키트는 뒤통수에 손을 대고 붕대의 이음매를 한 손으로 능숙하게 풀었다.

그리고 얼굴을 덮었던 그것을 직접 제거했다.

"으……."

훤히 드러난 그녀의 얼굴은 플럼이 무심결에 뒷걸음질 칠 정도로 지독한 모습이었다.

턱에서 이마까지 모든 부위에 붉은 반점이 부풀어 올라 있었다.

어느 곳은 피부가 짓무르거나 가죽이 벗겨지거나 곪아서 투명한 액체가 나왔고——,

"이래도 아직 '저라도 괜찮다'고 말할 수 있나요?"

밀키트는 딱히 플럼이 버려주길 바라는 게 아니었다.

다만, 붕대로 가린 모습밖에 보여주지 않는 것은 공평하지 않다고 생각했을 뿐이다.

딱히 위선자라고 여긴대도 거부감은 없었다.

하지만 자신을 선택한다면 모든 것을 드러낸 뒤여야 한다. 노예 주제에 주인을 배반하는 짓일지도 모른다. 그렇게 생각했다.

플럼은 한동안 입에 손을 대고 멈추었다.

머릿속에서는 '기분 나빠'나 '아프겠다'나 '징그러워'나 '불쌍해'나 '하지만 역시 눈이 예뻐' 등 다양한 말이 뱅글뱅글 날아다녔다.

모두 이곳에서는 도움이 되지 않고, 밀키트에게 해봤자 전혀 의미 없는 말들이었다.

하지만 머릿속에 날아다니는 정보 중에 딱 한 가지 유익한 것이 섞여 있다고 깨달았다.

얼굴**만**이 썩은 듯 문드러진 이 증상은 확실히—— 여행길에 에타나에게 약초 지식을 배웠을 때 들은 적이 있었다.

"혹시…… 무스타르드독 증상인가?"

"무스……?"

낯선 단어에 밀키트는 멍한 표정을 지었다.

"살짝 만져볼게."

플럼의 생각이 맞다면 통증은 이미 거의 없을 것이다.

정말로 예상한 독 증상인지 확인하고자 그녀는 밀키트의 얼굴에 손을 뻗었다.

그러자 그녀는 재빨리 일어나 그것을 거부했다.

"안 돼요, 주인님. 옮을 거예요."

"무스타르드독은 타인에게 옮지 않아."

"저는 그렇게 들었어요. 그러니까 주인님께서 말씀하시는 독과는 다를 거예요."

"그걸 누구에게 들었는데?"

"이전 주인님이요. 옮는 데다 절대로 낫지 않으니 결코 다른 사람이 만지지 못하게 하랬어요."

플럼은 뻗은 손에 힘을 주어 주먹을 쥐었다.

손톱이 손바닥에 파고들 정도로 세게.

이 세상에는 생각보다 더 썩어빠진 인간이 많다.

언제나 아무 죄 없는 약자만 희생된다.

가해자는 태연히 살고, 피해자는 괴로워하고 발버둥 치다 죽으며 그 죽음조차 비웃음을 당한다.

이런 불합리가 통하는가? ──아니, 통해도 되는가?

"다 거짓말이야……. 이놈이고 저놈이고 남을 속이기나 하고!"

이 분노를 표해도 될 상대가 있다면 지금 당장이라도 영혼 사냥꾼으로 두 쪽을 내고 싶을 정도로 화가 났다.

하지만 지금 이곳에는 피해자만 있다.

할 수 있는 일이라고는 약자끼리 상처를 보듬는 것뿐이다.

플럼은 기세 좋게 일어나서 밀키트를 안았다.

그녀는 저항하는 모습을 보였지만, 어차피 옮지 않는다.

나아가 플럼은 뺨과 뺨을 맞대고 비볐다.

"이러시면 안 돼요, 주인님. 만약 정말로 옮으면 주인님까지 저처럼 추해질 거예요."

지금까지 감정이 없던 그녀의 말에 웬일로 억양이 생겼다.

그 정도로 '타인을 만지지 마라', '반드시 옮는다'고 전 주인에게 협박받았을 것이다.

"상관없어!"

그렇게 나쁜 이미지를 불식하기 위해 플럼은 일부러 큰 소리로 말했다.

"말해두겠는데, 나는 이 정도로 네 주인을 그만둘 생각은 없어! 너는 맨얼굴을 보이고 내게서 도망치려 했을지도 모르지만, 유감이네. 오히려 아까보다 결심이 더 단단해졌다고."

"그럴 생각은 없었어요. 행복하게 해주겠다고 말하셨지만, 이전 주인은 이 얼굴은 낫지 않는다고 했고, 계속 주인님께 민폐를 끼칠 거예요."

"미치겠네. 그런 말을 했구나. 확실히 회복 마법으로는 치료할 수 없을지도 몰라."

현재, 왕국에서 상처나 병, 독을 치료하는 일은 의사가 아니라 신관이나 수도녀의 몫이다.

빛 속성의 회복 마법을 이용하여 약이나 외과적인 처치가 필요 없이 다양한 장해를 제거할 수 있다.

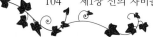

회복 마법이 보급되어 왕국의 평균 수명은 지난 몇십 년 동안 급격히 늘어났다.

하지만 마법도 만능은 아니다.

고칠 수 없는 병이나 독도 있다.

그중 하나가 무스타르드독에 의한 피부 짓무름이다.

"하지만 밀키트, 고칠 방법이라면 있어. 간단한 이야기야. 마법으로 고칠 수 없다면 약으로 고치면 돼."

"주인님께서는 똑똑하시네요. 하지만…… 약사는 이미 왕국에 없지 않나요?"

밀키트의 말은 사실이었다.

교회는 부친에게 세습 받아 모든 권한을 이어받은 지금의 교황이 자리에 오른 이후, 의료 독점 상태를 유지하기 위해 약사를 짓밟기 시작했다.

압력을 넣고 영업 방해를 한 끝에 왕국과 결탁하여, 때로는 법률을 비틀면서까지 그들을 몰아냈다.

하지만 가장 큰 원인은 왕국민의 대다수를 점령한 오리진 교도가 교회의 불합리에 가담한 데 있다.

그것이 오리진 님에 대한 신앙을 나타내는 방법이라고 성직자들이 신자에게 설교했다.

그 결과, 그 말을 곧이곧대로 믿은 그들에게 다양한 방법으로 방해받은 약사들은 생활도 제대로 할 수 없어서 그 대부분이 폐업했다.

하지만 지식과 기술 모두를 잃은 것은 아니다.

마왕 토벌 여행에 나서기 전까지 홀로 깡촌에 살던 마법사에게까지는 교회의 마수가 미치지 않았다.

그 결과, 잃어버렸을 터인 다양한 의료 지식과 기술은 그녀——에타나 린바우의 안에 남았다.

그렇다. 플럼과 함께 마왕 토벌 여행에 참가했던 그 에타나다.

플럼은 여행 도중에 조금이라도 파티에 도움이 되기 위해 그녀에게 마법과 약초에 관한 지식 일부를 배웠다.

별 기대는 없었기 때문에 약을 정제하는 단계까지는 가지 않았지만, 지금처럼 증상을 보고 원인을 특정할 수 있는 정도의 지식을 습득했다.

"해독약에 필요한 재료는 내가 알고 있으니 모험자로서의 생활이 안정되면 모아볼까? 물론 약을 만들려면 지인의 도움이 조금 필요한데……."

플럼이 노예로서 팔리는 걸 승낙한 에타나가 과연 자신의 부탁을 들어줄까?

뇌리에는 자기 주관이 강하면서도 다정하고 지식을 나누어준 마법사의 모습이 떠올랐다.

쓸모없는 자신이지만 나름대로 노력은 했다.

그 나름대로 일부 인간과는 신뢰 관계도 구축했다.

하지만 그녀의 본심을 모두 알 정도로 친밀한 관계였느냐고 묻는다면—— 자신은 없다.

본인에게 듣지 않는 한은 진실을 알 수 없으리라.

그렇다면 지금은 낙관적으로 생각하자. 유리한 생각만 하자.

세계는 불리한 일들로 넘쳐나니까.

최소한 상상 속에서나마 모두 생각대로 진행되는 세계이길 바랐다.

그래서 믿었다.

재료가 되는 약초만 모아서 에타나에게 부탁하면 반드시 그녀는 약을 만들어줄 것이라고.

"그러려면 우선 오늘을 극복해야겠지."

"그러게요. 너무 여유를 부리다가는 해가 저물 거예요."

두 사람은 몸을 뗐다.

플럼은 미소를 지으며 밀키트 쪽을 보았지만, 그녀는 조금 쑥스러운 듯 고개를 숙였다.

그 동작은 솔직히 귀여웠다.

그리고 협력하여 그녀의 얼굴에 붕대를 다시 감았다.

준비가 끝나자 워울프가 생식한다는 숲속으로 발을 들였다.

◇ ◇ ◇

태양 빛이 나무에 가로막혀 주위는 어두컴컴하고 쌀쌀했다.

땅바닥도 부드러워서 한발 한발을 확실히 밟지 않으면 발이 빠질 것 같았다.

플럼은 밀키트의 손을 잡고 이따금 넘어질 뻔한 그녀를 지탱하며 숲속으로 나아갔다.

저주받은 장비 덕분에 힘은 얻었지만, 전투에서 힘을 제대로 행사하는 것은 이번이 처음이었다.

몬스터와의 본격적인 싸움도 물론 처음이었다.

긴장되어 가슴이 크게 뛰었다.

'정말로 이대로 나아가도 괜찮겠어?' 하고 연약한 자신이 얼굴을 엿보이며 플럼의 발걸음을 무겁게 했다.

하지만 잡은 손에서 온기를 느끼자 '지켜야 한다'는 사명감이 솟구쳤다.

그녀답지 않게 뜨거운 마음은 약한 마음을 깨끗이 지울 정도의 용기를 주었다.

숲을 나아가기 시작한 지 약 15분이 흘렀다.

아직 입구 부근이라고도 부를 만한 얕은 지점에서 플럼은 발을 멈추었다.

나무 그늘에 숨어 밀키트의 몸을 당기고 검지를 세워 그녀의 입술에 댔다.

플럼이 엿본 곳에는 세 마리의 늑대가 무리를 이루어 걷고 있었다.

그레이울프

속성 : 흙

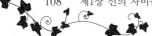

근력 : 108

마력 : 9

체력 : 61

민첩 : 109

감각 : 98

스테이터스 합계 385, E랭크의 몬스터였다.

플럼이 '영혼 사냥꾼'으로 인해 얻은 스테이터스는 995.

침착하게 싸우면 다치지 않고 이길 수 있는 상대일 터였다.

의뢰받은 타깃은 F랭크라고 들었다.

저 그레이울프들보다 더 약한 것이다.

연습 상대로는 부적절하지만── 밀키트의 너덜너덜한 신발이 살며시 움직이며 낙엽이 바스락 소리를 냈다.

그러자 늑대들은 일제히 플럼과 밀키트가 숨어 있는 나무 쪽을 노려보았다.

밀키트를 데리고 도망치기는 어려웠다.

등을 돌리는 것보다 자신이 덤비는 것이 이쪽의 페이스로 끌어 들이기 쉬울 터였다.

플럼은 손짓으로 그녀에게 여기서 기다리라고 전했다.

그리고 하늘을 올려다보며 크게 숨을 들이마시고── 내뱉은 동시에 몬스터의 앞에 모습을 드러냈다.

"크르ㅇㅇㅇㅇ응!"

상대가 무방비하다고 판단한 세 마리는 일제히 플럼에게 덤벼들었다.

맨손으로 방어 자세를 갖춘 그녀는 늑대들을 충분히 끌어들였다.

그리고 세 마리가 모두 사정거리로 들어오자 이공간에서 대검을 뽑았고,

"하아아아아앗!"

일부터 요란하게 소리 내며 베었다.

부웅!

검은 날이 호를 그리며 그레이울프의 머리에 직격했다.

피해는 열상에 그치지 않았다.

양손검이기에 묵직한 충격이 두개골을 파괴하고 뇌를 쏟아냈다.

힘을 잃은 세 마리는 거의 동시에 땅바닥에 떨어졌다.

"헉, 헉, 헉."

자신의 손으로 목숨을 빼앗았다——. 그 감각이 손에 남아서 떨렸다.

무력한 자신도 싸울 수 있다——. 고양감에 몸이 달아올랐다.

플럼은 어깨를 들썩여 호흡하며 낙엽 위에 구르는 시체를 내려다보았다.

머리가 뭉개져서 확인할 것까지도 없이 즉사했다.

이미 몇 마리의 벌레가 모여들었고, 이내 다른 생물의 양분이 되었으며, 이윽고 숲으로 돌아갈 것이다.

"훌륭했어요, 주인님."

밀키트의 감정 없는 목소리가 울려 퍼졌다.

검을 집어넣은 플럼은 그녀 쪽을 돌아보더니 "갈까?" 하고 말한 뒤 손을 내밀었다.

의뢰받은 몬스터는 다른 생물이다.

하지만 E랭크를 쓰러뜨렸다면 F랭크 토벌은 수월할 터였다.

확실한 자신감을 얻은 플럼과 밀키트는 또다시 숲속으로 나아갔다.

"있다. 워울프."

그로부터 약 20분이 지났을 때, 목표물인 몬스터와 마주쳤다.

알아채지 못하도록 작은 목소리로 속삭인 플럼의 시선 끝에는 이족보행으로 이동하며 먹이를 찾는 등 굽은 늑대 형태의 생물이 있었다.

"저기, 주인님. 저는 싸우지 못하는데 이곳에 올 필요가 있었을까요?"

매우 뒤늦은 질문이었다.

지당한 의문이지만, 이 타이밍에 말할 필요가 있었을까?

곤란한 플럼은 극한까지 음량을 낮춘 목소리로 이유를 소곤소곤 말했다.

"차라리 왕도에서 기다리게 할까도 싶었지만, 인간과 몬스터 중 어느 쪽이 위험할지 생각하니 인간 쪽이 위험할 것 같았어."

노예인 그녀를 마을에 홀로 남겨두면 무슨 일이 일어날지 알 수 없다.

두 번 다시 만나지 못할 가능성도 있다.

그럴 바에야 몬스터에게 당할 위험성을 고려한대도 숲에 데려가는 편이 안전하다고 플럼은 생각했다.

"만에 하나의 일이 생겨도 도움은 되지 않을 거예요."

"오늘은 다치지 않도록 도망쳐. 상대가 F랭크라면 너라도 도망칠 수 있을 거야. 그리고 앞으로 데려갈지는 다시 생각해볼게."

모든 것은 돈을 얻고 숙소를 잡은 뒤에 생각할 일이다.

무일푼으로는 어디에 있든 객사하는 게 시간 문제니까.

플럼은 우선 워울프의 스테이터스를 확인하고자 스캔을 발동했다.

그녀의 시야에 문자와 숫자의 나열이 죽 표시되었다.

워울프

속성 : 흙

근력 : 159

마력 : 22

체력 : 79

민첩 : 207

감각 : 54

모든 수치를 본 그녀는 화가 난 듯 말했다.

"정말…… 못 살겠네. 아~아, 그 데인이라는 녀석도 결국은 똑같은 인간이었어."

"왜 그러세요?"

"저 몬스터의 스테이터스 합계가 521이나 돼. 스테이터스의 합계치가 500을 넘으면 D랭크 몬스터로 취급해."

"그럴 수가. F랭크랬잖아요."

"데인과 서구 길드에 속은 거야."

신인 모험자가 D랭크 몬스터에게 덤비면 틀림없이 죽을 것이다.

즉, 그들은 간접적이나마 두 사람의 목숨을 빼앗으려 한 것이다.

"하지만 유감이야. 나는 그런 약골이 아니거든."

플림의 츠바이헨더 덕분에 스테이터스 상승치가 D랭크 몬스터의 스테이터스를 웃돈다.

합계치 1,000부터는 C랭크에 상당한다고 여기기 때문에 거의 D랭크 상위급의 실력이다.

나아가 치료 능력까지 갖추었다.

그 정도의 몬스터라면 문제없이 처리할 수 있을 터였다.

플림이 검을 꺼내고 싶다고 생각하자, 이공간에서 칼자루가 나타났다.

그녀는 그것을 쥐고 거대한 검을 현세로 끌어냈다.

전투 준비는 완료되었고, 이제 단숨에 거리를 좁히고 혼신의 일도(一刀)를 휘두를 따름이다.

다리 위치를 조정하고 내딛고자 오른발에 힘을 준 바로 그때.

"주인님, 저길 보세요."

밀키트의 목소리가 그것을 가로막았다.

그녀가 가리킨 쪽으로 시선을 보내자 그곳에는 또 다른 워울프가 있었다.

거기에 한 마리 더, 게다가 다른 곳에서 또 한 마리, 총 네 마리의 워울프가 같은 곳에 모여들었다.

그들이 D랭크 몬스터 중에서도 특히 성가시다는 데는 집단행동의 습성이 있기 때문이다.

「한 마리를 발견하면 주위에 반드시 세 마리는 숨어 있다고 생각해야 해.」

그것은 모험자들 사이에서 격언으로 내려올 정도였다.

즉, 아까 격파한 그레이울프와 마찬가지로, 이족보행이지만 무리 지어 행동하는 습성은 잃지 않았다는 이야기다.

아무리 플럼의 스테이터스가 우위래도 동시에 네 마리의 D랭크 몬스터를 상대하기는 어렵다.

어떻게든 갈라놓을 수 없을까?

험악한 표정으로 무리를 노려봤지만, 그중 한 마리가 수상하게 고개를 저으며 주변을 탐색하기 시작했다.

사람은 맡을 수 없는 냄새, 혹은 들을 수 없는 소리를 감지한 것일까?

덩달아 나머지 세 마리도 바삐 주위를 보며 경계하기 시작했다.

플럼과 밀키트는 완전히 나무 뒤에 숨어 워울프들의 경계 행동이 끝나기를 기다렸다.

하지만 그 전에── 휘이잉! 하고 갑자기 주위에 강풍이 불어 나무들이 흔들렸고 땅바닥의 낙엽을 감아올렸다.

"꺄악?!"

플럼은 저도 모르게 눈을 감았다.

그녀는 얼굴을 팔로 가리며 휘몰아치는 바람 속에서 워울프들 쪽을 보려 했다.

그러자 그곳에는 늑대남의 하반신이 나뒹굴었다.

상반신은── 갑자기 하늘에서 나타난 거대한 사자가 물고 씹는 중이었다.

그 사자에게는 마치 새처럼 날개가 돋아 있었다.

워울프는 새로 나타난 거대 몬스터에게 저항하고자 공격했지만, 앞다리만 휘둘러도 날아가 나무줄기에 부딪혔다.

그리고 축 늘어진 그것을 사자는 잇따라 먹어치웠다.

"스캔!"

본 적도 없는 거대 몬스터를 앞에 두고 플럼은 즉각 스테이터스를 확인했다.

안즈

속성 : 바람

근력 : 542

마력 : 408

체력 : 301

민첩 : 422

감각 : 214

스테이터스 합계치 1,887.

플럼과 비슷한 수치를 가진 그 녀석은———,

"C랭크 몬스터……?!"

"그, 그럴 수가…….'

지금의 플럼은 D랭크 집단을 상대하기조차 버겁다.

그런데 그 워울프들을 이토록 쉽게 해치우는 C랭크에게 이길 수 있을 리가 없었다.

이대로 발견되기 전에 도망쳐야 한다.

하지만 나무 뒤에 숨은 걸로는 날카로운 감각에서 벗어날 수 없었다.

안즈는 이미 두 사람의 존재를 포착했다.

입에서 피와 살과 장기를 떨어뜨리며 시커먼 안구가 플럼과 밀키트 쪽을 노려보았다.

"쿠오……."

짧게 으르렁거렸다.

날개를 펄럭이자 그 주위에서 어떠한 힘이 꿈틀거렸다.

플럼에게는 그것이 공격을 준비하는 동작처럼 보였다.

"밀키트!"

반사적으로 몸이 움직였다.

최소한 그녀만이라도── 플럼은 그렇게 생각하여 그 가녀린 몸을 밀쳐냈다.

"꺄악?!"

소리를 지르며 땅바닥에 나뒹군 밀키트는 땅바닥에 주저앉은 상태로 주인 쪽을 보았다.

쿠오오오오오!

직후, 안즈의 날개가 크게 펄럭이며 바람 속성 마법이 작렬했다.

수많은 예리한 검으로 변한 바람이 불이 땅비닥을 베었고 플럼에게 다가왔다.

도망칠 곳은 없었다.

그녀의 몸은── 주위의 나무와 함께 무참히 베였다.

피가 튀며 플럼의 사지가 공중에 흩날렸다.

네놈의 손바닥은
댄스 홀로 쓰기에 너무 좁다

플럼의 육체는 바람 마법에 베여 산산조각이 나 포물선을 그리며 떨어졌다.

"주인님?!"

밀키트는 저도 모르게 소리쳤다.

표정 변화가 거의 없던 그녀가 처음으로 감정을 훤히 드러낸 순간이었다.

양팔, 양다리, 목, 몸통.

총 여섯 개의 부분으로 나뉜 육체가 부드러운 땅바닥에 잠겼고, 배어 나온 혈액이 부엽토에 스몄다.

"아…… 아아…… 으아아악……!"

이렇게 맥없이 사람이 죽다니――. 절망감이 육체를 지배하여 밀키트의 발은 땅바닥에 고정된 듯 움직이지 않았다.

안즈는 만족스레 콧바람을 뿜더니 이번에는 검은 눈을 유일한 생존자인 그녀 쪽으로 향했다.

그 입가가 사냥감을 앞에 두고 뺨에 주름을 그리며 추하게 웃듯 일그러졌다.

훤히 드러낸 엄니에는 아까 희생된 워울프의 혈액이 묻어 있었다.

일부러 보여준 이유는 '지금부터 이것으로 너를 죽이겠다'고 협박하려는 것일까?

"히……이……익."

다른 사람의 죽음도, 자신의 죽음도, 딱히 괜찮았다.

자신의 목숨에 가치가 없다는 것도 알고 있었다.

그래서 죽음은 두렵지 않았다.

4미터는 넘을 크기에, 대부분의 갑옷을 뚫을 날카로운 발톱, 뾰족한 엄니, 그리고 강력한 마법.

그 모두가 밀키트에게 향하면 저항조차 변변히 할 수 없는 흉기들이다.

압도적인 힘의 차이를 확인하면 인간은 이성을 잃고 본능적으로 두려워하는 생물이다.

부들부들 떨리는 다리는 아직 말을 듣지 않았다.

살고 싶은 게 아니라 **도망치고 싶다**.

밀키트는 그렇게 강하게 염원했다.

"크아아아아아아아아악!"

안즈는 포효하며 앞다리로 땅바닥을 박차고 사냥감에게 날아들었다.

거대한 몸이 맹렬한 속도로 다가오는 광경을 앞에 두고 밀키트는 반사적으로 머리를 감싸며 그 자리에 웅크려 앉았다.

쿠오오!

아슬아슬하게 팔을 스치며 지나가는 압도적 질량.

착지하자 촤아아아악! 하고 땅바닥이 푹 파였다.

밀키트의 심장은 쿵쾅쿵쾅 크게 울렸고 "헉헉헉" 하고 입을 벌린 채 과호흡하며 폐를 떨었다.

공포는 사라지지 않았지만, 속박은── 풀려 있었다.

자신의 다리로 확실하게 도망칠 수는 없겠지만, 0퍼센트에 가까운 기적을 일으키기 위해서는 행동할 수밖에 없었다.

그녀는 질퍽거리는 땅바닥을 박차고 균형이 무너진 상태로 기우뚱하게 달렸다.

하지만 도망을 꾀하는 밀키트를 보고도 안즈는 아직 여유가 있었다.

당연할 것이다. 보폭의 크기가 너무 달랐다.

아무리 필사적으로 달려도 그 정도의 거리는 단 한 번 뛰어서 쉽사리 좁혔다.

"으, 으으…… 힉, 히익…… 헉, 아아아……!"

뛰는 데 익숙지 않은 그녀의 자세는 엉망진창이었고 너무 느렸다.

그것을 본 안즈는 하나의 결론에 도달했다.

──저것은 적이 아니다.

즉 **먹이**이며, 게다가 **장난감**이기도 하다고.

다시 안즈의 입가가 일그러졌다.

악의에 가득 찬 그 표정으로── 일부러 직격하지 않도록 아슬아슬하게 스치는 궤도로 도약했다.

밀키트는 소리를 지르며 땅바닥에 굴렀고 기었다.

그 모습을 보고 안즈는 이렇게 생각했을 것이다. ──아아, 즐겁다.

갖고 놀듯 다음에는 발톱으로 가볍게 옷을 찢었다.

그러자 그녀는 더욱 새된 목소리를 내며 몸을 떨었다.

우스꽝스러웠다.

역시 즐거워서 참을 수가 없었다.

안즈가 사람과 같은 감정 표현이 가능했다면 낄낄 웃었을 것이다.

가까이에서 입을 벌리고 살짝 소리를 지르자 곤충처럼 작게 몸을 움츠렸다.

더욱 유쾌했다.

하지만 밀키트의 육체는 취약했다.

이렇듯 극도의 긴장 상태가 계속되자 체력이 동났으리라.

조금씩 반응이 작아지는 그녀를 보고 안즈는 질린 모양이었다.

마침내 먹이로서의 역할을 부여하기 위해, 엎드려 도망치는 그녀를 조준했다.

앞발에 힘을 꽉 주고 땅바닥을 거세게 박차려다──,

"……아프잖아."

누군가가 안즈의 꼬리를 잡았다.

"정말 엄청 아파. 이럴 때 에픽 장비는 대단하다고 생각해야 할까? 아니면 그렇게 상처를 입어도 머리나 심장이 터지지 않는 한 이렇게 술술 말할 수 있을 정도로 금세 낫는 화신 같은 몸이 된 걸 개탄해야 할까?"

꼬리는 민감한 부위다.

그런데 그녀는 더욱 힘을 주어 그것을 쥐고 당겼다.

안즈는 언짢은 듯 엄니를 잇몸까지 드러내고 미간과 코 위를 찌푸리며 그녀 쪽을 돌아보려 했다.

하지만 그 거동보다 먼저──,

"그런데 사람을 이 꼴로 만든 당사자인 너는…… 약한 여자애를 괴롭히며 즐기냐!"

휘잉── 뚜둑!

플럼은 한 손으로 대검을 휘둘러 안즈의 꼬리를 잘랐다.

"쿠오오오오오옷?!"

둔부에 내달리는 통증에 거대한 몸이 그 자리에서 뛰어 올랐다.

그리고 착지와 동시에 옆으로 쓰러지더니 다리를 버둥대며 고통에 몸부림쳤다.

그 바로 근처에 선 플럼은 대검을 높게 쳐들었다.

그 양쪽 어깨는 아직 완전히 붙지 않았다.

관절에서 피가 배어 나왔고, 통증에 얼굴을 찌푸렸다.

하지만 숨을 내뱉고 입술을 깨물며── 버둥대는 뒷다리에 날카로운 일격을 휘둘렀다.

"꺄아아아으으으윽!"

예리한 검 끝이 다리를 깊게 베었다.

붉게 새겨진 상처는 쩍 벌어져 대량의 피를 분출했다.

안즈는 소리를 지르고 크게 날뛰며 나무들을 쓰러뜨렸다.

"거봐. 아프지? 하지만 나는 그보다 더 아팠어. 몸이 산산조각 났으니까. 아직 완전히 붙지도 않았고. 낫고 있다는 건 알지만 장난 아니게 욱신거린다고!"

말은 통하지 않지만 거칠게 외치지 않을 수 없었다.

그 정도로 강렬한 통증이었다.

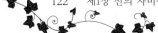

바람 속성 마법을 직격으로 맞아 몸이 잘렸을 때는 플럼도 죽었다고 생각했다.

혈액이 흐를수록 의식도 흐려졌고, 쓸데없이 추웠다. 최소한 밀키트만이라도 도망친다면…… 하고 그야말로 죽어가는 인간의 사고에 빠져 있었다.

하지만 신기하게도 흐르던 혈액은 머지않아 멎었고, 잘렸던 부위가 마력으로 이어지는 감각이 느껴졌다.

그 뒤, 눈에 보이지 않는 힘이 각각의 부분을 끌어당겼고, 정신을 차리고 보니 붙은 채 자연스레 상처 치유가 시작되었다.

구울에게 먹혔을 때에 비해 재생되는 데까지 시간은 좀 걸렸지만, 그래도 이렇게 살아 있다.

머리와 사지가 잘리고도 죽지 않는다는 것은, 재생이 이루어지기 전에 머리나 심장을 터트려 즉사를 노리지 않으면 지금의 플럼을 죽일 수 없다는 뜻이리라.

"크…… 크르릉, 으으으으으으……!"

안즈는 일어나서 플럼을 보고 섰다.

그 동작은 아까까지에 비해 압도적으로 둔했다.

플럼이 벤 다리에서 흘러나온 혈액은 체모를 끈적끈적하게 적셨다.

무방비한 상태로 대검의 직격을 받으면 대형 몬스터라 할지라고 무사할 수 없는 모양이다.

"주인님, 무사해서 다행이에요."

적의 뒤에 있는 밀키트는 가슴 언저리에서 손을 꽉 쥐고 안도

했다.

플럼은 아직 그녀가 살아 있는 데 안심하며 안도의 한숨을 내쉬었다.

"밀키트. 이 틈에 도망쳐!"

"알겠습니다. 주인님도 무리하지 마세요."

밀키트는 왔던 길을 휘청휘청 되돌아갔다.

이제 플럼의 걱정거리가 하나 사라졌다.

덕분에 더욱 전투에 집중할 수 있게 되었다.

"무리하지 말라는 건 어렵겠는데? 상대가 상대인지라."

플럼은 쓴웃음을 지으며 그렇게 내뱉었다.

안즈는 플럼을 타깃으로 정했는지 도망치는 밀키트를 쳐다보지도 않았다.

"다리 부상을 입었으니 속도는 내가 더 나아. 남은 건 발톱과 엄니의 직격을 피하고 마법에만 주의하면…… 나라도 쓰러뜨릴 수 있을 거야."

플럼은 그렇게 자신에게 되뇌었다.

아마 그녀의 육체를 원거리에서 절단할 정도의 마법을 발동하려면 날개를 펄럭이는 예비 동작이 필요할 것이다.

그것만 알면 움직이지 못하는 상황에 빠지지 않는 한 직격을 입을 일은 없다.

발톱과 엄니에 대처하는 방법은 간단하다.

정신력으로 피한다. 다만 그뿐이다.

플럼은 적당한 거리를 유지하며 적의 오른쪽으로 돌아갔다.

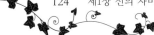

서서히 발을 움직여 몸의 각도를 바꾸었고, 안즈는 줄곧 그녀를 정면으로 마주했다.

하지만 다리의 상처에서는 지금도 혈액이 흘러나왔고, 오래 끌면 끌수록 전황은 안즈에게 불리한 방향으로 기울 것이다.

플럼의 시간 벌기 작전은 몬스터에게 초조함을 유발했다.

앞다리의 발톱이 땅바닥에 박혔다. 돌진의 조짐일까?

플럼은 자세를 잡고 공격에 대비했다.

하지만——.

"크아아아아아악!"

안즈가 향한 곳은 앞이 아니라 **위**였다.

휘이잉! 하고 내려오던 때처럼 격렬한 바람이 플럼의 몸에 불었다.

"날았어?!"

그녀의 눈에 비친 것은 날개를 펄럭이며 하늘 높이 나는 안즈의 모습이었다.

당연히 곧장 덤벼들 줄 알았던 플럼은 곤혹스러웠다.

원래 안즈의 그 날개는 장시간 비행을 위한 것이 아니다.

활공이나 도약의 보조 역할을 하기 위한 것이다.

하지만 아무래도 단시간이라면 새처럼 하늘에 떠오를 수도 있는 모양이었다.

플럼은 하늘을 올려다보았다.

하지만 포개진 나뭇잎 때문에 안즈의 정확한 위치를 파악할 수 없었다.

한편, 안즈는 높이의 우위를 이용하여 침착하게 타깃의 위치를 확인하고 조준했다.

사냥감의 목숨을 빼앗는 데 가장 적합한 타이밍을 가늠하고——급강하하여 지상의 플럼을 향해 돌진했다.

뷰우우우웅!

제법 큰 몸이 공중을 고속으로 이동했다.

소리가 나지 않을 수 없었다.

소리로 위험을 감지한 플럼은 그 자리에서 즉각 물러났다.

쿠우우우웅!

안즈가 땅바닥에 꽂히듯 착지했다.

충격으로 땅바닥이 흔들렸고, 나무들에서 다량의 잎이 떨어졌으며, 썩은 수목은 부러졌고, 대지는 분화구처럼 동그랗게 파였다.

하지만 어떤 공격이든 맞지 않으면 의미가 없다.

착지점에서 피하는 데 성공한 플럼은 오버액션의 대가로 큰 틈이 생긴 몬스터에게 공격을 가하기 위해 덤벼들었다.

쿠오오오오오옷!

하지만——그 직후 착지점을 중심으로 숲에 거센 바람이 불었다.

"설마 이건——."

플럼의 등줄기에 오싹한 오한이 내달렸다.

하지만 이미 늦었다.

제 발로 폭발의 중심지에 들어간 그녀의 몸은 멈추지 않았다.

아까 그 공격은 평범하게 공중에서 낙하한 게 아니었다.

안즈는 바람 마법의 힘을 두르고 있던 것이다.

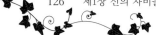

그것이 땅바닥에 도달한 순간 작렬하여 주위에 존재하는 물체를 모두 날릴 정도의 강렬한 폭풍을 발생시켰다.

"크윽, 아까 마법에는 주의해야 한다고 확인한 참인데……. 까아아악!"

플럼은 땅바닥에 검을 꽂고 버렸지만, 마침내 날아갔다.

손에 힘을 주었지만, 플럼은 아직 초보자였다.

아무리 자신에게 되뇌어도 싸우는 방법이 몸에 익지 않았다.

안즈에게도 빈틈이 있는 것과 마찬가지로 아마추어인 그녀에게도 많은 빈틈이 있는 것이다.

"크헉!"

플럼은 등 뒤로 거목에 부딪치고 말았다.

우두둑…… 하고 등뼈가 부러지는 듯한 감각과 통증이 있었지만, 나무와 마찰하며 몸이 땅바닥에 떨어질 무렵에는 치료가 끝나 있었다.

쓰러진 그녀는 흐릿한 시야 속에서 지체 없이 다가오는 안즈의 발톱을 보았다.

황급히 일어나 정신없이 앞으로 뛰어들었다.

우지끈!

플럼의 뒤에서 나무가 부러지는 소리가 났다.

피하지 않았다면 자신의 몸이 고깃덩이가 되었을 것이다.

그런 것이 직격했다면 즉사를 면할 수 없을지도 모른다.

실감 나는 죽음이 눈앞에까지 다가와 플럼은 구역질이 났다.

일어난 그녀는 자신의 손에 검이 없다는 것을 깨달았다.

날아갔을 때 놓친 모양이었다.

하지만 찾아봐도 주위에 검 같은 것은 떨어져 있지 않았다.

그리고 손등에는 에픽 장비가 이공간에 수납된 사실을 나타내는 문장이 새겨져 있었다.

주인에게서 떨어져서 자동으로 수납된 것일까?

플럼은 손바닥에 의식을 집중했다.

그러자 이내 그곳에 '영혼 사냥꾼'이 나타났다.

"헉, 헉. 센스 있군……. 과연 에픽 장비야…….."

헉헉대며 말하더니 칼자루를 양손으로 고쳐 쥐고 안즈와 맞섰다.

상대도 마찬가지로 플럼 쪽을 노려보았다.

다시 한번 '마법에 주의해'라고 자신에게 되뇌었다.

저 몬스터는 생각보다 더 다채롭게 싸운다.

근거리와 원거리 모두 빈틈이 없다.

그렇다면 아마 상처 없이 벗어나기란 불가능할 것이다.

처음부터 기대해서는 안 된다.

요컨대 취해야 할 수단── 아마추어인 플럼이 할 수 있는 전투 방법은──.

"내 힘은 이…… 몸이지."

──살을 내어주고 뼈를 끊는다.

통증에는 아직 익숙지 않지만, 즉사만 피하면 어떤 상처든 낫는다는 것은 정말 압도적인 어드밴티지다.

그렇다면 처음부터 그것을 이용하여 싸우면 된다.

"가능하면 아픈 건 싫지만⋯⋯. 후우, 내가 죽으면 아마 밀키트도 죽을 거야. 그렇게 생각하면⋯⋯ 내 안의 영웅 심리가 노력하겠지?"

눈을 감고 지금도 출구를 찾아 숲을 필사적으로 달릴 그녀의 모습을 떠올렸다.

용기가 솟는 것 같았다.

그리고 손을 잡았을 때의 온기를 떠올렸다.

용기가 솟는다고 확신했다.

플럼의 안에 자리한 영웅 심리 씨는 아주 단순하다.

오늘 만난 소녀를 위해 목숨까지 바치니까.

하지만 이 녀석이 없으면 진즉에 플럼의 마음은 꺾여서 포기했을 것이다.

"그럼 어디 가볼까? 영웅님!"

플럼은 자신을 향해 짓궂게 말하면서 안즈를 향해 정면으로 달렸다.

낮게 잡은 대검이 이따금 자그락자그락 땅바닥을 스쳤다.

물론 힘에서 앞선다는 것을 아는 안즈는 피하지 않았고, 오히려 마찬가지로 전진하여 그 도전을 받아들였다.

한 발.

아직 거리는 멀었다. 움츠러들려는 본심을 억누르며 여전히 앞으로 나아갔다.

두 발.

검 끝이 다다랐지만, 필요한 것은 치명상에 이르는 일격이었다. 따라서 아직 더 끌어와야 한다.

세 발—— 격돌.

안즈는 플럼의 머리를 노려 발톱을 휘둘렀다.

그녀는 오른쪽 무릎을 구부려 몸이 오른쪽으로 기울었다.

그 결과, 머리는 깨지지 않았고, 그 대신 왼쪽 어깨가 칼로 버터를 도려낸 듯 날아갔다.

찢긴 플럼의 살이 날아갔다.

몸을 잃어 뼈가 노출된 부분에 타는듯한 열기가 내달렸다.

하지만 그것은 아직 **열기**였다.

뇌는 아직 그것을 **아픔**으로 인식하지 않았다.

그러기 전에 그녀는 속도를 늦추지 않고 전진을 계속하여 안즈의 품에 뛰어들었고, 지나치는 순간 폭이 넓은 검으로 옆구리를 베었다.

검은 철 덩어리가 털가죽에 묻히며 그 안쪽에 있는 지방과 근육—— 나아가 내장까지도 갈랐다.

"윽, 키이익!"

"쿠오오오옷!"

서로가 괴로운 목소리를 냈다.

부상에 큰 차이는 없었다.

하지만 즉각 명암이 갈렸다.

여하튼 도려낸 플럼의 상처는 몇 초 만에 아물었고, 안즈의 상처는 그대로 남았으니까.

플럼은 발을 멈추고 미끄러운 낙엽 위에서 지지직 질주하는 속

도를 죽이더니 재빨리 뒤돌아 재차 마주 보았다.

아직도 괴로운 안즈는 날개를 펄럭이며 아까 보았던 거동을 시작했다.

──이 타이밍에 선보이는 것을 보니 역시 저것이 비장의 카드다.

즉, 플럼의 몸을 자른 바람 속성의 마법을 사용할 셈이다.

그녀는 이 아픔과 자신의 육체가 조각나는 감각을 떠올리며 몸을 부르르 떨었다.

다행히 상처의 영향으로 안즈의 집중력이 흐트러졌는지 맨 처음에 방출했을 때만큼 마법 발동이 매끄럽지는 않아 보였다.

하지만 그래도 이 거리에서 접근하여 참격으로 발동을 방해하기는 어려울 것이다.

게다가 그 방법으로 막으려 해도 발동이 중단된 뒤, 발톱 혹은 엄니로 공격을 전환하면 오히려 플럼이 치명상을 입을지도 모른다.

그렇다면 회피를── 아니, 가령 그것이 가능하대도 처음부터 피할 생각만 하며 소극적인 전략으로 승리를 거머쥘 수 있을까?

상대는 짐승이다. 그렇다면 이 이상 상처를 입으면 도망칠 가능성도 있다.

자신의 몸을 이정도로 상처 냈다. 이대로 도망치게 두자니 부아가 치밀었다.

안즈의 체력 소모는 명백했지만, 한 방에 결정타를 날릴 수 있는── 뭔가 공격을 먹일 수 있는 수단은 없을까?

고민하는 그녀의 눈에는 검 끝이 닿을 정도의 거리에 우뚝 솟아 하늘 높이 뻗은 나무가 비쳤다.

——그래, 이거라면.

"하아아아아아아아앗!"

성공 여부를 따질 틈은 없었다.

양손검을 쥐고 있는 힘껏 휘둘러 그 나무줄기를 때렸다.

퍼억!

참격이라기보다 때려서 부순 타격음이 숲에 펴졌다.

삐걱삐걱—— 그런 소리를 내며 거목이 기울기 시작했다.

하지만 그것은 안즈가 아니라 엉뚱한 방향으로 쓰러지려 했다.

"으랏차아아아아아아앗!"

그것을 이번에는 구령과 함께 검신으로 때렸다.

양손으로 풀스윙하는 자세였다.

따악!

소녀다운 모습이라고는 찾아볼 수 없이 주위를 개의치 않는 구타는 기울어진 나무의 방향을 안즈 쪽으로 수정했다.

마법은 이미 발동 직전이었다.

하지만 마법에 정신을 빼앗긴 안즈가 자신을 향하여 나무가 쓰러진다는 것을 깨달은 건 깔리기 직전이었다.

퍼억 하고 사자의 몸통에 아주 굵은 통나무가 무겁게 얹혔다.

무게를 견디지 못하고 앞다리가 구부러졌고, 나아가 배를 땅바닥에 붙이며 거대한 사자는 완전히 짓눌렸다.

아마 시간을 들이면 혼자 힘으로도 탈출할 수는 있을 것이다.

하지만 커다란 나무 밑에서 천천히 꼬물꼬물 기어 나오는 모습을 플럼이 그냥 보고 있을 리가 없었다.

방심은 금물이다.

플럼은 온 힘을 다해 달려가 안즈의 앞에서 크게 도약했다.

"끝이다아아앗!"

그리고 그 머리 한가운데에 양손에 쥔 검을 찔렀다.

"크, 악——!"

검은 두개골을 뚫고 뇌까지 도달했다.

하지만 아직 신음이 들렸다.

생명력이 왕성한 야생 짐승을 죽이기에는 부족했다.

플럼은 양팔에 더욱 힘을 주어 날 끝이 스토퍼가 될 때까지 검신을 깊게 집어넣어, 레버를 내리듯 칼자루를 몸쪽으로 당겼다.

"으아아아아아아아아악!"

"크……으…….."

뇌의 손상 부위가 확대되며 닿아서는 안 될 곳까지 도달했다.

안즈의 의식이 소실되었고, 양손과 발에서 힘이 빠지며 거대한 몸이 힘없이 흔들렸다.

플럼은 휘말리지 않도록 칼자루에서 손을 떼고 물러났다.

뇌에는 대검이 꽂힌 채 그 거대한 몸은 더욱 기울어 낙엽을 흩날리고 땅바닥을 쿵 울리며 쓰러졌다.

"하악…… 하악…….."

플럼은 어깨를 위아래로 들썩이며 그 시체를 바라보았다.

"아으…… 으아…… 첫 출진치고는 너무 힘든 거 아니야……?"

더는 움직일 일이 없다.

안즈는 완전히 죽었다.

그렇게 확신하자 문득 플럼의 몸에서 힘이 빠졌다.

그리고 그녀는 양팔을 벌리며 등부터 땅바닥에 쓰러졌다.

털썩.

의외로 낙엽 침대는 편안했다.

조금 축축하고 차가워서 옷이 젖는 느낌도 들었지만, 진즉에 피로 흠뻑 젖었으니 딱히 문제는 없다.

올려다본 나무들 틈으로 희미하게 오렌지빛 하늘이 보였다.

그 빛깔은 '얼른 돌아가지 않으면 밤이 될 거야'라며 플럼을 부추기는 것 같아서,

"이 세계는 하늘마저 다정하지 않네."

하고 시적으로 투덜거렸다.

전투하며 입은 상처는 흔적도 없을 정도로 깔끔하게 사라졌지만, 아직 몸이 아팠다.

환상통까지는 아니지만, 찌릿찌릿하고 간지러운 듯한 감촉이었다.

게다가 옷은 몸보다 더 너덜너덜했다.

망토는 없어졌고, 하얀 반소매와 반바지를 입었을 터인데 소매가 더욱 짧아져 흉측한 꼴이었다.

"갑자기 이런 몬스터와 싸우게 하고, 길드는 변변치 않은 놈들뿐인 것 같고, 앞으로 어떻게 될까……?"

플럼의 가슴에서 불안이 소용돌이쳤다.

왕도로 돌아가고 싶지 않다고 떼를 쓰며 어리광을 부렸다.

하지만 지금쯤 숲의 입구에서 주인이 돌아오기를 기다릴 밀키

트를 생각하자 '뭐, 어떻게든 되겠지' 하고 생각하게 되는 것이 신기했다.

조금 의욕이 생겨서 복근의 힘만으로 상반신을 일으켰다.

"하지만 그 데인이라는 남자의 생각대로 되지 않았으니 잘된 셈 칠까?"

워울프를 넘어 C랭크 몬스터인 안즈를 쓰러뜨렸다는 걸 알면 그들은 졸도할지도 모른다.

플럼은 입을 모아 '끄악' 하고 말할 남자들의 모습을 상상하고 히죽거리며 자리에서 일어났다.

원초는 끝나고,
새로운 운명이 시작된다

안즈와 전투를 마친 직후의 플럼은 참으로 난처했다.

왜냐하면 라이선스를 취득하기 위해 필요한 물건은 워울프의 엄니인데 그것들은 모두 안즈의 위장 속에 들어 있었기 때문이다.

"사치스럽게 상반신만 먹다니 이 미식가 녀석!"

플럼은 안즈의 시체를 발로 퍽 찼다.

지금부터 숲속에서 워울프를 찾으면 해가 저물 것이다.

밤의 캄캄한 숲속에서 이미 체력이 소모된 그녀가 몬스터와 교전한다면 무사하리라는 보증은 없다.

그렇다면 의뢰품을 손에 넣기 위한 방법은 하나밖에 없었다.

"배를 가를 수밖에 없겠군."

안즈의 털가죽은 단단하고 살도 두껍지만, 영혼 사냥꾼의 솜씨라면 가르지 못할 것도 없다.

하지만 막상 누운 몬스터의 배에 칼을 넣고 장기를 꺼내자──더러움보다 강렬한 냄새에 고전했다.

다행히 위장은 금방 찾았고, 그 안에서 아직 소화되지 않은 워울프의 상반신도 발견할 수 있었다.

하지만 점액이 실을 늘이는 그 장기에 손을 넣고 그것을 꺼내는 일은 아무리 시골 출신에 동물을 잡는 데 익숙하대도 제법 힘들었다.

한 손으로 코를 막고 얼굴을 돌리며 검으로 자른 부분에 손가락을 집어 넣었다.

미끄럽고 미지근한 감촉에 저도 모르게 "우웩" 하는 소리가 나왔다.

하지만 깊숙하게 팔을 넣고 워울프의 머리에서 코 언저리를 잡아 단숨에 주르륵 끌어냈다.

밖으로 나온 순간에 집어 던지고 투명한 점액 범벅인 손을 얼굴에 들이대자 강렬한 악취가 플럼의 정수리를 강타했다.

"으이이이익!"

그녀는 새된 목소리로 외치며 근처의 나무줄기나 땅바닥의 풀에 손을 비볐지만, 완전히 냄새가 가시지는 않았다.

죽어서까지 위험한 안즈에게 "이 자식"이라며 한 번 더 발로 차더니 한숨을 쉬고 어깨를 늘어뜨리며 숨을 고르고 워울프의 엄니를 뽑는 작업에 들어갔다.

이것도 이것대로 워울프의 입가를 톱으로 자르는 성가신 공정이 필요했지만, 안즈의 배에서 꺼내는 것에 비하면 편한 작업이었다.

이리하여 플럼은 의뢰품을 손에 넣는 데 성공했다.

길드에 가져가면 마침내 라이선스를 얻어 모험자가 될 수 있다……고 생각하고 싶다.

"그 접수처 아가씨는 의뢰를 성공시키면 성공시킨 대로 또 한바탕 말썽이 있을 것 같다니까."

어쩐지 싫은 그 여자의 코를 납작하게 해주기 위해서도 다만 의뢰를 달성하는 것이 아니라 확실한 무언가를 원했다.

그러기 위해서도 꼭 안즈의 일부를 가져가고 싶었다.

"나의 부족한 지식이 슬프네. 안즈는 어느 부위의 수요가 많을까? 전혀 모르겠어."

몬스터에게는 당연히 가치가 높은 부위와 낮은 부위가 있다.

배낭조차 없는 플럼이 옮길 수 있는 양은 그리 많지 않다.

즉, 가져갈 수 있는 안즈의 부위는 기껏해야 한곳이 전부다.

가령 가져가기 위한 도구를 가졌대도 역시 소지량의 한계는 있다.

보다 효율적으로 돈을 벌려면 아이템의 가치를 분별하는 지식도 필요할 것이다.

에픽 장비의 수납 메커니즘을 응용한 대용량 마법 가방이라도 갖고 있다면 이야기는 달라지지만, 그런 건 S랭크 모험자라도 되지 않는 한 어림없는 물건이다.

"뭐, 일단 엄니를 가져가자."

워울프뿐만 아니라 몬스터의 엄니는 무기나 방어구, 액세서리를 만들 때 단골로 쓰이는 소재였다.

단단한 안즈의 엄니에 망치처럼 몇 번인가 영혼 사냥꾼을 때려서 떼어냈다.

플럼은 쿵 하고 땅바닥에 떨어진 그것을 양팔로 안아 들었다.

의외로 무거웠다……. 하지만 옮기지 못할 정도는 아니었다.

워울프의 엄니도 잊지 않고 쥔 플럼은 밀키트가 있는 곳으로 걸어갔다.

◇ ◇ ◇

완전히 해가 저물어 밤의 장막이 드리웠다.

밀키트는 벌레 울음소리에 귀를 기울이며 숲의 입구에 있는 그루터기에 앉아 있었다.

그녀는 불안하게 눈을 내리깔고 가슴 언저리에서 손을 잡았다.

플럼과 헤어진 뒤 벌써 세 시간이나 지났다.

진즉에 전투는 끝이 났을 터였다.

무사히 이겨서 워울프의 엄니를 손에 넣었다면 이미 돌아왔을 시간인데.

그대로 져서 죽었을까?

그건…… 싫었다.

"나는 주인님의 귀환을 애타게 기다리고 있어."

이제 두 번 다시 만날 수 없을지도 모른다.

그렇게 생각하자 가슴이 아팠다.

지금까지의 인생에서 타인의 생사에 관심을 가진 적은 없을 터였다.

설령 그것이 자신의 주인일지라도.

그녀에게 주인은 자신을 학대하는 대가로 소량의 양식을 줄 뿐인 장치에 지나지 않았다.

평범하게 살아온 인간의 시선으로 보자면 불행한 인생이었을지도 모른다.

하지만 자신을 감정 없는 인형으로 치부하면 타인과의 인간관

계에 고민하지 않아도 되는 만큼 편하기도 했다.

"하지만 이건 편하지 않은 관계야."

만약 플럼이 살아남아서 이곳에 돌아온다면.

그 후의 내일이나 모레의 생활은 아마 지금의 밀키트로서는 상상할 수 없을 것이다.

웃음이 허락되고, 인간으로서 취급받고, 어쩌면 이 추한 얼굴도 나을지 모른다.

그 대신 오랜 시간을 함께 보낼수록 잃어버린 시간의 슬픔은 커질 것이다.

그녀의 다정함에 마음의 위안을 받음과 동시에 늘 상실의 공포에 시달려야 하겠지만──,

"하지만 나는 그 앞의 미래를 보고 싶어."

아픈 것은 싫다.

괴로운 것도 싫다.

참을 수 있을 뿐, 타인에게 고통을 받지 않는 생활을 동경하지 않는 것은 아니다.

다만, 거절보다도 '바라봤자 소용없다'는 단념의 마음이 더 컸을 뿐이다.

만약 손에 넣을 수 있다면──.

"휴우우…… 드디어 출구구나. 힘들다……!"

생각에 잠긴 밀키트의 귀에 지친 소녀의 목소리가 들렸다.

일어나서 숲 쪽을 보자 그곳에는 마지막에 봤을 때보다도 피에 젖은 채 거대한 엄니와 지저분한 건틀렛 같은 낯선 짐을 안은 플럼의 모습이 있었다.

"주인님!"

무사해서 다행이다.

사지가 멀쩡한 그녀의 모습을 본 순간, 머리에 그런 말이 떠올랐다.

자연스레 입가에도 조금이나마 미소가 떠올랐다.

──분명 그게 답일 거야.

고민해봤자 납득할 수 있는 결론에 다다를 수는 없지만, 진즉에 본능은 어떻게 해야 할지를 알고 있었다.

밀키트는 천천히 이쪽으로 걸어오는 플럼에게 달려갔다.

그 모습을 보고 플럼은 방긋 웃었다.

"다녀왔어, 밀키트."

"어서 오세요, 주인님."

밀키트는 플럼이 든 짐의 일부를 받아들려 했다.

"고맙지만, 옷이 피로 더러워질 거야. 괜찮아."

"새삼스레 더러워진다고 곤란할 몸도 아닌걸요."

"자학이 지나쳐……. 내 노예로 있으려면 좀 더 자신을 소중히 여겨."

플럼은 반쯤 웃으며 그렇게 말하더니 워울프의 엄니와 건틀렛을 건넸다.

안즈의 엄니는 밀키트가 들기에 역시 너무 무거웠다.

"그런데 주인님, 그 커다란 엄니는 안즈의 것이라고 추측할 수 있지만, 그 건틀렛은 뭔가요?"

"아아, 이건── 입구로 돌아오다가 뼈만 남은 모험자의 시체를 발견해서."

◇ ◇ ◇

어둠 속에서 우연히 단단한 무언가를 발로 찬 플럼은 나뒹구는 해골을 보고 저도 모르게 안즈의 엄니를 떨어뜨리고 소리쳤다.

자신의 몸이 갈기갈기 찢어졌던 인간의 반응이라고는 생각할 수 없을지도 모르겠지만, 그것과 이것과는 이야기가 달랐다. 무서운 것은 무서운 것이다.

보아하니 플럼과 마찬가지로 워울프를 잡으러 숲에 들어와 안즈의 손에 죽은 모험자의 비참한 말로인지도 모르겠다.

시체는 갑옷과 건틀렛을 두른 상태로 땅바닥에 쓰러져 있었다.

그 장비를 보고 그녀는 문득 용사 파티에 참가했던 무렵을 떠올렸다.

──조금이라도 모두의 도움이 되고 싶어. 하지만 내가 할 수 있는 일은 거의 없어.

당시의 플럼은 자신의 무력함을 통감했다.

혼자 힘으로는 어쩔 수 없었다.

그렇다면 타인에게 가르침을 청할 수밖에 없다.

함께 여행하는 사람들은 모두 일류 전사다.

쓸모없는 자신이 그들에게 더욱 부담이 되기는 싫었지만, 의외로 몇 명은 기꺼이 받아들여 주었다.

플럼이 너무나도 비참했기에 동정심에 어울려준 것인지도 모른다고도 생각했다.

그중 한 사람이 '별을 부수는 완력' 가디오 라스컷이었다.

거대한 몸에 검은 갑옷, 나아가 과묵하고 무뚝뚝한 표정에 얼굴도 무섭고── 다가오지 말라는 오라를 팍팍 풍기는 인물이지만, 의외로 자상한 모양이었다.

플럼의 신체 능력은 너무 낮아서 쓸모없었지만, 검술도 몇 가지 배웠고, 모험자로서의 마음가짐도 들려주었다.

「전장에서는 시체가 나뒹구는 일도 많아. 그 녀석들이 훌륭한 장비를 착용한 경우도 적지 않지. 신심이 깊은 일부 사람 외에는 임시수입이라며 반갑게 회수하곤 해.」

「시체의 장비를요?」

「주인이 죽었다고 해서 장비까지 죽일 필요는 없잖아? 고인을 추모할 거면 오히려 유용하게 활용해야지.」

「하지만 어쩐지 원한 같은 게 배어 있을 것 같아서 무섭지 않나요?」

「플럼은 그런 걸 믿는구나?」

「죄, 죄송해요! 모험자는 좀 더 현실주의자여야 하지요?」

「아니, 그걸로 됐어. 그 감각은 소중히 여겨. 확실히 네 말대로 죽은 자가 가진 장비에는 본래 소유자의 원한이 배어 있는 경우가 있어.」

「정말로 있나요?!」

「응. 소위 말하는 '저주받은 장비'라는 것이지. 스테이터스가 감

소하거나, 두 번 다시 벗을 수 없다거나, 때로는 장착하기만 해도 죽기도 해. 성가신 장비지. 하지만 스캔만 게을리하지 않으면 저주에 휘말릴 일은 없어.」

「저기, 저는 스캔도 쓰지 못해요…….」

「홋, 그랬지. 그럼 동료를 찾아. 그게 제일이야. 모험자는 혼자서 움직이면 안 돼. 때로는 등을 맞대고, 때로는 말려주는 파트너가 필요하지.」

이것은 그런 그가 플럼에게 한 **수업**의 1막이다──.

마침내 쓸데없는 부분까지 떠올렸지만, 지금의 플럼에게 필요한 것은 그중에서도 '죽은 자가 가진 장비에는 소유자의 원한이 배어 있는 경우가 있다'는 부분이었다.

시험 삼아 발밑의 장비에 스캔을 하자, 그중 하나에 저주받은 장비로 보이는 것이 있었다.

명칭 : 피투성이의 스틸 건틀렛

품질 : 레어

[이 장비는 당신의 근력을 82 감소시킨다.]

[이 장비는 당신의 마력을 101 감소시킨다.]

아무래도 에픽 장비만은 못했지만, 그래도 합계 183의 충분한 스테이터스 감소량이었다.

플럼은 웅크려 앉아 시체로 다가간 뒤 "죄송합니다!"라며 합장하고 뼈에서 건틀렛을 벗겼다.

가디오의 말이 진실이라면 주인이 그녀를 원망할 일은 없을 터였다.

"──그렇게 된 거야."

"저주받은 장비요……?"

플럼에게 저주받은 장비를 획득한 경위를 듣자 밀키트는 복잡한 심경으로 건틀렛을 바라보았다.

"팔을 끼우지 않으면 인챈트가 작용할 일은 없는 모양이니 들고 있는 건 괜찮을 거야. 하지만 싫으면 역시 내가 들게."

"아니요. 안 그래도 무거운 엄니를 옮기고 계신데 노예인 제가 감히 편할 수는 없어요."

"성실하구나. 뭐, 나야 고맙지만."

이리하여 합류한 두 사람은 숲을 벗어나 왕도로 돌아갔다.

밤의 왕도는 낮과는 또 다르게 왁자지껄했다.

마도 램프를 밝힌 거리에는 노출이 많은 여성이 늘었고, 술집으로 보이는 가게 안에서는 시끄러운 소리가 들렸다.

호객행위도 많았고, 미소를 띠며 접근한 남자가 플럼의 뺨에 있는 인을 보자마자 "윽" 하고 노골적으로 싫은 표정을 지으며 멀어진 적도 있었다.

"완전히 밤이 되었네."

"네. 길드가 문을 닫았을까 걱정이에요."

플럼도 때마침 같은 생각을 하고 있었다.

길드의 간판에는 딱히 영업시간은 적혀 있지 않았지만──,

"이름만 소개소지 술집도 같이 하니 괜찮을 거라 생각해. 도저히 이 엄니를 갖고 하룻밤을 보내고 싶지는 않아."

그런 대화를 나누며 모험자 길드로 향했다.

막상 도착해보니 다른 술집과 마찬가지로 안에서는 술에 취한 모험자들의 떠들썩한 소리가 들렸다.

걱정할 필요는 없었던 모양이다.

어깨로 입구의 문을 밀어 열고 시설 안으로 들어가자 몇 명의 시선이 플럼에게 꽂혔다.

맨 처음에 왔을 때는 온통 적의뿐이었는데, 이번에는 약간 다른 게 섞여 있었다.

아무래도 안에 두 사람의 생사를 두고 내기를 하던 자가 있었던 모양이다.

같은 테이블에 앉은 남자들이 승리 포즈를 취하는 남자의 앞에 몇 닢의 금화를 던졌다.

"영차."

플럼이 턱 하고 카운터 앞에 안즈의 엄니를 두자 접수처 아가

씨 이라의 뺨이 굳었다.

"자, 이게 의뢰품이야."

밀키트에게 받은 워울프의 엄니가 카운터에 나뒹굴었다.

이라는 그것에 손가락을 대더니 분한 듯 플럼을 노려보았다.

"이제 시험에 합격했다고 생각해도 되겠지?"

"……설마 정말로 쓰러뜨렸어?"

"당연하잖아. 워울프 정도라면 내게는 식은 죽 먹기였어."

"이, 이런 건……윽."

"왜?"

"이런 건 무효야! 더러운 노예인 너 따위가 모험자가 될 수 있을 리 없잖아!"

히스테릭하게 외친 이라는 엄니를 쥐더니 플럼의 얼굴을 향해 던졌다.

하지만 플럼은 그것을 한 손으로 잡았고, 화장이 진한 얼굴을 분한 듯 일그러뜨린 접수처 아가씨에게 다시 한번 들이댔다.

"의뢰를 마친 모험자에게 보수를 주는 게 길드의 일 아니야?"

"크윽…….."

"그리고 이것도 매수해."

바닥에 둔 안즈의 엄니를 카운터에 얹자 무게 때문에 삐걱거렸다.

"이, 이게…… 뭐야?"

"C랭크 몬스터 안즈의 엄니. 워울프를 찾다가 우연히 만나서 쓰러뜨리고 쓸 만한 부위를 가져왔어."

길드는 수요가 있는 소재라면 수집 의뢰가 없어도 매수하는 경우가 있다.

물론 모험자가 직접 필요로 하는 인간에게 팔면 더 돈이 되지만, 수고가 들어서 길드로 가져오는 자도 많았다.

"C랭크, 라고……?"

워울프의 손에 죽을 터였던 소녀가 믿을 수 없게도 그보다 한 단계 위의 몬스터를 쓰러뜨리고 돌아왔다.

믿기 힘든 사실을 앞에 두고 이라는 말문이 막힐 수밖에 없었다.

그러자 침묵하던 그녀를 대신하여 술집 쪽에서 건달 같은 풍모의 남자 둘이 다가왔다.

"이봐, 아가씨. 거짓말을 하면 쓰나. 안즈라고? 그렇게 커다란 괴물을 노예 아가씨가 어떻게 쓰러뜨린다는 거야? 우리가 파티를 짜서 겨우 싸운 상대라고. 게다가 스캔해보니 둘 다 F랭크와도 싸울 수 없을 것 같은 스테이터스잖아? 멀쩡한 장비도 없어. 아무리 거짓말이라지만 좀 더 그럴듯하게 지어내야지. 안 그래?"

남자 A는 지저분하게 히죽히죽 웃으며 말했다.

"아아, 게다가…… 비린내가 너무 심해. 무슨 냄새야? 아니, 누구의 **체액**이야? 아가씨, 당신 대체 몇 명의 남자에게 안기고 온 거야? 아아, 그렇군. 그 돈으로 어디선가 소재를 사들인 거로군. 아니면 모험자를 후려서 돈 대신 소재를 받았나? 그렇다면 역시 모험자라기보다 창부가 더 잘 어울―."

남자 B는 주머니에 손을 찔러넣은 상태로 수염이 막 자란 얼굴을 들이대며 말했고―,

"플럼 펀치!"

그 말을 들으며 관자놀이에 핏대를 세운 플럼은 마침내 참지 못하고 접근해 온 남자 B의 안면에 먹혔다.

가드도 없이 한가운데에 정통으로 펀치를 맞은 그는 코에서 피를 뿜으며 뒤로 쓰러졌다.

"뭐——? 이, 이 자식!"

"아저씨, 모험자 랭크는 몇이야?"

"뭐어? 나도 이 녀석도 D다!"

"호오. D랭크의 모험자는 스테이터스가 0인 여자애에게 펀치를 맞으면 일격에 쓰러질 정도로구나."

"까……까불고 있어어어어어어어어어!"

격앙된 남자는 허리에서 검을 뽑아 덤볐다.

플럼은 그가 어느 정도 접근하기를 기다렸다가 재빨리 아공간에서 영혼 사냥꾼을 뽑아냈다.

쿠오옷!

검은 허공을 갈랐고, 검 끝은 호를 그리며 정확하게 그 목덜미를 향해 내려갔다.

알아차렸을 때는 남자의 목에 칼날이 닿은 상태였다.

그는 몸이 굳은 채 그 자리에 얼어붙었다.

플럼이 조금만 더 힘을 주면 목숨을 빼앗길 상태였다.

"설마 에픽 장비라고……!"

"저주받았지만."

상대가 전의를 상실했다고 판단한 플럼은 검을 다시 아공간에

넣었다.

그러자 남자의 몸에서 힘이 쭉 풀려 무릎부터 땅바닥에 무너졌다.

"이제 거짓말이 아니란 걸 알았겠지?"

플럼은 그렇게 말하며 이라에게 의기양양하게 웃었다.

아직도 이라의 표정은 분하다는 듯이 일그러져 있었지만, 더이상 그녀의 독단으로 발행을 거부할 수는 없었다.

워울프의 엄니 납입은 무사히 완료 처리되었고, 그 보수로 어느 정도의 돈과 모험자 라이선스가 플럼의 손에 넘어왔다.

그녀는 그 카드를 하늘 높이 들고 거기에 적힌 자신의 이름과 'F랭크 모험자'라는 글자를 보며 만족한 표정을 지었다.

나아가 안즈의 엄니 매수도 무사히 끝나 의뢰 보수와 합치면 며칠 동안은 둘이서 놀며 돌아다닐 정도의 거금을 얻었다.

받을 것을 받았으니 이제 이런 곳에 용건은 없었다.

플럼은 이라에게 팔랑팔랑 손을 흔들더니 밀키트와 함께 길드를 나섰다.

그리고 문을 지난 순간, 플럼은 크게 숨을 내쉬며 양팔을 축 늘어뜨리고 몸에서 힘을 뺐다.

"우하하…… 긴장했어……."

길드 안에서는 시종일관 뻔뻔하게 웃던 플럼이었지만, 갑자기 맥이 빠진 듯 그 나이 또래의 얼굴로 돌아왔다.

자신보다 상위 랭크의 모험자를 갖고 논 수수께끼의 신입 모험자는 이미 그곳에 없었다.

"고생하셨어요. 주인님."

물론 밀키트는 플럼이 무리하여 강한 척했다는 것을 알고 있었다.

그렇기 때문에 즉각 주인을 칭찬했다.

"응. 정말 피곤하다."

그런 밀키트에게 응석을 부리듯 플럼은 그녀의 손을 잡았다.

이제 완전히 익숙해졌는지 밀키트도 이내 그 손을 쥐었다.

"이라가 저항할 것은 예상했지만, 설마 모험자가 시비를 걸 줄은 몰랐어. 하지만 악의 우두머리인 데인이 없어서 다행이랄까, 실망이랄까."

"숙박비도 벌었으니 오늘은 그걸로 된 거 아닐까요?"

"그래. 그럼 얼른 잘 곳을 얻어서 욕실을 쓰고── 내일은 옷이라도 사러 갈까?"

"네, 주인님은 더 예쁜 옷을 입는 게 좋을 거예요."

플럼은 새삼스레 자신의 모습을 보고 쓴웃음 지었다.

밀키트의 지저분한 흰색 옷도 어지간하지만, 그녀의 그것은 훨씬 심했다.

그녀 자신도 되도록 빨리 옷을 갈아입고 싶었다.

"그럴 줄 알았어. 물론 네 옷도 살 거야."

"신경 쓰지 마세요. 저는 노예니까요."

"그럼 주인의 명령으로 치자. 내일은 반드시 네 옷도 살 거야."

"그럴 수가……."

밀키트는 고개를 숙이고 곤혹스러워했다.

옷을 산대도 이렇게 붕대로 얼굴을 감은 추한 모습으로는 무엇을 입는대도 마찬가지다──. 그녀는 그렇게 생각했다.

보다 못한 플럼은 밀키트의 머리를 톡톡 쓰다듬었다.

"사양하지 마. 부담 없이 둘이서 즐기자. 응?"

플럼의 악의 없는 미소에 밀키트의 가슴이 술렁였다.

모르는 감정이었다.

이것이 자신이 선택한 플럼과 함께 걷는 미래의 전조라고 한다면──.

"……네."

고개를 끄덕였다.

받아들이겠다.

그리고 지금과는 다른 자신이 되겠다.

모든 것을 잃어버린 소녀와 모든 것을 가지지 못한 소녀.

신에게조차 버려진 두 사람은 손을 잡고 지금 새로운 인생의 첫발을 내디뎠다.

제 2 장

Episode

2

끝나지 않는 나날과

독점을 바라는 가면 노예

붕괴되는 복음

"부족해……. 너무 부족해……!"

붉은 머리카락을 곤두세우고 하늘에 떠오른 파란 피부의 남자.

그는 하늘을 향해 손톱을 세운 양손을 떨며 개탄했다.

"열기가 부족해……. 너희는 뭐야? 기껏 온 힘을 다해 싸웠는데 죄다 차갑잖아아아아아아아아아아앗!"

포효가 따갑게 키릴의 고막을 흔들었다.

그리고 그의 감정 폭발에 호응하듯 열파가 그를 중심으로 퍼졌고──.

"프로메테우스── 일리걸 포퓰러!"

그 마력이 한계까지 부풀어 올랐을 때, 손을 앞으로 내질렀다.

동시에 대지가 갈라지며 그의 바로 밑에서 지평선 너머로 붉은 화염이 수십 미터의 높이까지 무수히 솟구쳤다.

어둠에 감싸인 마족의 영토는 단숨에 지옥처럼 붉게 빛났다.

일리걸 포퓰러(법외 주문), 그것은 마족이 탄생시킨 주문으로, 마력을 과잉 소비하여 마법의 위력을 증대시키는 기법이다.

원래 프로메테우스라 불리는 마법은 사방 백 미터를 불바다로 만들 정도의 위력밖에 없다.

하지만 일리걸 포퓰러를 이용하면서 열 배 이상으로 확대되었다.

그 대가로 마법 제어가 어려워졌지만, 이 일대에 남은 마족은 이미 그── 도깨비불의 차이온뿐이었다.

어차피 마을의 마족들도 용사가 오기 전에 피난을 떠났다.

주위를 신경 쓸 필요는 없었다.

"에타나, 네 마법으로 불을 꺼!"

성녀 마리아와 협력하여 광역 실드를 전개하던 마녀 에타나에게, 파티를 지키던 현자 진은 초조하게 명령했다.

"말하지 않아도 그럴 거야."

에타나는 차가운 말투로 그렇게 답했다.

실제로 진에게 들을 것까지도 없이 그녀는 이미 움직였다.

의식을 집중하고 온몸에서 마력을 그러모았다.

에타나의 어깨 부근에 떠오른 두 개의 구체가 깜빡깜빡 섬광을 흩뿌리며 마법 발동을 도왔다.

그리고── 대규모의 물 마법이 발동되었다.

"워터 메테오라이트."

에타나는 다만 그 한 마디를 영창했고, 차이온의 머리 위에 거대한 물의 구체가 나타났다.

그것은 중력에 이끌려 낙하했고, 그를 커다란 질량으로 짓누르려 했다.

아무래도 에타나는 이 마법으로 공격과 진화를 동시에 소화할 셈인 모양이었다.

"어설프군!"

하지만 차이온은 온몸에 불꽃을 두르는가 싶더니 하필이면 직접 물에 뛰어들어 반대 방향으로 뚫고 나왔다.

그는 투명한 구체를 내려다보더니 이번에는 열기를 오른발에 집중시키고,

"으랏차아아아앗!"

구령과 함께 혼신의 발차기를 날렸다.

그러자 에타나가 만든 물의 구체는 그녀들을 향해 맹렬한 속도로 떨어졌다.

"말도 안 돼. 마음대로 다룰 수 있는 공이 아니라고?!"

"과연 마족이에요. 엄청나네요."

"상상 이상이야."

진과 마리아와 에타나는 상식 밖의 반격에 경악했다.

현재 전개한 실드로 과연 버틸 수 있을까?

그러던 때, 전사 가디오는 무슨 생각을 했는지 전방으로 달려가 자신들에게 다가오는 물의 구체를 향해 공격을 펼쳤다.

그가 땅을 찰 때마다 대지는 함몰되었고, 작은 분화구가 생겨났다.

다릿심은 물론이거니와 그가 두른 까만 중장갑과 등에 진 족히 2미터는 넘을 거대한 양손검의 무게는 어마어마했다.

평범한 인간이 다룰 수 있는 물건은 아니다.

하지만 그는 압도적인 근력을 활용하여 그것을 착용하고도 속도를 떨어뜨리지 않고 달렸다.

그뿐만 아니라 가디오는 마법까지도 구사했다.

"어스 그레이브."

입가만 움직여 조용히 발동을 선언했다.

그리고 발밑에 마력을 집중시켜 땅바닥에 전하자 그의 눈앞에 돌기둥이 우뚝 솟았다.

한 발 내디딜 때마다 다음 융기가 발생했고, 바위는 마치 계단처럼 가디오를 높은 곳으로 인도했다.

그 와중에 그는 마침내 대검을 뽑았다.

아직 구체까지는 거리가 있었다. 도저히 검을 뽑을 타이밍이 아니었다.

하지만 그는 그곳에서 검을 머리 위로 높이 쳐들었다.

"후우우……."

숨을 내쉬고 육체에 가득 찬 체력을 다른 힘으로 변환했다.

그것은 '프라나'라 불리는 에너지이며 마력과는 또 다른 것이다.

대량의 체력을 소모하는 행위이며 일시적으로 육체의 한계를 초월한 힘을 얻을 수 있다.

가디오는 팔에서 검 끝에 이르기까지 빠짐없이 프라나로 채웠다.

"오오오오옷!"

그리고 그 상태로 검을 휘둘렀다.

엄청난 속도에 주위의 풍경이 일그러졌고——끼이이익—— 고막을 찢을 듯 높은 소리가 울려 퍼졌다.

왕국 기사들 사이에서 전해져 온다는 검기, 카발리에 아츠 프라나셰이커(기검참, 氣劍斬).

검 끝에서 눈에 보이지 않는 충격파가 방출되었다.

초보적인 기술이기는 하지만, 그렇기 때문에 사용자의 역량이 나온다.

가디오 정도의 사용자라면—— 대마법을 베는 것도 손쉬운 일이다.

예리한 칼날로 변한 그것은 촤악! 하고 물의 유성(流星)을 두 동강 냈다.

나아가 위력을 유지한 채 비상하는 검기는 차이온에게까지 육박했다.

"칫, 이번에는 너냐!"

그는 손을 들더니 자신의 앞에 검은 연기를 피웠다.

피어오른 연기는 불 속성이 아닌 '어둠 속성'이었다.

차이온의 속성은 별명에서 알 수 있듯 '도깨비불'이다.

불과 어둠의 이중속성을 조종할 수 있는 희소 속성이었다.

퍼지는 연기 때문에 프라나셰이커의 위치가 눈에 보였다.

차이온은 눈앞에 다가온 그것을 오른손으로 막았다.

타닥타닥타닥타다닥!

맞부딪치자 전류 같은 소리가 울린 곳은 그의 손바닥이 아니었다.

그의 피부 표면에 얇은 막을 씌운 불꽃에서 나는 소리였다.

"아직 멀었어······. 뜨겁지 않아. 네놈 따위의 열기로는 부족하다아아아아아아아앗!"

그는 왼손까지 이용하여 충격파의 기세를 완전히 멈추었다.

그리고 "받아랏!" 하고 거칠게 외치며 그것에 무릎을 먹였다.

그러자 검기는 마치 종이로 만 봉처럼 무참히 휘어져 상공으로 날아갔다.

또다시 힘을 이용한 강제적인 방법으로 공격을 무효화시켜 전의를 상실했겠거니 싶었는데── 가디오가 그 정도로 꺾일 리 없었다.

바위 계단, 그 마지막 하나를 거세게 박차고 까만 갑옷이 하늘 높이 날았다.

그리고 이번에는 차이온에게 접근하여 베려 했다.

가디오의 대검에 맞서 차이온은 불꽃을 둘렀을 뿐인 주먹으로 응전했다.

타아악!

주먹과 칼날이 맞부딪쳤다.

그 충격이 주위의 공기를 찌릿하게 뒤흔들었다.

"크……으윽……!"

"슬슬 전초전은 끝내자고!"

마력뿐만 아니라 근력 또한 차이온은 가디오를 능가했다.

쿠오옷!

힘에 밀린 갑옷의 기사는 날아가── 쿠웅 하고 땅바닥에 떨어졌다.

그와 동시에 가디오가 두 동강 낸 물 덩어리가 땅바닥에서 터지며 지표면을 뒤덮은 불꽃을 없앴다.

자욱한 수증기 때문에 주위가 새하얬다.

"이봐, 용사. 땅바닥을 기며 올려다보지만 말고 내게 덤비라고! 우리 3마장을 뜨겁게 할 수 있는 건 너뿐이야!"

차이온의 말은 다만 도발이 아니라 사실이었다.

용사의 힘만 있으면 지금까지 3마장과의 싸움에서도 열세에 몰린 적은 없었다.

하지만 플럼과 이별한 일을 마음에 둔 용사 키릴은——마음이 흔들려서인지 제대로 마력을 쓸 수 없었다.

"——지금이 기회네."

차이온이 키릴에게 발파한 그때, 프로메테우스로 인해 불에 탄 대지보다 더 먼 곳, 평범한 인간은 절대 육안으로 볼 수 없는 거리에서 한 촉의 화살이 날아왔다.

"끝이다."

대기하던 사수 라이너스가 키릴에게 정신을 빼앗긴 그를 향해 쏜 혼신의 한 발이었다.

상당한 거리였지만 속도는 줄어들지 않았고, 조준이 조금도 흐트러지지 않은 채 그 화살은 미간을 꿰뚫고자 일직선으로 다가왔다.

수증기의 영향으로 화살이 가려져서, 차이온은 착탄 직전까지 그 존재를 깨닫지 못했다.

뷰우웅!

화살촉이 바람을 가르고 하얀 연기 속에서 급소를 노렸다.

그것이 차이온의 시야에 들어와 미간에 꽂히려던 찰나——,

"치잇!"

그는 의식이라기보다 본능으로 위기를 감지하여 날아오는 그것을 잡아냈다.

"교활한 짓이로군……. 다르다고……. 그게 아니라고. 그게 아니야. 아니야아아아아아아앗!"

분노에 호응하듯 화살은 그가 내뿜는 열기에 타올랐고 재가 되어 떨어졌다.

무엇보다도 열량을 중시하는 차이온에게 저격이라는 공격 수단은 너무나도 모욕적이었다.

그는 분노를 폭발시키며 양손을 들고 오늘의 전투에서 최대량의 마력을 그 마법에 실었다.

하늘에 생겨난 화구는 에타나가 쏜 워터 메테오라이트와 비교도 되지 않는 크기였다.

"좋다. 네놈이 뜨거워지지 않는다면 내가 억지로 뜨겁게 해주마! 플레어 메테오라이트——."

하지만 그것은 속성만 다를 뿐 같은 계통과 등급의 마법이었다.

그렇다면 이 정도로 크기와 위력에 차이가 나는 원인은 하나밖에 없다.

"일리걸 포뮬러!"

——일리걸 포뮬러다.

차이온은 키릴 일행을 죽일 생각으로 최고의 일격을 쏘려 했다.

수증기가 점차 걷히고, 지상에 있던 인간들도 태양과 견줄 정도로 거대한 화구를 올려다보았다.

"저런 걸 정통으로 맞았다가는 끝장이야!"

"완전히 끝나는 거지."

"에타나, 왜 그렇게 담담해! 너만 더 강력한 물 마법을 다룰 수 있었다면 일이 이렇게 되지 않았을 텐데?!"

"나 때문이야?"

"그래. 네가——."

"싸울 때가 아니에요!"

당장이라도 에타나에게 덤벼들 듯한 진에게 마리아가 보기 드물게 큰 소리를 내며 충고했다.

"최대한 모이세요. 가디오 씨도 얼른 이리 오시고요! 범위를 좁혀서 밀도를 높인 실드를 포개 막을 수 있는지 시험할게요."

"하지만 그걸로도 부족할 거야! 막으려면── 키릴이 '브레이브'를 쓰고, 추가로 실드를 전개하는 수밖에 없어!"

"그게 안 되니깐, 우리가 어떻게 해야 할지 생각 중이잖아."

"크윽⋯⋯. 왜지? 왜 키릴이 브레이브를── 용사의 최대 무기를 쓸 수 없게 된 거야! 야, 키릴, 어떻게 안 되겠어? 마음의 문제 운운할 때가 아니야. 용사라면 어떻게 좀 해봐!"

"⋯⋯윽."

키릴은 눈을 피하며 이를 꽉 깨물 수밖에 없었다.

반론할 수 없었다.

지금 자신은 틀림없이 용사로서 있을 수 없는 약점을 드러내고 있었다.

하지만── 그녀도 원래는 감정이 풍부한 보통 소녀다.

아직 젊고 미숙한 그녀의 마음속 상처와 죄책감은 그리 쉽게 사라지지 않는다.

"플럼처럼 쓸모없는 쓰레기에게 마음을 빼앗겨서 어쩌자는 거야! 너는 선택받은 인간이야. 왜소한 노예나 다름없는 우민 따위를 생각할 필요는 없어. 우수하며 선택받은 인간을 지키는 일만 생각해!"

"나, 나는……."

"용사라면 용사다운 행동을 해. 잘못된 길을 택하지 마. 시시한 감상은 버려!"

"진 씨! 그럴 때가 아니에요. 얼른 준비하세요!"

"젠장. 왜……왜 모르는 거야. 내가 하는 말이 분명 옳을 텐데!"

그렇게 믿어 의심치 않는 진은 자신의 말이 얼마나 키릴에게 상처를 주는지도 몰랐다.

결국 키릴이 부활하는 일은 없었고, 진, 에타나, 마리아, 이렇게 세 사람이 진형을 짜 실드를 전개하기 시작했다.

하늘 위에서는 더욱 마력을 쏟아부은 플레어 메테오라이트가 계속 부풀고 있었다.

"유감스럽군. 좀 더 뜨거워질 수 있을 줄 알았는데……."

현시점에 용사들을 없애 재로 만들기는 충분하고도 남는 위력이었다.

이제 손을 휘둘러 거대한 불덩어리를 던지기만 하면 된다.

그런 그의 등 뒤에 또 다른 사람의 그림자가 접근하여──,

"'더 뜨거워질 수 있다'니 무슨 헛소리야? 이 전투 바보야!"

있는 힘껏 차이온의 머리를 때렸다.

"아앙?!"

그는 미간을 찌푸리고 날아가며 돌아보았다.

그러자 그곳에는 마찬가지로 파란 피부에 노출이 많은 코스튬 차림의 여성이 둥둥 떠 있는 게 아닌가.

그녀는 피부보다 더 진한 파란색 머리카락을 쓸어 올리며 명령

위반을 범하려 한 동료를 노려보았다.

"뭐야? 네이거스, 방해하지 마."

그렇다. 그녀는 차이온과 마찬가지로 3마장 중 한 명인 피바람의 네이거스였다.

"방해가 아니야. 그대로라면 용사들이 죽잖아! 마왕님께서 뭐라고 하셨는지 기억 안 나?"

"……뭐더라?"

"인간은 죽이지 말랬잖아! 그렇게 귀가 따갑도록 말씀하셨는데 전혀 기억이 안 나니?!"

"아아, 그러고 보니 그랬지. 까맣게 잊고 있었네."

네이거스의 말을 듣고서야 명령을 떠올린 그는 전개했던 마법을 깔끔하게 거두었다.

지표면에서 올려다본 용사 일행은 단순히 3마장이 둘이나 모여 있는 데 전율했다.

"그렇게 되었어. 이봐, 용사. 오늘은 여기서 끝내지만, 다음에는 진심으로 싸울 수 있게 해줘."

차이온은 완전히 전의를 잃은 모습으로 작별 인사와 함께 손을 들고 떠나갔다.

올려다본 키릴 일행은 사정이 전혀 이해되지 않았다. 결정타를 날릴 수 있는 상황에 왜 물러가는지 도무지 알 수 없었다.

"가능하면 여기서 설득해서 침공을 막고 싶지만, 그럴 수도 없겠네."

남은 네이거스는 평화적 해결을 모색하면서도—— 악마 같은 형상으로 자신을 노려보는 마리아를 보고 즉각 단념했다.

"잘 있어. 또 만나자. 평화를 부수는 영웅들."

그리고 윙크한 뒤 차이온의 뒤를 따랐다.

남겨진 용사들은 아연히 하늘을 올려다볼 수밖에 없었다.

단 한 사람, 멀어지는 뒷모습을 응시하며 명확한 증오를 품은 성녀를 제외하고는.

◇ ◇ ◇

전투 후, 라이너스도 키릴 일행과 합류하여 피해 상황을 확인하였다.

다행히 마리아의 마법으로도 치료할 수 없을 정도의 부상을 입은 이는 없었지만, 물자 대부분이 불에 타 재가 된 것이 뼈아팠다.

이대로 여행을 계속하기는 힘들 것이다.

"여기서 전이석을 쓸 수도 없어……. 젠장. 이번에는 헛걸음을 했군."

확실히 키릴의 리턴을 쓰면 왕성과 마족의 영토를 자유롭게 오갈 수 있다.

하지만 수가 한정된 귀중한 전이석을 낭비하는 것은 결코 용서할 수 없는 일이다.

따라서 예정보다 진행이 늦은 경우에는 전이석을 설치하지 않고 리턴을 사용하여 다시 같은 길을 와야 한다.

"조금 전까지는 예정이 아슬아슬했지만, 잘 되어갔을 텐데. 왜 늦지?! 쓸데없는 걸 버렸을 텐데!"

"진 씨, 진정하세요."

가디오를 치료하는 마리아가 전투 때와 마찬가지로 진에게 주의를 주었지만, 그는 귓등으로도 듣지 않았다.

"진정할 수 있겠어?! 이봐, 키릴, 왜지? 왜 이렇게 된 거야! 말해봐. 응?!"

"……미안해."

"사과하면 다냐?!"

"야, 진!"

라이너스는 진의 어깨에 손을 얹었다.

하지만 직후, 진은 그 손을 뿌리쳤다.

"젠장, 젠장, 젠장! 이놈이고 저놈이고 왜 내가 옳다는 걸 이해 못 해! 다들 바보로군. 실망이다!"

그리고 누구와도 눈을 마주치지 않은 채 어딘가를 향해 불모지가 된 일대를 걸어갔다.

"정말이지, 저 녀석도 참 곤란하다니까."

라이너스는 진이 키릴에게 호감을 품었다는 사실을 아는 만큼 복잡한 심경이었다.

요컨대 그는 플럼에게 질투한 것이다.

존재를 없애버리면 키릴의 마음은 우수한 자신의 것이 될 터——. 그렇게 믿었는데 상황은 더욱 악화되었다.

게다가 분노의 근원인 플럼 본인은 이곳에 없다.

갈 곳 없는 감정을 주체하지 못하여 그는 그 나름대로 괴로우리라.

애초에 친구인 라이너스라도 옹호할 수 있는 게 아니지만.

"자, 이제 괜찮을 거예요."

"미안하군. 덕분에 살았어."

"아니에요. 이게 제 역할인걸요."

마리아의 치료가 끝나자 똑바로 누워 있던 가디오가 일어나 몸 상태를 확인하듯 어깨를 돌렸다.

아직 마디마디가 아팠지만, 차이온의 주먹 직격을 입은 것치고는 멀쩡한 편이리라.

에타나는 조금 거리를 둔 곳에서 치료하는 모습을 보고 있었지만, 그가 일어선 것을 가늠한 듯 진과는 다른 방향을 향해 걸어갔다.

그녀의 변덕은 새삼스러운 일이 아니어서 거의 아무도 신경 쓰지 않았다.

하지만 말할 기회가 많은 가디오만은 묘하게 마음에 걸렸다.

마치 자신을 부르는 듯한 기분이 들었다.

"잠시 나갔다 올게."

가디오는 그 말만 남기고 에타나의 뒤를 쫓았다.

그곳에 남은 사람은 키릴, 라이너스, 마리아, 이렇게 세 사람이었다.

그녀들 사이에 불편한 침묵이 흘렀다.

불편함의 원인이 무엇인지, 그것은 당사자인 키릴이 가장 잘 알고 있었다.

"뭐, 너무 신경 쓰지 마. 인간은 누구나 컨디션이 좋지 않을 때가 있는 법이야. 용사든 영웅이든 마찬가지지."

그런 분위기를 무산시키기고자 라이너스는 키릴에게 격려의 말을 걸었다.

"맞아요. 아직 마왕의 성까지는 거리가 있으니 조금씩 회복하면 돼요."

"……응."

명백하게 배려한 말이 키릴의 마음을 더욱 침울하게 했다.

고개를 숙인 그녀를 보고 라이너스와 마리아는 곤란한 듯 얼굴을 마주 보았다.

지금은 어떤 말을 해도 소용없을지도 모른다. 내버려 두는 것이 배려이리라.

"그나저나 왜 그 녀석들은 마지막 일격을 날리지 않고 사라졌을까? '인간을 죽이지 마'라거나 '명령'이라고 했던 것 같은데."

라이너스는 조금 억지로 화제를 돌렸다.

그는 두 마족과 조금 떨어진 곳에 있었지만, 독순술로 그 대화 내용을 대강 파악했다.

이런 공통 화제라면 키릴도 마리아도 대화에 참여해주리라고 생각했지만── 마족의 화제로 바꾸자마자 마리아는 초조한 듯 엄지와 검지 손톱을 딱딱 울리기 시작했다.

"……묘한 이야기네요. 지금까지도 사람을 잔뜩 죽였으면서."

"그러게 말이야. 뻔뻔하다고 할까, 새삼스럽다고 할까. 어차피 변변치 않은 생각을 하고 있을 테지만."

"분명 그럴 거예요. 마족은 모두 사라지는 게 좋으니까요."

말에 증오가 서려 있었다.

아직 확신에는 이르지 않았지만, 이 반응으로 알아차렸다.

마리아는 마족에 대해 남다른 증오를 지닌 모양이었다.

라이너스는 그 원인을 알고 있었다.

실은 지난번에 왕도로 돌아갔을 때, 첩보 활동이 주특기인 그는 마리아에 대해 남몰래 조사했다.

미안하게 생각하면서도 호기심이 죄책감을 웃돌았다.

마리아 아펜젠스, 18세.

빛 마법 사용자고, 높은 마력 재능을 가졌으며, 현재는 오리진교에서 '성녀'로 추앙받을 정도의 입장에 있는 인간이다.

하지만 실은 어렸을 때부터 오리진교의 신자였던 것은 아니다.

본래 어느 민족 종교가 번성한 변경 마을에 살며 그녀 자신도 그곳의 신을 믿었다.

따라서 당시의 영향으로 지금도 등에는 타투의 흔적이 지워지지 않고 남아 있는 모양이다.

그런 그녀의 마을이 마족의 습격으로 멸한 것은 딱 10년 전, 그녀가 여덟 살이던 무렵이었다.

가족도 친구도 모두 마족에게 잃은 그녀는 교회에 보호받아 그대로 오리진교에 들어갔다.

우연히도 빛 속성을 가진 그녀는 그대로 수도녀가 되었다.

그리고 오리진의 계시에 따라 마왕 토벌의 멤버로 뽑혀── 지금에 이른다.

마족을 증오하는 이유는 충분했다.

하지만 그것만으로는 설명할 수 없는 무언가가 그녀의 안에 있지 않을까――? 라이너스는 마리아를 보자 그런 기분이 들었다.

"라이너스 씨, 왜 그러세요?"

빤히 이쪽을 바라보는 시선을 신기하게 생각한 마리아는 고개를 갸웃거리며 물었다.

그녀는 매우 귀여웠다.

마음에 어둠이 있다고 상상하고 싶지 않을 정도로.

아니, 어둠이 있다면 있는 대로도 좋다.

가능하면 그것도 포함하여 자신이 지탱해주고 싶다. 그러니 모든 것을 내게 밝혀주었으면 한다――.

"……아니, 아무것도 아니야."

――하지만 아직 그녀에게 그런 말을 할 수 있을 정도로 각오는 되지 않았다.

애매한 자신의 태도에 조금 진저리를 치면서도 라이너스는 또다시 키릴을 위로할 말을 재개했다.

하지만 그녀에게 미소는 돌아오지 않았다.

결국 플럼과 재회하여 키릴이 사죄라도 하지 않는 한 근본적으로 나아질 수 없을 것이다.

라이너스는 무엇 하나 생각대로 되지 않아 침울해하면서도 조금이라도 분위기를 풀어보고자 계속해서 분투했다.

◇ ◇ ◇

에타나는 5분 정도 걸어간 곳에서 발을 멈추었다.

그리고 돌아보자 바로 뒤에서 쫓아온 가디오도 그곳에 멈추었다.

"왜 따라왔어?"

그녀는 가디오에게 그렇게 묻고 옆에 뜬 물고기 모양의 동그란 오브제──아무래도 마력 증폭을 위한 장치인 모양이지만──를 검지로 찔렀다.

"네가 불렀잖아."

"그랬나? 아아, 어쩌면 그랬는지도 모르겠네."

걷다가 잊어버렸을까, 아니면 농담일까?

에타나가 무슨 생각을 하는지를 읽어내는 게 너무 어려웠다.

"그럼 이왕 왔으니 묻겠는데, 가디오 너는 지금 이 파티를 어떻게 생각해?"

"어떻게 생각하냐니?"

"편해? 지루하지 않아?"

가디오도 어렴풋이 느끼고는 있었지만, 에타나는 마왕 토벌에 그리 관심이 없었다.

원래 산속에서 살았고, S랭크 모험자급의 힘이 있는데도 불구하고 소박하게 자급자족하는 생활을 했다.

겉모습**만**은 플럼과 그리 다르지 않지만, 연령 미상이고 동기도 미상, 수수께끼가 많다──기보다 아마 정말로 관심이 없는 일에는 일절 참견하지 않는 여자일 것이다.

"나는 당연히 내가 마왕 토벌이라는 용사적인 이벤트에 설렌다고 생각했어."

"그래. 그런 부분도 있을지 모르지."

"하지만 플럼이 없어지고 나서 깨달았어. 나는 그 아이에게 흥미가 있었을지도 모른다고. 왜냐하면 지금 이 여행은 전~혀 즐겁지 않아. 음식도 맛없고. 모두 사이도 나빠."

"그건…… 부정할 수가 없네."

가디오도 지금의 파티에 흐르는 불온한 공기를 감지하지 못한 것은 아니다.

주로 진이 원인이기는 하지만, 그 외에도—— 키릴의 마음에 생긴 상처나 마리아의 생각 등, 숨어 있던 지뢰의 숫자는 꽤 많았다.

게다가 폭발까지 초읽기 상태인 것이나 마찬가지였다.

플럼이 없다는 단지 그 사실만으로 이렇게 파티가 무너질 줄이야.

그녀의 노력을 아는 가디오도 설마 그녀가 그렇게까지 큰 역할을 했을 줄은 몰랐다.

"그래서 나는 빠질래."

에타나는 단호하게 잘라 말했다.

"뭐라고?"

"플럼이 빠질 수 있었다면, 내가 빠져도 문제는 없을 거야. 뭐, 안 된다고 해도 멋대로 사라질 테지만."

그것은 진의 실수였다.

마왕 토벌의 멤버로서 뽑힌 인간은 모두가 그것을 의무로 생각하고 이탈을 염두에 두지 않는다.

하지만 플럼의 이탈—— 아니, 추방은 그 구실을 제공했다.

"진의 말에 따르면 나는 쓸모없는 모양이니 이대로 따라가 봤자 발목만 잡을 뿐이야."

"마음에 두는 거야?"

"당연하지. 그 녀석은 마력이 8,800밖에 안 된다고. 나는 10,000이니 내가 더 강하단 말이야! 자신보다 마력이 낮은 애송이에게 그런 말을 듣고 마음이 상하지 않을 마법사는 없어."

"그래? 그럼 나는 말리지 않을게."

"어라? 의외네. 규율 운운하며 말릴 줄 알았어."

"여기에 그런 규율은 없으니까."

"섭섭하지 않아?"

"플럼(제자)이라면 또 모를까 네놈이 없다고 섭섭할 일은 없어."

"그래? 나랑 똑같네."

에타나가 "후후훗" 하고 웃자 가디오도 덩달아 "흥" 하고 살며시 웃었다.

재차 모인 일행은 키릴이 발동한 리턴으로 왕도에 귀환했다.

그곳에서 갑자기 발표된 에타나의 이탈 선언.

물론 진은 격노했고, 키릴도 당황했지만, 에타나의 의사는 변하지 않았다.

태연한 태도로 "잘 있어"라며 손을 흔들어 전이실을 나선 그녀는
두 번 다시 파티에 돌아오지 않았다.

01 우리는 나락의 바닥에서 '평범함'을 향해

 길드에서 돈은 벌었지만 두 사람의 숙소 찾기는 난항이었다.

 왜냐하면 플럼의 뺨에 있는 노예의 인과 밀키트의 붕대를 칭칭 감은 겉모습만 보고 대부분의 가게에서 문전박대했기 때문이다.

 개중에는 노예가 묵은 방이라는 이유만으로 싫어하는 손님도 있는 모양이라 그것을 고려하면 무리도 아닌 이야기였다.

 하지만 끈기 있게 찾아서—— 서구의 구석에 있는 빈민가 근처의 낡은 여관에 발을 들였다.

 입구로 들어가자 일단 레스토랑이 있고, 그곳의 카운터에서 수염이 난 30대 중반 정도의 남성이 한가한 듯 오른쪽 팔꿈치를 짚고 하품을 하고 있었다.

 그의 시선이 두 사람 쪽을 보고 멈추었다.

 "이봐…… 혹시 손님인가? 오랜만에 손님이야?!"

 노예라는 사실을 알아차렸을 텐데도 그는 매우 기쁜 듯한 표정을 지었다.

 그리고 일어서더니 양손을 펼치고 최고의 영업용 미소로 두 사람에게 다가갔다.

 "어서 와, 손님! 아아, 폐점할 때까지 아무도 안 오는 줄 알고 얼마나 쓸쓸했다고!"

 "아, 네……."

 플럼은 이상하게 높은 흥에 압도되려 했다.

 "그래서 용건이 뭐야? 식사? 숙박? 아니면 둘 다?!"

"두, 둘 다지만…… 저희는 노예인데 괜찮을까요?"

"그런 걸 신경 쓸 리 없잖아! 솔직히 돈도 필요 없어. 어차피 며칠 뒤에는 문 닫을 여관이니까! 캬하하!"

"아무리 그래도 그건……."

하지만 플럼이 가게 안을 둘러보자 자신들 말고는 개미 새끼 한 마리도 보이지 않았다.

빈말도 뭣도 아니라 정말로 노예인 두 사람이 와서 그는 기쁜 것이었다.

공짜로 있어도 된다는 발언도 어쩌면 진심일지 모른다.

"하지만 그렇게 손님이 척척 온다고도 생각할 수 없으니 십중팔구 아가씨들이 마지막 손님이겠지."

"그렇게 손님이 안 왔나요?"

"그래. 에니치데라는 깡촌에서 꿈을 좇아 온 건 좋았지만, 그렇게 수월할 리가 없지. 역시 그건가? 내 외모가 지저분해서?"

플럼은 그의 말을 듣더니 "아하하" 하고 굳은 얼굴로 어색하게 웃었다.

외모의 문제가 아니라 틀림없이 나쁜 입지가 문제일 것이다.

치안이 나쁜 서구 중에서도 유독 치안이 나쁜 벽 밑의 빈민가.

그 근처에 있는 여관에 굳이 묵으러 올 인간은 없다.

설령 아무리 저렴하대도 목숨이 아깝기 때문이다.

다행히 이곳의 주인은 그리 나쁜 사람은 아닌 모양이지만.

"그런데 아가씨들은 이름이 뭐야?"

"저는 플럼이에요. 그리고 이쪽은——."

"······밀키트예요."

"플럼 양과 밀키트 양이구나? 내 이름은 스튜드야. 짧은 시간이지만 좋은 추억이 되도록 온 힘을 다해 대접할 테니 잘 부탁해!"

스튜드는 그렇게 말하고 둥글둥글한 손을 내밀었다.

여전히 그 밝은 성격은 따라가지 못한 채 플럼은 떨떠름하게 그와 악수를 나누었다.

◇ ◇ ◇

스튜드는 선언한 대로 플럼과 밀키트를 과할 정도로 대접해주었다.

한 명의 금액으로 2인실에 묵게 해주었고, 저녁 식사도 쓸데없이 호화로웠다.

이런데 요금이 그대로라니 놀라웠다.

극진한 대접을 받자 아무래도 미안해졌다.

이튿날 아침 식사도 빵에 수프에 샐러드에 달걀부침에 고기에 생선 풀코스로 엄청난 양이 테이블에 즐비했는데, 아침치고는 명백하게 많았다.

플럼은 다 먹었지만, 입이 짧은 밀키트는 억지로 먹고도 조금 남겼다.

하지만 "괜찮아. 내가 과했을 뿐이야"라고 웃으며 흘려보내는 스튜드는 역시 틀림없이 착한 사람일 것이다.

"이제 자중하기만 하면 돼."

플럼을 쓴웃음 지으며 그가 없는 곳에서 그렇게 중얼거렸다.

아침 식사 뒤, 준비를 마친 플럼과 밀키트는 어제 이야기한 대로 물건을 사기 위해 중앙구로 향했다.

안즈와 싸우느라 너덜너덜해진 옷을 입고 인파가 많은 거리를 걷기는 힘들었다.

그래서 현재는 둘 다 여관에서 빌린 위아래 하얀색의 헐렁한 홈웨어를 입고 있었다.

따뜻하고 보기에도 나쁘지 않지만…… 이것도 밖에서 돌아다닐 차림은 아니었다.

우선은 플럼의 옷을 고르기 위해 비교적 저렴한 상품이 많은 대중적인 옷가게로 향했다.

그곳은 남문에서 왕성으로 곧장 뻗은 왕도의 메인 스트리트를 따라 선 가게였다.

"흐흐흠흠흠흐~음."

가게에 들어간 플럼은 기분 좋게 콧노래를 부르며 옷걸이에 걸린 바지를 보았다.

지나치는 여성이 노예의 인을 보고 꺼림칙한 표정을 지었지만, 아무래도 플럼은 알아채지 못한 모양이었다.

처음에 그녀가 고른 것은 무릎길이의 체크무늬 치마였다.

그것을 허리에 대고 일단은 거울 앞에 서서 허리를 흔들며 확인했고, 다음으로 밀키트 쪽을 향해 물었다.

"이거 어때?"

"잘 어울립니다."

그녀는 '왜 자신에게 그런 걸 물을까?' 하고 당황하면서도 무난한 대답을 했다.

하지만 한편으로는 이제부터 모험자로서 활동할 테니 치마는 움직이기 힘들지 않을까 하는 생각도 들었다.

플럼은 그런 밀키트의 눈동자를 빤히 바라보았다.

"으으음…… 반응이 별로인데?"

"아니요. 그게 아니라."

"신경 쓰이는 게 있으면 말해. 참고할게."

"……그, 정말로 말해도 될까요?"

밀키트의 뇌리에 떠오른 것은 과거 주인의 기억이었다.

일부러 노예에게 그런 질문을 해놓고 대답하지 못하면 채찍으로 때렸다.

잘 대답해도 건방지다며 손이 올라갔다.

그때 새겨진 아픔이 말문을 막았다.

"물론이야. 그게 듣고 싶어서 네게 물어본 건데? 팍팍 말해!"

하지만── 플럼이라면.

지금까지의 주인과는 다른 새로운 관계를 구축하려는 그녀에게라면 말해도 될지 모른다.

밀키트는 용기를 쥐어 짜내어 생각한 것을 입 밖에 냈다.

"그렇다면."

"응응. 뭔데, 뭔데?"

"몬스터와 싸울 것을 고려하면 움직이기 편한 바지가 더 낫지…… 않을까요?"

주인에게 의견을 말하다니 참으로 주제도 모른다——. 그렇게 노예근성에 찌든 생각을 했다.

그래서인지 밀키트의 목소리에는 어쩐지 주저하는 기색이 어려 있었다.

플럼은 그 말을 듣고 "그렇네!" 하고 손뼉을 치더니 치마를 본래 자리에 돌려놓았다.

"듣고 보니 그것도 그럴지 모르겠네. 음헤헤, 고마워, 밀키트. 싸울 때의 활동성을 전혀 고려하지 않았어."

감사 인사를 들은 밀키트는 가슴에 손을 대고 한동안 그 자리에서 꼼짝하지 않았다.

한편 플럼은 다른 판매장에 가서 이번에는 길이가 짧은 바지를 손에 들었다.

그리고 치마와 마찬가지로 그것을 허리에 대고 밀키트에게 보여주었다.

"그럼 이건 어때?"

"주인님께 어울리고, 움직이기 편할 것 같으니 좋다고 생각해요."

그녀는 솔직하게 대답했다.

플럼은 씩 웃으며 만족스러워했다.

"좋았어. 그럼 이걸로 하자."

그리고 심플한 디자인의 셔츠도 구매하여 탈의실에서 갈아입고 밖으로 나왔다.

편한 차림이지만, 여행하느라 절묘하게 그을린 건강한 색의 피부에 잘 어울렸다.

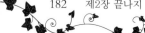

사람들의 시선도 아까 그 차림으로 걸을 때보다는 다소 부드러워진 듯했다.

"자, 내 옷은 끝났으니 이번엔 네 차례야."

"저는 지금 이대로도 좋은데요."

"그건 함께 걷는 내가 곤란해. 입고 싶은 옷은 없어? 스튜드 씨 덕분에 돈은 아직 여유가 있으니 뭐든 말해도 돼."

고급 드레스를 사겠다고 조르면 곤란할 테지만, 밀키트가 바라는 범위라면 문제없을 것이다.

그녀는 고민에 고민을 거듭하여,

"역시 이대로가 좋아요."

"안~ 돼."

그런 대화를 두 번 정도 반복하고 최종적으로 끈기에서 밀린 밀키트는 마침내 자신이 바라는 것을 플럼에게 말했다.

그리고 **그것**을 다룰 법한 조금 비싸 보이는 옷가게로 들어간 뒤——.

"……정말 이거면 되겠어?"

——탈의실에서 나온 밀키트는 검은색을 바탕으로 한 웨이트리스복을 입었다.

"그, 오히려 제 쪽이 여쭙고 싶달까요? 이렇게 비싼 옷을 사도 괜찮나요?"

"가격은 신경 쓰지 마. 지갑은 두둑하니까. 하지만…… 왜 그 거야?"

치마 부분이나 가슴 언저리에 하늘하늘한 레이스가 달려 있어서 드레스처럼 보이기도 했다.

실제로 웨이트리스 일을 하기에는 성가실 부분이 많은 걸 보니 특정한 취향을 가진 사람을 위해 만들어진 옷일지도 모르겠다.

고딕옷 느낌 때문인지 얼굴의 붕대와 이루는 미스매치도 플럼의 눈에는 그럭저럭 괜찮아 보였다.

"이전 주인님 밑에 있을 때 가장 자주 본 옷이 이거였거든요. 언젠가 저도 입어보고 싶었어요."

밀키트는 손으로 치마를 잡으며 탈의실 안에 있는 거울로 자신의 모습을 힐끗힐끗 보며 말했다.

물론 그것은 분명한 소망이 아니라 어렴풋이 생각한 정도의 희미한 동경 같은 것이었지만.

그러나 막상 입어보자 나쁘지 않았다.

"뭐, 확실히 내가 봐도 귀여우니…… 이것도 괜찮으려나?"

"멋진 디자인이네요. 제게는 아까울 정도예요."

"아니야. 옷만 보면 그렇지 않아. 네가 어울려서 귀여운 거야. 여기요!"

아무렇지도 않게 부끄러운 소리를 하는 플럼을 보며 밀키트는 멍해졌다.

하지만 말한 본인은 전혀 알아채지 못하고 조금 떨어진 곳에 있던 정중한 모습의 여성 점원을 손짓으로 불렀다.

달려온 점원은 뺨에 있는 노예의 인을 보고 일순 꺼림칙한 표정을 지었지만, 금세 영업용 미소를 장착하며 넘어갔다.

과연 접객의 프로다. 전환이 빨랐다.

플럼은 안내받은 카운터에서 계산을 마치고 가게를 나섰다.

편한 차림을 하고 피투성이 건틀렛을 허리에 끈으로 묶어 늘어뜨린 노예 소녀와 얼굴을 붕대로 칭칭 감은 웨이트리스복 차림의 소녀.

참으로 기묘하고 정체 모를 조합의 두 사람이었다.

괜스레 눈에 띄지 않기 위해 옷을 샀을 터인데 쓸데없이 눈에 띄는 것은 본말전도가 아닐까?

하지만 다행히도 중앙구의 대로는 **인파에 묻힌다**고 형용할 수밖에 없을 정도로 많은 쇼핑객과 외부 관광객으로 북적인다.

모두 걷기 바빠서 플럼과 밀키트에게 정신을 빼앗길 여유는 없어 보였다.

축제가 열리는 것도 아닌 평일에도 이렇다는 모양이다.

지금 대로를 걷는 사람만으로도 플럼의 고향보다 몇 배는 많을 것이다.

방심하면 인파에 끌려갈 정도였다.

두 사람은 떨어지지 않도록 손을 단단히 잡고 앞으로 갔다.

사야 할 것이 많았다.

아무것도 없는 두 사람이 하나부터 생활을 시작하려니 짐을 한가득 안아도 한 번의 쇼핑으로 생활필수품을 모두 사기는 불가능했다.

우선 오늘 중으로 필요할 물건만을 샀다.

신발, 속옷, 칫솔, 목욕용품.

모험에 필요한 가방도 원했다. ──어깨에 메는 게 있으면 편

리할지도 모른다.

당연히 탐색에 쓸 칸델라나 나이프도 필요했다.

최소한으로도 그만큼의 양이다. 금전적으로는 문제없지만, 시간 여유가 별로 없었다.

밀키트가 피곤하지 않을 정도로 서두르며 다양한 가게를 돌았고, 그 물건들을 구매했다.

바쁜 하루였지만, 자신의 생활을 위해 직접 쇼핑을 하는 경험이 없는 밀키트에게는 귀중한 시간이었다.

"감사합니다!"

보기 드물게 노예에게도 친절한 점원의 배웅을 받으며 두 사람은 그 가게를 나섰다.

늘어난 짐을 나누어 들고 손만은 꽉 잡은 채 대로를 걸었다.

"어째 쇼핑이 즐거워졌어."

"동감이에요. 죄다 처음 보는 것들이라 저도 모르게 눈길이 가요."

"후훗, 신이 나는 모습으로 소지금을 죄다 축낼 듯한 고급 식기를 가져왔을 때는 고민했지만."

"죄, 죄송합니다. 그 숫자가 가격인 줄 몰라서……."

밀키트는 부끄러운 듯 고개를 숙였다.

플럼은 그런 그녀를 보고 발을 멈추었다.

그리고 때마침 눈앞에 있던 어느 가게의 간판을 올려다보았다.

"잠깐 들러도 될까?"

"네, 물론이지요. 갈 곳은 주인님이 정하시니까요."

플럼이 발견한 곳은 왕도에서 가장 큰 서점이었다.

유리 너머로 보이는 가게 안에는 수많은 책장이 배치되었고, 그곳에 색색의 책등이 즐비했다.

안으로 들어가자 잉크나 종이 냄새가 뒤섞인 독특한 냄새가 났다.

책은 그리 저렴한 물건이 아니다.

유복한 사람이나 그것을 산다.

가게 안의 엄숙한 분위기, 그리고 다른 손님의 차림이 모두 깔끔해서 노예에게는 완전히 다른 세상이었다.

조금 주눅이 들면서도 두 사람은 앞으로 나아갔다.

들어가자마자 정면에는 오리진교의 경전이 죽 늘어서 있었다.

왕국의 역사에서 '책'이라는 존재가 지금만큼 서민과 가깝지 않았던 무렵에는 교회가 가장 많은 서적을 갖고 있었다.

경전은 물론이거니와 역사서나 어린이들의 교육도 활발하여 다양한 지식을 기술한 책이 필요했기 때문이다.

그리고 그 수요 덕분에 왕국의 인쇄기술은 발전했다.

그 영향인지 지금도 왕국에 존재하는 인쇄회사나 서점 중에는 교회의 입김이 미치는 곳이 많다.

실제로 플럼과 밀키트가 들어온 가게의 간판에도 창조신 오리진의 상징── '뒤틀린 원'을 모티프로 한 로고가 그려져 있었다.

가장 눈에 띄는 곳에 경전이 있는 것은 딱히 교회와 연관이 있기 때문은 아니다.

단순히 가장 잘 팔리는 상품이기 때문이다.

플럼과 밀키트는 오리진교에 딱히 흥미는 없었다.

힐긋 시선을 보내기만 하고 넘어간 뒤 근처 기둥에 붙어 있던 안내도에 따라 안쪽의 벽 측에 있는 책장으로 향했다.

"주인님이 책을 읽으시는 거죠?"

"응? 내 게 아니야."

플럼은 말했다.

그리고 목표했던 책장 앞에 서서 눈에 들어온 책을 한 권 뽑아 표지를 확인했다.

그 눈빛은 쓸데없이 진지했다.

자신을 위해서가 아니면 무엇을 위해서? ──그렇게 생각하며 그녀의 모습을 옆에서 바라본 밀키트는 고개를 갸웃거렸다.

"그럼 어느 분이 읽으시는 건가요?"

"말했잖아. 상황이 정리되면 네게 글을 가르쳐주겠다고. 생각보다 짭짤한 돈이 들어왔으니, 조금 이르지만 이참에 준비해두려고."

"진심이셨어요?"

"기분을 맞춰주려고 그냥 하는 소리인 줄 알았어?"

"저처럼 변변치 않은 노예를 위해 그렇게까지 해주실 줄 생각지도 못해서요."

밀키트의 자학에도 이미 익숙했다.

플럼의 사명은 그 말꼬리를 잡으며 세세한 것까지 잔소리를 하는 게 아니다.

그녀에게 자신감을 심어주어 자연스레 그런 말을 쓰지 않도록 하는 것.

그러기 위해서도 살아갈 힘을 갖길 바랐다.

"주인님은 제가 자립하길 바라시나요?"

"그렇게까지는 생각하지 않아. 너무 먼일이잖아."

"하지만 만약 주인님에게 받은 지식과 경험 덕분에 홀로 살아 갈 힘을 갖는다면──."

밀키트의 목소리는 어딘가 불안했다.

플럼은 그녀의 마음을 이해하고는 자학적으로 말했다.

"걱정하지 않아도 나 역시 아직 혼자 살아갈 자신은 없어. 네가 멀어지려 해도 억지로 붙잡을 거야."

"……이전에도 그런 말씀을 하셨죠?"

"못 믿어? 내가 멋대로 없어지거나 너를 버릴 것 같아?"

"믿음이 무엇인지 저는 몰라요. 하지만 저는 되도록 주인님과 오래 같이 있고 싶어요."

밀키트의 그 말에 플럼은 저도 모르게 히죽 웃었다.

"음헤헤, 그럼 그게 믿음일 거야. 믿으니 그 사람과 함께 있고 싶다고 생각하는 게 아닐까?"

"이게 믿음……."

감정이 있는 곳을 찾아 모양을 확인하듯 밀키트는 가슴에 손을 댔다.

플럼과 이야기하면 이따금 가슴이 꽉 죄어든다.

밀키트는 지금 자신의 내면에 소용돌이치는 답답하면서도 어쩐 지 편안한 그 감각의 이름을 **믿음**이라고 부른다는 것을 알았다.

정체를 깨닫자 조금 마음이 가벼워졌다.

플럼은 그 뒤에도 책을 고르며 밀키트에게 가르치기 딱 좋은 어린이용 참고서를 뽑은 뒤 그것을 샀다.

카운터에서 가격을 들었을 때, 밀키트는 "네?" 하고 당황한 목소리를 냈다.

하지만 플럼은 그녀의 항의를 방지하고자 재빨리 돈을 냈다.

그 뒤, 공부에 필요한 필기구까지 사서 여관으로 돌아갔다.

양손에 짐이 가득해서 더는 손을 잡을 수 없는 상황이었다.

다행히 서구로 가면서 인파가 줄어 들어서 서로를 잃어버릴 걱정은 없었다.

"저 때문에…… 돈을 많이 썼어요."

옆에서 걷던 밀키트는 완전히 부정적인 모습이었다.

주인보다 자신에게 더 돈을 써서 양심에 찔리는 모양이었다.

"네가 행복하면 나도 행복해. 그러니까 신경 쓰지 마."

"왜 그렇게 되는지 이해되지 않아요."

"내 힘으로 누군가가 행복해지면 나 자신도 행복한 기분이 들지 않아?"

"……그것도 잘 모르겠어요."

지금까지의 인생에서 경험한 적 없는, **남이 베풀어주는 호의**에 당황할 수밖에 없었다.

이전 주인도 이따금 밀키트에게 다정한 적은 있었다.

하지만 그것은 **예고**였다.

기쁘고 들뜨게 해놓고 나락으로 떨어뜨린다.

그것은 단순한 폭력이나 매도보다도 훨씬 괴로운 것이었고, 학대를 위해 팔려 온 불법 노예들이 가장 두려워하는 고문이었다.

그 괴로움을 견디지 못하고 직접 목숨을 끊는 노예도 적지 않았다.

칼로 목을 찌르거나, 수건으로 목을 매거나, 미쳐서 벽에 머리를 찧거나──. 주인들은 그 모습을 보고 낄낄 웃는다.

말하자면 노예는 꼴사납게 죽는 순간이야 말로 가장 밝게 빛난다는 것이다.

밀키트는 수없이 그것을 맛보는 사이에 무슨 짓을 당해도, 무엇이 주어져도 기뻐하지 않도록 감정을 억제하게 되었다.

자기방어를 위한 수단이었다.

하지만── 아마 플럼은 배반하지 않을 것이다.

밀키트는 '믿음'에 따라 그것을 이해하기 때문에 당황한 것이다.

나락으로 떨어뜨리기 위해서가 아니라, 다만 그녀가 행복하길 기원하며 주는 감정이나, 물품을 어떻게 보답해야 할까?

그 정보가 그녀의 뇌에는 전혀 들어 있지 않았다.

"조금씩 익숙해지면 돼. 언젠가 이해할 수 있을 테니까."

"제가 익숙해질 때까지 기다려주실 건가요?"

"당연하지."

플럼이 만면에 미소를 짓자 또다시 가슴이 죄어들었다.

하지만 그런 주인을 **기다리게 하고 싶지 않다**. 빨리 이해할 수 있는 자신이 되고 싶다──. 그런 초조한 감정이야말로 누군가에게 **대가 없는 봉사**를 하는 이유이자 답이라는 것을 아직 밀키트는 알아채지 못했다.

그녀가 그것을 알아채는 것은 조금 더 뒤의 일이다.

"잠깐 기다려. 그건 중요한 거야!"

서구에 접어들었을 즈음에 중년남성의 필사적인 목소리가 들렸다.

그러는가 싶더니 플럼과 밀키트의 양옆을 스치듯 두 남성이 전력질주했다.

"우와. 무슨 일이람?"

플럼은 남자들의 뒷모습이 낯익었다.

길드의 소개소에서 술을 퍼마시던 데인 일파의 모험자였다.

"주인님, 저 사람들이 든 가방── 엄청 고급품인데요?"

"확실히 서구의 무뢰한이 들고 다닐 법한 게 아니야. 그리고 뒤에는 피해자로 보이는 남성 한 명이 있어. 음…… 잠깐 다녀올까? 밀키트, 짐을 보고 있어."

"네. 알겠습니다."

플럼은 양손에 안았던 짐을 그 자리에 두더니 남자들을 추적하기 시작했다.

뛰어가며 허리에 찼던 피투성이의 건틀렛을 양팔에 장착했다.

민첩함을 향상시키는 효과는 없지만, 붙잡을 때 근력을 올려주니 나쁠 건 없을 터였다.

두 남자의 속도를 보아하니 D랭크 모험자일 것이다.

그 속도로는 영혼 사냥꾼으로 스테이터스가 상승한 플럼에게서 벗어날 수 없다.

"젠장, 이 녀석은 그때 그 노예년이군!"

남자가 뒤를 돌아보며 말했다.

직후, 두 사람은 함께 달아나기를 포기했는지 둘로 나뉘어 도망치기 시작했다.

"쳇, 한쪽은 포기할 수밖에 없나?"

플럼은 망설이지 않고 가방을 든 남성을 쫓기로 했다.

그렇게 몇 초 뒤에는 그를 추월하고는 뒤돌아 주먹을 내질렀다.

상대는 단검을 뽑아 응수──하는가 싶더니,

"파이어 볼!"

마법을 발동하여 불 구슬을 발사했다.

낮은 등급의 마법이었다.

위력도 크지 않거니와 속도도 느렸다.

플럼은 몸을 비틀어 쉽게 회피했다.

그러자 남자는 회피 운동을 **빈틈**이라고 판단했는지 급히 접근했다.

아까 그 마법은 미끼였으리라.

하지만 판단이 너무 어설펐다.

남자는 단검을 앞으로 내지르며 죽일 생각으로 플럼의 흉부를 노렸다.

하지만 그녀에게는 그 일련의 공격 흐름이 느린 동작으로 보

였다.

이것도 인챈트의 효과이리라.

플럼은 감탄하며 단검이 꽂히기 직전에 남자의 손목을 잡아 꽉 쥐었다.

뚜둑 하고 뼈가 으스러지는 둔탁한 감촉이 건틀렛 너머로 전해졌다.

"끄아아아아악!"

남자는 소리치며 손에서 단검을 떨어뜨렸고 풀썩 무너져내렸다.

손목은 엉뚱한 방향으로 꺾였다. 뼈가 부러졌으리라.

근력증가는 플럼이 생각했던 거보다 효과가 컸다.

"앗, 아아아, 아파아앗……. 살려줘……!"

"동정할 여지는 없어."

괴로운 듯 몸부림치는 남자를 힐긋 본 플럼은 가방에 손을 뻗었다.

하지만 그곳에 맹렬한 속도로 약 3센티미터의 돌이 날아왔다.

다행히 금세 손을 빼서 맞지 않았지만, 땅바닥에 격돌하자 깨지며 튀었고, 동시에 돌바닥도 깨졌다.

제법 위력이 있는 모양이었다.

플럼은 새로 나타난 세 남자와 대치했다.

돌을 던진 슬링 사용자에 창과 한손검 사용자가 한 명씩 있었다.

우선은 플럼을 기준으로 왼쪽에 있던 창을 든 남자가 과감하게 돌진했다.

무기의 길이는 3미터로 영혼 사냥꾼보다 꽤 길었다.

하지만 솜씨 자체는 별거 아니다──라고 검으로 그 공격을 막으며 느꼈다.

조금 늦게 검을 든 남자가 습격했다.

은색 칼날을 휘두르자 플럼은 빙글 돌아 그것을 피했고, 돌아보며 대검의 측면으로 남자의 옆구리를 때렸다.

"크헉……!"

퍼억! 하고 망치로 맞은 듯한 소리를 내며 검을 든 남자는 날아갔다.

창을 든 남자가 동요하는 사이에 슬링의 사선 위에 그를 끼운 위치로 이동했다.

그리고 원거리 공격을 무력화했다.

황급히 내지른 창끝을 칼날의 밑동으로 받아치고 붙들 듯 땅바닥에 억눌렀다.

확실히 간격은 창이 길지만 접근하면 검이 유리하다.

아까 그 남자와 마찬가지로 검으로 때리자 팔이 꺾이며 몸이 날아갔다.

그리고 괴로워하며 땅바닥 위에서 나뒹굴었다.

남은 사람은 슬링을 쓰는 남자 한 명이었다.

플럼은 천천히 그에게 걸어갔다.

수없이 돌이 날아왔지만, 그녀는 까만 칼날로 맥없이 그것들을 쳐냈다.

깔끔하게 거리를 좁힌 플럼은 검을 어깨 위에 지고 남자를 노려보았다.

"하……아……아아……!"

이미 완전히 전의를 상실했다.

하지만 플럼은 가차 없이 검을 휘둘러── 머리에 닿기 직전에 딱 멈추었다.

남자는 기절하여 땅바닥에 쓰러졌고, 동시에 실금하여 바짓가랑이를 적셨다.

"휴우, 갑자기 늘어나서 깜짝 놀랐네."

플럼은 가슴에 손을 대고 안도의 한숨을 쉰 뒤, 이번에야말로 가방을 손에 들었다.

그리하여 주인에게 돌아가려는데 또 한 명의 남자가 도망친 쪽에서 "꾸엑!" 하고 동물이 짓밟힌 듯한 목소리가 들렸다.

"어라…… 누가 잡았나?"

아까까지는 플럼이 혼자 추적을 했을 터인데.

골목 앞에 멈춰 서서 목소리가 난 쪽을 보자 남자의 목덜미를 잡고 질질 끄는 자그마한 모습이 다가왔다.

그것은 열 살 정도의 작은 여자애였다.

부스스한 금발에 하얀 로브, 그리고 커다란 메이스를 짊어졌다.

키가 작고 몸이 조금 동글동글하기도 하여 솜인형처럼 깜찍했다.

하지만 아마 아까 남자의 목소리는 저 둔기로 맞았을 때 낸 것이리라.

애초에 저 크기라면 휘두르는 것만도 힘들 것이다.

그것을 사용하여 모험자에게 깔끔하게 이겼으니 보통내기가 아니다.

"오리진교의 수도녀……."

차림새로 보건대 틀림없을 것이다.

왕도에서 저런 차림을 하는 여성은 오리진교도 말고는 없다.

마리아도 비슷한 옷을 입었었고, 메이스를 쓰는 육탄전도 훌륭하게 소화하던 기억이 난다.

수도녀 하면 회복 마법으로 사람들을 치유하는 다정한 여성의 이미지가 있지만, 의외로 교회에서는 마물을 멸하기 위한 전투술도 가르치는지도 모르겠다.

"으응? 그쪽은 당신이 처리했군요? 감사합니다!"

처진 눈에 어딘가 멍하고 촌스러운 얼굴의 소녀.

그녀는 이상한 말투로 감사 인사를 하더니 기세 좋게 머리를 숙이고, 비슷한 기세로 본래의 자세로 되돌아갔다.

그리고 "음헤헤" 하고 치아를 보이며 천진난만하게 웃었다.

성스러운 웅덩이에서
맑은 빛을 뿜는 모순 소녀 β

"감사합니다. 덕분에 살았어요!"

빼앗긴 가방을 돌려주자 남성은 눈가에 눈물을 글썽이며 플럼의 양손을 잡고 붕붕 흔들어 감사의 말을 했다.

서른 살은 되었을 법한 외모지만, 연상치고는 쓸데없이 저자세고 압박에 약할 듯한 얼굴이었다.

적어도 혼자서 치안이 나쁜 서구를 걸을 만한 인간은 아니었다.

외모만으로도 그렇게 단언할 수 있었다.

"아아, 인사가 늦어서 죄송합니다. 저는 리치 맨캐시라고 합니다. 작은 상점을 운영하고 있지요."

리치는 정중하게 자기소개를 하고 고상하게 머리를 숙였다.

아까 그 가방도 그렇고, 몸에 두른 의복도 그렇고, 그 행동거지도—— 곳곳에서 상류계급의 느낌이 배어 나왔다.

게다가 플럼은 맨캐시라는 이름을 어딘가에서 들어본 적이 있었다.

오래된 기억이 아니라 아주 최근에.

그러자 밀키트가 그녀의 어깨를 톡 치며 귓속말을 했다.

"저 가방에 그려진 건 아까 저녁밥을 사러 갔던 가게의 마크가 아닌가요?"

두 사람은 서구에 돌아오기 직전에 신선식품을 다루는 대형 상점에 들렀다.

그곳의 간판에 적혀 있던 것이── '맨캐시 상점'이었다.

"아아! 맞아. 맨캐시 상점은 그…… 우와, 전혀 작은 상점이 아니잖아요?!"

"아닙니다. 아직 미흡한 부분이 많지요."

겸손에도 정도가 있다.

맨캐시 상점 하면 왕도에서는 최대규모의 상점이다.

왕도에 살면서 이용하지 않는 사람이 없다고 단언할 수 있을 정도로 유명하다.

그곳의 사장이 설마 노예를 상대로도 거만한 태도를 취하지 않고 이토록 온화한 사람일 줄은 생각도 못 했다.

"그런데 두 분의 성함을 여쭤봐도 될까요?"

"저는 플럼이에요. 서구에서 모험자로 활동하고 있지요. 그리고 이쪽은 밀키트고요."

"주인님을 모시고 있습니다."

플럼에게 소개받은 밀키트는 치맛자락을 잡고 머리를 숙였다.

웨이트리스복 덕분에 일련의 동작은 제법 폼이 났다.

마치 진짜 메이드 같았다.

"플럼 씨와 밀키트 씨군요. 플럼 씨는 어딘가에서 얼굴을 뵌 적이 있는 것 같은데……."

리치가 생각에 잠긴 모습을 보이자 플럼의 가슴이 두근거렸다.

"나도 같은 생각이에요."

어린 수도녀도 동의했다.

마리아가 소속된 교회 사람이나 정보 수집도 일의 일환인 커다란 상점의 사장쯤 되면 용사 파티에 참가했던 전직 영웅 플럼의 얼굴 정도는 알고 있을 것이다.

"으아…… 아하하, 기분 탓이지 않을까요?"

억지라고는 생각했지만, 플럼은 웃으며 얼버무렸다.

설마 그 플럼 애프리코트가 노예의 몸으로 전락했다고는 아무도 상상하지 못할 것이다.

그 바람에 낯이 익더라도 본인이라고는 생각하지 않는 모양이었다.

그 **덕분**이라고 말해야 할까, 그 **탓**이라고 말해야 할까? 그녀가 '기분 탓이다'라고 주장하자 그들은 더이상 추궁하지 않았다.

"그런가요? 묘한 소리를 해서 죄송합니다."

"아니에요. 신경 쓰지 마세요."

실제로는 기분 탓이 아니기에 상대가 머리를 숙이자 양심에 찔렸다.

"그쪽 수도녀님은 누구신가요?"

"나요? 나는 세라 앙빌렌이라고 해요. 보시다시피 오리진교에서 열심히 노력하고 있지요!"

얼굴에도 촌스러움이 남아 있기 때문인지 1인칭의 '나'라는 말이 쓸데없이 잘 어울렸다.

"오오, 역시 오리진교로군요! 도와주셔서 감사합니다. 아무리 감사드려도 부족할 정도예요."

"딱히 감사는 필요 없어요. 나쁜 놈을 처리하는 건 수도녀로서 당연한 일이니까요."

세라는 엣헴 하고 양손을 허리에 대고 의기양양한 얼굴로 납작한 가슴을 폈다.

플럼의 마음속에 있던 수도녀에 대한 청순하고 연약한 이미지가 격투파의 이미지로 덧씌워졌다.

발밑에서 뻗은 남자도 설마 수도녀에게 맞아 기절하게 될 줄은 상상도 못 했을 것이다.

"그런데 이 녀석들의 신병은 어떻게 하죠?"

"가방은 되찾았고 저로서는 딱히 아무런 처분이 없어도 괜찮습니다만."

"그렇네요. 이만큼 흠씬 맞았으니 정신을 차렸겠죠."

두 사람은 그를 깔끔하게 놓아주려 했다.

플럼은 저도 모르게 "엥?" 하고 소리쳤다.

사람 좋은 둘이었다.

빈곤을 견디다 못해 절도를 했다면 아직 개과천선의 가능성은 남아 있을지도 모른다.

하지만 모험자이면서 D랭크 정도의 실력을 가진 인간이 수입 면에서 궁할 일은 없을 터였다.

아무리 게으른 자라도 데인이 이끄는 파벌에 소속되었다면 리더에게 부탁해서 일 정도는 받을 수 있을 것이다——. 플럼은 그렇게 생각했다.

즉, 그들은 단순히 유흥비를 원해서 절도를 저지른 것이다.

그런 인간이 한 번 뻗은 정도로 반성을 한다고?

감옥에라도 처넣지 않으면 근본적으로는 고칠 수 없을 것이다.

"무슨 문제가 있나요?"

"저는 적당한 곳에 넘겨야 한다고 생각해요. 아마 이놈들은 또 저지를 거예요."

플럼에게는 확신이 있었다.

하지만 세라는 그 의견에 불만이 있는 모양이었다.

"그런가요? 인간은 한 번 험한 꼴을 당하면 반성하지 않나요? 나는 선배에게 맞으면 반성하고 두 번 다시 하지 않아요."

"그건 세라가 착한 사람이니까 그래. 진짜 악당은 더 확실한 벌을 주지 않으면 그만두지 않아."

"그런가요……? 슬프네요."

여기서 슬퍼하는 세라는 틀림없이 다정한 아이일 것이다.

플럼은 허리를 구부려 시선을 맞추며 말을 이었다.

"그럴지도 모르지. 슬프지만 이게 현실이야. 하지만 세라 같은 사람이 노력하면 머지않아 좋아질 거야."

"……알겠어요. 나는 열심히 노력할게요!"

그리고 이내 극복한 그녀는 틀림없이 단순한 아이일 것이다.

인간이 모두 그녀처럼 단순하고 순수하다면 분명 전 세계에서 싸움은 사라질 것이다.

"그러니 위병이나 교회 기사를 불러야 한다고 생각해요. 리치 씨, 그래도 될까요?"

"네. 서구에서 벌어진 일은 플럼 씨가 더 잘 아실 테니 맡길게요."

"교회 기사라면 아는 사람이 있으니 내가 부를게요!"

세라는 그렇게 말하더니 전력질주했다.

플럼도 리치도 아직 '그럼 부탁한다'는 말조차 하지 않았는데.

폭풍처럼 떠나간 세라의 뒷모습을 바라보며 밀키트는 말했다.

"씩씩한 아이네요."

"성급하다고도 하지. 저게 젊음일까?"

"도저히 당해낼 수가 없어요."

열여섯 살의 플럼과 열네 살의 밀키트가 나누는 쓸데없이 성숙한 대화에 서른 살이 넘었을 리치는 저도 모르게 쓴웃음을 지었다.

"무슨 말씀이세요? 플럼 씨도 밀키트 씨도 충분히 젊으시잖아요?"

"그건 그렇지만, 저 활력을 보니 좀."

10대의 너덧 살 차이는 표면적인 숫자보다 더 크게 느껴지는 법이다.

자신들이 잃어버린 어린아이 특유의 힘을 보자 부러운 기분이 드는 것 또한 별수 없을지 모르겠다.

"그런데 플럼 씨."

"네?"

리치가 불러서 플럼은 그를 보았다.

그러자 아까까지 온화한 표정과는 달리 진지한 눈빛으로 이쪽을 바라보고 있었다.

감도는 분위기가 단숨에 바뀌어 플럼은 저도 모르게 경계했다.

"실력이 뛰어난 모험자인 듯한데…… 만약 괜찮다면 제 의뢰를 받아주시겠습니까?"

"의뢰라니……."

확실히 플럼은 모험자지만, 맨캐시 상점의 우두머리가 만나자마자 정체 모를 모험자에게 의뢰를 할 줄은 몰랐다.

불고체면한 모습이라고 할까, 상당히 궁지에 몰린 모양이었다.

"저는 F랭크 모험자라 그런 힘은 없어요."

플럼은 미안한 듯 말했다.

"그럴 수가. 그 실력에 F랭크시라고요?!"

"뭐, 어제 모험자가 된 참이고…… 스캔해보시면 일목요연하겠죠."

"이건…… 스테이터스가 0? 그런데 그렇게 싸울 수 있다고요?!"

"장비 덕분이에요."

장비의 인챈트로 향상된 스테이터스만을 본다면 F랭크는 가볍게 넘는다.

하지만 경험은 아직 적었다.

모험자의 우열은 힘만으로 결정되는 것이 아니라 경험이나 지식도 해당된다.

F랭크 이상의 능력이 있습니다! 라고 당당하게 말할 수 있을 정도의 자신감이 플럼에게는 아직 없었다.

"하지만 그 스테이터스로 싸울 수 있다는 건 오히려 사실을 뒷받침한다고도 할 수 있지요."

"아니에요. 정말로 별거 아니에요."

"랭크가 낮은 건 주위에서 당신의 실력을 모를 뿐이에요. 게다가 지명도가 높지 않다면 제게는 오히려 반가운 일이죠."

그 말에 단숨에 형세가 불온해졌다.

지명도가 낮은 게 좋다──. 즉, 일을 키우고 싶지 않고, 되도록 타인에게 알리고 싶지 않은 의뢰라는 뜻이다.

길드를 개입시키지 않고 직접 의뢰한 것도 그렇고, 성가신 일의 냄새가 강했다.

리치도 플럼이 경계하는 것을 알아챈 모양인지 딱딱해진 표정을 조금 풀고 왜 그녀에게 의뢰했는지 그 사정을 말하기 시작했다.

"실은 제 아내가 병으로 앓아누웠습니다."

"네……. 그거 큰일이네요. 하지만 그렇다면 교회에 치료를 부탁하면 되지 않나요?"

"마법으로는 낫지 않는 병이라는 모양입니다. 신부님께는 아내의 체력을 믿고 낫기를 기다릴 수밖에 없다는 말을 들었죠."

밀키트가 움찔 반응했다.

그녀의 얼굴을 짓무르게 한 무스타르드독과 같았다.

즉──.

"하지만 조사해보니 문헌에 약으로 낫는 병이라는 기술이 있었습니다."

"아…… 알겠어요. 그래서 제게 직접 의뢰했군요?"

길드가 개입하면 약초를 이용하여 약을 만들려는 계획이 교회에 들통날 것이다.

리치는 그것을 피하고 싶은 것이다.

교회는 자기의 이익을 위해 약사를 탄압했다.

아니, 그것은 과거의 이야기가 아니다.

지금도 비밀스레 약을 제조하려 하면 아무리 효력 있는 약이라도 불법 약물 제조죄로 벌을 받는다.

교회와의 연결고리를 강화하는 왕국도 그것을 돕고 있으니, 이 사실이 밝혀지면 설령 맨캐시 상점의 사장이라도 죄의 추궁을 면하기는 어려울 것이다.

"아내의 병상은 나날이 악화되고 있습니다. 한시라도 빨리 구하지 못하면 목숨을 잃을지도 몰라요."

리치는 고개를 숙이고 말했다.

그래서 그는 불법적인 수단으로 몰래 약을 구할 수밖에 없었다.

모험자로서의 랭킹이 낮고 실력이 있는 그녀라면 그것을 가능케 해주리라며.

"물론 보수는 섭섭지 않을 것입니다. 길드를 통하지 않은 의뢰가 모험자의 랭킹 상승에 해당되지 않은 구조라는 것은 알고 있지만, 그 점을 고려하여 보수를 더 얹을 생각입니다."

솔직히 플럼에게는 바라마지 않던 제안이었다.

듣자 하니 악의 있는 의뢰도 아닌 모양이고, 무엇보다 짜증 나는 녀석들이 있는 길드를 통하지 않아도 된다.

고액 의뢰라면 그만큼 길드에 들어가는 수수료도 커진다.

그것을 그 녀석들에게 넘기지 않아도 된다.

"어떻게 하지요? 주인님."

"으~음…… 그러게."

밀키트의 질문에 플럼은 생각에 잠긴 모습을 보였다.

이점은 컸다.

하지만 리스크도 비슷했다.

교회가 냄새를 맡으면 플럼도 위험에 노출될 테니까.

하지만 그런데도—— 리치가 아내를 생각하는 마음에 응하고 싶었다.

그 마음만큼 천칭이 기울었다.

플럼은 리치 쪽을 보고 서서,

"……알겠습니다. 리치 씨, 그 의뢰를 받아들이겠습니다."

분명하게 말했다.

그러자 심각하던 리치의 표정에 희망에 찬 미소가 깃들었다.

"정말이세요? 감사합니다! 장사의 신이시여, 이 만남에 감사드립니다……!

본래 눈물이 많은 편일까, 아니면 잘은 모르지만 크게 고생한 경험이 있을까?

양손을 깍지 끼고 하늘에 기도를 올리는 그의 뺨에는 눈물이 흘렀다.

의뢰를 받아들인다고는 했지만, 어떤 약초가 필요하고 어디로 캐러 가면 되는지 아직 전혀 듣지 못했다.

리치가 진정되기를 기다렸다가 문자 그는 난처한 듯 말했다.

"참고로, 그 약초는 어디에 있나요?"

"실은…… 장소를 모릅니다. 키아라리라고 불리는 푸른 꽃이 피는 식물인 건 알지만, 약초에 관한 문헌 대부분은 이미 남아 있지 않거든요."

교회가 약초에 관한 문헌을 처분했으니 재료를 안 것만도 기적이라고 할 수 있겠다.

리치의 '아내를 구하고 싶다'고 바라는 집념이 일으킨 기적이리라.

"그렇군요. 그걸 찾아내는 것부터가 의뢰네요."

"그렇습니다. 어디에 있는지도 모르는 약초를 찾아달라는 게 얼마나 어려운 부탁인지는 압니다. 하지만 의지할 사람은 이제 당신밖에 없어요!"

그는 매달리듯 말했다.

아무것도 없는 상태에서부터 시작하자니 플럼도 자신은 없었다. 하지만——.

"받아들인 이상 해낼게요. 도중에 때려치우지는 않아요."

약초에 관한 지식을 가진 사람은 알고 있다.

그녀를 찾아내면 어떻게든 될지도 모른다.

문제는, 그녀가 플럼에게 협력할지 모른다는 점이지만.

「그들은 잠시 고민했지만, 최종적으로 승낙해줬어.」

「네 존재를 가장 부담스럽게 생각한 것은——.」

진의 말이 되살아났다.

파티에 참가한 모두가 플럼을 싫어했다——. 그런 그의 말이 사실인지 아닌지는 알 수 없다.

게다가 지금도 그 말은 독처럼 플럼의 마음을 좀먹고 있었다.

그 말이 사실이라면—— **그녀**가 플럼에게 협력할 일은 없을 것이다.

하지만 지금은 진의 말이 거짓이기를 빌 수밖에 없었다.

"단, 시간은 걸릴 거예요."

"아내의 상태는 별로 좋지 않지만, 당장 생사를 오가는 건 아닙니다. 제가 할 수 있는 말이라고는 '되도록 빨리'라는 것뿐입니다. 무책임해서 죄송합니다."

지정된 기한이 없다. 굳이 말하자면 리치의 아내가 죽기 전까지.

시간 안에 끝내지 못한다면 뒷맛이 개운치 않은 정도가 아닐 것이다.

무슨 일이 있어도 키아라리를 찾아내어 리치에게 건네야 한다──. 플럼의 책임은 막중했다.

"키아라리의 특징을 정리한 자료는 집에 있습니다. 나중에 가지러 오셔야 하는데, 괜찮으신가요?"

"알겠습니다."

의뢰에 관한 대화가 일단락되자 타이밍을 잰 듯 세라의 목소리가 들렸다.

"에드, 조니, 저기예요!"

하얀 플레이트 아머를 착용한 기사 둘을 데리고 그녀가 이쪽으로 달려왔다.

"우와, 또 엄청난 숫자네. 이거 데려가기 성가시겠어."

"그만큼 공적이 된다는 뜻이에요. 불평하지 말고 얼른 정리해요."

"그래그래. 통보 고맙다, 세라."

에드라 불린 기사는 세라의 머리를 쓰다듬었다.

그녀는 "그만해요!"라며 싫다는 듯 저항했다.

아무래도 이 세 사람은 친한 사이인 모양이다.

그 뒤, 기사들은 마법으로 빛의 고리를 만들어 기절한 남자들을 포획했다.

그리고 리치나 플럼, 밀키트에게 간단히 전말을 들은 뒤 그들을 끌어 연행했다.

이렇게 깔끔하게 데려가는구나. 플럼은 그들의 일 처리 능력에 감탄하며 그 뒷모습을 바라보았다.

아마 세라가 교회 관계자였기 때문에 매끄럽게 일이 진행되었을 것이다.

"열심히 일해!"

세라는 손을 붕붕 흔들어 기사를 배웅했다.

왕복으로 달렸을 텐데 씩씩하기도 하다.

과연 이마에는 땀이 맺혀 있었지만, 만면의 미소는 마냥 밝기만 했다.

기사들의 모습이 보이지 않게 되자 그녀는 플럼 쪽을 향해 말했다.

"감옥에서 나왔을 때는 그 남자들도 개과천선했으면 좋겠네요."

"그러게. 좋은 사람이 되면 나도 기쁘겠어."

그것은 플럼의 본심이었다.

서구의 치안도 조금은 좋아질 테고 데인 일파의 힘도 줄어들 것이다.

"그런데 리치 씨, 묻고 싶은 게 있어요."

"뭐죠?"

리치는 태연히 되물었다.

세라는 그의 얼굴을 밑에서 엿보더니 고개를 갸웃거리며 물었다.

"혹시 무슨 고민이 있지 않나요? 구체적으로는 약초에 관한 고민이요."

그녀가 어떻게 그것을? ──옆에서 듣고 있던 플럼의 심장이 쿵쾅거렸다.

"······아니요. 그렇지 않은데요."

잠시 뜸은 들였지만, 상인이라 그런지 리치는 포커페이스로 극복했다.

하지만 속으로는 필시 놀랐을 것이다.

플럼도 그랬다.

이야기를 엿들은 것도 아닌데 아까 한 의뢰를 간파했으니까.

"음~ 그러세요?"

"왜 그렇게 생각하셨나요?"

"이전에도 비슷한 표정을 짓던 사람이 비슷한 고민을 품고 있었거든요. 하지만 내가 수도녀라 좀처럼 말해주지 않았어요. 만약 리치 씨도 그렇다면, 내가 외부에서 찾아서 넘겨드릴 텐데요."

"약초를 넘겼나요? 교회 사람인데요?"

"그런 건 관계없어요. 곤경에 처한 사람이 있으면 돕는 게 성직자라고 마리아 언니에게 배웠거든요!"

"마리아라면······."

"마리아 언니는 용사와 함께 여행을 하는 대단한 사람이에요! 교회에 있던 무렵에는 내게도 다정하게 대해줬지요!"

교회의 마리아라면 성녀 마리아 아펜젠스가 틀림없을 것이다.

그녀에 대해 이야기하는 세라의 눈은 반짝반짝 빛났다.

진심으로 동경하는 것이리라.

하지만 플럼이 아는 마리아와 세라가 말하는 마리아 사이에는 약간의 차이가 있었다.

확실히 그녀는 다정하다.

하지만 여행할 때의 그녀는 마족을 앞에 두면 모습이 이상했다.

게다가 진의 말대로 플럼에게는 회복 마법을 쓰지 않는 등, '성녀'라고 부를 정도로 모든 사람을 차별 없이 다정하게 대하는 인격자라고는 생각할 수 없었다.

물론 쓸모없는 자신에게 매정하게 대했다고 해서 '인격자가 아니다'라고 단언하는 사고방식은 건방지다는 것은 플럼도 잘 알고 있었다.

"그래서 나는 교회가 약을 인정하지 않는 게 이상해요. 마법으로 구할 수 없는 사람을 약으로 구할 수 있다면 팍팍 써야 해요! 아…… 이건 아무에게도 말하지 말아주세요. 들켰다가는 벌을 받을 테니까요."

교회 관계자답지 않은 세라의 발언에 리치, 플럼, 밀키트는 얼굴을 마주 보았다.

믿어도 될까? 리치의 시선은 그녀들에게 그렇게 묻는 것처럼 보였다.

"말하고 싶지 않은 마음은 이해해요. 교회는 그럴 만한 짓을 했으니까요. 하지만 리치 씨를 돕고 싶은 내 마음도 알아주세요. 게다가 교회 내부에도 약초 책은 몇 권인가 남아 있으니 도움이 될

거예요!"

"교회 안에 남아 있다고요?!"

"극히 일부지만, 본 적이 있어요."

대체 무엇을 위해? ──신경 쓰이는 점은 있지만, 남아 있는 문헌에 키아라리의 생육지 정보가 남아 있을 가능성은 있었다.

리스크를 생각하면 말해서는 안 된다. 하지만 확실성을 위해서는 말해야 한다.

리치는 선택의 기로에 놓였다.

"리치 씨, 적어도 세라 양은 믿어도 될 것 같아요."

"왜 그렇게 생각하시죠?"

"그녀는 아주 순수한 눈을 가졌거든요. 속이지는 않을 거예요. 이래 봬도 사람 보는 눈에는 자신이 있어요."

플럼의 말에 그는 눈을 감고 한동안 침묵했고── 생각에 잠긴 뒤 결론을 내렸다.

"……그렇군요. 플럼 씨가 그렇게 말씀하신다면."

상인에게는 깊게 의심하는 습관이 필요하다.

하지만 때로는 그 이상으로 **정**을 우선했기 때문에 리치는 이렇게 맨캐시 상회를 키울 수 있었다.

그 경험에 근거하여 낸 결론이었다.

"세라 씨, 확실히 저는 약초에 관한 고민이 있습니다."

"역시 그랬군요."

마침내 리치의 본심을 들은 세라는 만족스러워했다.

"실은 제 아내가 병에 걸려서 치료하기 위해 키아라리라는 약초가 필요합니다."

"키아라리요? 들어본 적은 없지만, 조사하면 알 수 있을 거예요."

"든든한 말씀이네요. 플럼 씨께도 이미 부탁드렸으니, 협력해서 찾아주시겠습니까? 물론 보수는 드리겠습니다."

"그건 필요 없어요. 남을 돕는 건 수도녀의 일이고, 평소에 받는 용돈으로도 충분하거든요."

멸사봉공의 정신을 관철하는 세라의 모습이 플럼에게는 눈부셨다.

그렇게 말하면 보수를 받을 마음이 가득했던 자신이 천박한 여자 같지 않은가.

"아무리 그래도 그건……."

"괜찮아요. 게다가…… 멋대로 돈을 받으면 오히려 교회에 혼이 날 거예요. 이제 아픈 건 싫어요."

과거에 혼쭐이 난 적이 있는지 세라는 어두운 표정으로 엉덩이를 문질렀다.

그런 그녀의 동작을 보고 리치는 저도 모르게 뿜었다.

아픈 게 싫다면 어쩔 수 없다──. 상인인 그로서는 대금은 확실히 지급하고 싶었지만, 이번에는 단념하기로 한 모양이다.

이리하여 공동으로 키아라리를 찾게 된 플럼, 밀키트, 세라는 리치에게 안내받아 그의 집으로 향했다.

리치의 저택에서 세 사람은 자료를 받았다.

그것을 바탕으로 세라는 즉각 교회 내부에서 정보 수집을 개시했다.

플럼도 일단 조사는 했지만, 역시 약초에 관한 책은 왕도의 가게는 물론이거니와 도서관에도 없었다.

조사와 병행하여 **그녀**도 찾았지만, 좀처럼 발견할 수 없었다.

플럼은 풀이 죽었다.

그런 그녀가 묵는 여관에 세라가 찾아왔다. 의뢰를 받은 지 이틀이 지났을 때였다.

세라에게 받은 메모에는 서투른 글씨로 키아라리가 군생한다는 동굴의 위치가 적혀 있었다.

"교회의 눈을 속이느라 조금 고생했지만, 무사히 찾아서 다행이에요."

세라는 그렇게 말하며 웃었다.

교회 사람인 그녀조차 눈을 속일 필요가 있는 곳에 자료가 보관되어 있는 모양이다.

역시 변변한 목적으로 남긴 것은 아닌 듯했다.

플럼은 그녀에게 위험한 다리를 건너게 한 것 같아 미안한 마음이 들었다.

세라가 가져온 정보에 따르면, 목적지는 '에니치데'라는 마을 근방인 모양이다.

"여긴 제법 시골이에요. 여관이 있는지도 모르겠고, 안내인이라도 있으면 다행일 텐데요."

"에니치데라는 곳을 어딘가에서 들어본 적이 있는 것 같은데……."

"주인님, 이곳 주인인 스튜드 씨의 고향 아닌가요?"

"아, 그래. 맞아. 그거야!"

"이곳 주인이라면 아래층에 있던 그 속 편한 남자 말인가요?"

세 사람은 재빨리 방을 나서 스튜드에게 향했다.

약초 채집이라고는 말하기 힘들어서 플럼은 "의뢰 때문에 에니치드에 가게 되었어요"라고 미묘하게 얼버무렸다.

그러자 스튜드는 일순 놀란 표정을 지었고, 이내 기쁜 듯 웃으며──,

"그런 깡촌에 볼일이 있다고?! 크하하, 그거 엄청난 우연이네! 그래서 내가 뭘 해주길 원하는데? 길 안내? 아니면 여관 예약? 바라마지 않던 이야기야. 나는 에니치데에서도 대대로 여관을 경영하고, 조만간 한 번 어머니께 얼굴을 비칠 셈이었거든!"

아직 부탁하지도 않았는데 길 안내고 뭐고 막무가내로 받아들였다.

마구 밀어붙이기는 해도 정말 좋은 사람이다.

다시 한번 플럼이 이야기를 하자 모두 흔쾌히 승낙했고, 이런저런 이야기를 하는 사이에 스튜드와 동행하기로 결정되었다.

키아라리를 채집할 길이 보인 세 사람은 리치의 저택으로 가 그

사실을 보고했다.

리치는 에니치데의 이야기를 듣더니 또다시 눈에 눈물을 글썽이며 기뻐했다.

눈물이 참 많은 사람이다.

이러고도 용케 상인 세계에서 살아남았구나.

마차 준비 등을 상의한 끝에, 비용을 포함하여 모두 그가 준비하기로 했고 플럼은 그 말에 기대기로 했다.

"이동 수단도 확보했고, 스튜드 씨만 있으면 앞으로는 나와 밀키트 만으로도 괜찮을 거야."

왕복만으로도 나흘이나 걸리는 여로에 교회의 수도녀를 데려갈 수는 없었다.

플럼은 선의로 그렇게 말했지만, 세라는 '그게 뭐?'라는 듯,

"따라갈래요!"

라고 주장했다.

그런 대화를 수없이 반복하다 결국에는 밀키트의 "괜찮다고 생각해요"라는 말에 설득되어 플럼이 한발 물러섰고 그녀도 동행하게 되었다.

교회에 숨길 수 있을지가 가장 걱정되었지만, 세라는 태연했다.

"사람을 돕는다고 말하면 문제없어요. 다른 수도녀도 흔히 하는 일이죠."

그렇게 단언하는 걸 보니 아마 괜찮을 것이다.

……그렇게 생각하고 싶었다.

자──출발은 내일 아침이다.

◇ ◇ ◇

전날 밤, 밀키트는 여관 침대에 누웠다.

그녀는 아무래도 인생 첫 여행을 앞두고 긴장에 잠을 이루지 못하는 모양이었다.

불 꺼진 어두운 방 안에서 천장을 빤히 바라보았다.

"밀키트, 자?"

그때, 또 하나의 침대에서 플럼이 그녀에게 말을 걸었다.

"아직이요……. 긴장돼서요."

"후훗, 그래? 너도 그렇구나?"

아무래도 플럼 역시 같은 상태였나 보다.

"그럼 잠깐 이야기 좀 나눌까?"

"그럴게요."

"내가 말을 꺼내놓고 좀 그렇지만…… 으~음, 무슨 말을 할까?"

즉흥적인 제안이어서 적당한 소재가 떠오르지 않았다.

"그럼 제가 여쭤봐도 될까요?"

"그래."

밀키트가 자신에게 관심을 보인 게 기뻤는지 플럼의 목소리가 들떴다.

"주인님은 여행을 해본 적이 있으세요?"

그녀는 이만큼 플럼과 함께 있으면서도 아직 그녀가 용사 파티에 참가했던 영웅인 걸 알아채지 못했다.

노예로서 살아왔기 때문인지 용사가 존재한다는 정도밖에 알

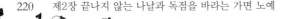

지 못하는지도 모른다.

플럼도 추방된 신분이라 제 입으로 할 말은 아니라며 입을 다물었지만── 이 질문이 '플럼에 대해 알고 싶다'라는 밀키트의 욕구를 표현한 것이라면 대답하고 싶었다.

게다가 빨리 말하는 게 나중에 판명되는 것보다 두 사람의 관계에 나을 것 같았다.

"사실 나는 용사와 함께 여행을 했었어."

"……?"

어둠 속이라 플럼에게는 보이지 않지만, 밀키트는 어안이 벙벙했다.

이렇게 엄청난 사실을 갑자기 믿으라기에는 무리가 있는 듯했다.

"용사와 함께요? 그건 예를 드신 건가요?"

"으~음. 아마 네가 상상하는 바로 그 용사일 거야. 키릴…… 키릴 스위치카라고 몰라?"

"그분은 알아요."

"그 밖에도 에타나 씨나 가디오 씨 같은 유명인들과 몇 달인가 함께 여행을 했어."

세상 물정에 그다지 밝지 않은 밀키트지만 이름 정도는 들어본 적이 있었다.

위를 보던 그녀는 몸을 옆으로 돌려 플럼의 침대 쪽을 보았다.

"저기…… 그건 주인님이 신께 선택받았다는 '영웅' 중 한 명이었다는 뜻인가요?"

"지금의 나를 보면 그런 게 믿기지 않겠지만."

"주인님은 대단한 분이셨네요."

보통내기는 아니라고 생각했다.

하지만 설마 영웅 중 한 명이었을 줄이야.

밀키트는 붕대 사이로 그녀에게 존경의 마음이 담긴 시선을 보냈다.

플럼은 쑥스러워서 "데헤헷" 하고 웃었다.

"대단하지 않아. 신에게 선택받았지만, 추방당하고. 게다가 노예상인에게 팔려 두 번 다시 사라지지 않는 인까지 새겨졌어."

왜 오리진이 자신을 선택했는지 플럼은 지금도 전혀 알 수 없었다.

지금도 '그 녀석이 선택하지 않았다면' 하고 원망할 정도였다.

"아아, 그래서……."

밀키트는 홀로 무언가를 납득했다.

"왜 그래?"

"같은 노예일 터인데 제게는 주인님이 눈부시게 보였어요."

그것은 처음 만났을 때의 일이다.

그 감옥 안에서 본 플럼의 모습은 다른 노예들과 명백히 달랐다.

"이 사람은 아직 노예의 때가 묻지 않았다고 생각했죠. 그런데 왜 같은 감옥에 들어왔는지 줄곧 의아했는데…… 아직 노예가 된 날이 오래되지 않았군요. 드디어 이유를 알았어요."

확실히 오랫동안 노예였던 밀키트보다는 긍정적으로 생각할 수 있는지도 모르겠다.

플럼에게는 잘 모르는 감각이었지만, 아마 그런 것이 **배어들지**

않았다는 뜻이리라.

"아마 주인님은 아직 되돌릴 수 있는 곳에 있을 거예요."

"너는 안 된다는 듯한 그 말투는 뭐냐?"

플럼은 입술을 삐죽 내밀며 불만스레 말했다.

"하지만…… 사실이니까요."

"내가 아직 되돌릴 수 있는 곳에 있고, 너는 가라앉아 있다면 내가 끌어올리면 될 뿐이잖아?"

"주인님은 또 그런 말씀을 하시네요."

밀키트는 곤란한 듯 말했지만, 그 목소리에는 희미한 기쁨이 있는 듯했다.

"싫어?"

"……싫지 않아서 곤란해요."

"그거 다행이다."

플럼은 그렇게 말하며 웃었다.

덩달아 밀키트도 "후훗" 하고 들리지 않을 정도로 웃음을 터.

"내일부터 하는 여행이 무사히 끝나면 좋겠네요."

"응. 돌아오면 보수로 맛있는 거라도 먹으러 가자."

"오늘 점심이 아주 맛있었어요. 처음 먹는 맛이었어요."

"그건 딱히 비싼 것도 아니지만…… 네가 좋아한다면 또 거기로 갈까?"

"네."

밀키트는 씩씩하게 대답했다.

이야기를 나누자 여행에 대한 불안은 제법 사그라졌다.

하지만 아직 완전히 사라진 것은 아니었다.

이럴 때는 잠들어 잊어야 한다.

그녀는 가슴에 달라붙은 답답한 **예감**을 삼키고 눈을 감았다.

그리고 마지막으로,

"잘 자."

"안녕히 주무세요."

라는 말을 나누자 방에는 정숙이 가득 찼다.

밤이 깊었다.

여행의 아침이 찾아온다──.

드디어 다시 만났네

흔들리는 마차 안에서 플럼, 밀키트, 세라는 점심을 우물거렸다.

식사는 4인분이지만, 스튜드는 입을 쩍 벌리고 자는 중이었다.

깨우기도 뭐해서 먼저 먹기 시작했다.

부드럽고 쫄깃한 하얀 빵에는 칼집이 들어가 있었고, 그곳에 매콤한 소스를 바르고 채소와 고기를 끼워 넣었다.

빵 자체의 달콤함이 소스의 매운맛을 중화시켜 어린아이도 먹기 좋은 맛으로 완성되었다.

왕도를 나서기 전에 밀키트가 아침 일찍 일어나 만든 것이었다.

그것을 종이로 싸서 점심용으로 가져왔다.

참고로 재료는 여관의 예비 재료를 스튜드가 나눠주었다.

"마이쩌요."

세라는 입안 가득 음식을 넣은 채 말했다.

볼록 부푼 그녀의 양쪽 뺨을 보고 플럼은 저도 모르게 뺨을 뻔했다.

"좋아해주셔서 다행이에요."

"밀키트는 요리도 잘하는구나."

"별거 아니에요."

"그래? 정말 맛있어. 입안 가득 머금은 세라의 기분도…… 음, 후훗…… 음, 알 것 같아."

"엉니, 우찌 마에오!"

참지 못하고 웃는 플럼에게 세라가 우물우물 항의했다.

하지만 무슨 말인지는 전혀 알 수 없었다.

"못 살아. 세라, 다 먹고 말해. 이야기가 샜는데…… 밀키트, 이건 소스도 다 직접 만든 거지?"

"네에, 직접 만들었어요……."

"그럼 역시 굉장해. 겸손하게 굴지만, 맛이 그걸 증명해."

플럼이 칭찬하자, 밀키트는 부끄러운 듯 고개를 숙였다.

그 요리 솜씨는 노예로서 익힌 기술일 것이다.

플럼도 요리는 하는 편이지만, 그것을 훨씬 능가했다.

무엇을 썼을까? 다음에 레시피를 물어봐야겠다……고 생각하며 그녀는 진지한 표정으로 빵을 씹었다.

"그러고 보니 에니치데는 어떤 마을인가요?"

"엄헝 히홀이에요."

"푸흡…… 그러니까 세라, 먹고 나서 말하래도!"

플럼이 웃으며 주의를 주자, 세라는 뺨을 움직여 빵을 꼭꼭 씹더니 단숨에 꿀꺽 삼켰다.

목에 걸릴 것 같은데 그런 모습은 전혀 보이지 않았다.

이것이 젊음인가? 플럼은 조용히 생각에 잠겼다.

"꿀꺽……. 엄청 시골이라는 모양이에요. 이전에는 약초 덕분에 윤택했다나 봐요. 뭐, 자세한 건 스튜드 씨께 묻는 게 가장 좋겠죠."

"이전이라는 게 우리가 태어나기도 전이지? 단속이 시작된 건 인마(人魔) 전쟁 이후였을 테고."

인마 전쟁은 30년 전에 일어난 사건이다.

어느 날 갑자기 마족이 인간의 영토를 빼앗기 위해 침공한 일이 발단이었다.

그것을 막고자 왕국군이 일어났고, 큰 피해를 입기는 했지만 물리치는 데 성공했다.

싸움에는 교회의 성직자들도 참가했고, 그 공적도 있어 교회는 왕국에 강한 영향력을 갖게 되었다──고 한다.

확실히 오리진교는 왕국 최대의 종교 세력이지만, 당시에는 아직 다른 종교를 신앙하는 국민도 많이 남아 있었다.

하지만 그 뒤 30년이 지난 현재, 오리진교 이외의 교회는 왕국 내에 거의 존재하지 않는다.

"왜 교회가 그렇게까지 하며 약초를 싫어하는지 모르겠어요."

"교회에서도 이유를 가르쳐주지 않나요?"

"교회에서는 '약을 먹으면 신앙이 약해진다'거나 '회복 마법의 효과가 약해진다'고 하지만, 그런 건 명백한 거짓말이에요……. 하지만 개중에는 믿는 사람도 있지요."

어렸을 때부터 그렇게 배우면 믿는 사람도 생길 것이다.

마차의 바퀴가 큰 돌을 밟고 덜컹 흔들렸다.

그러자 세라의 몸이 휘청 기울어졌고── 플럼은 그녀의 목 뒤에 있는 묘한 푸른색 타투를 알아챘다.

"저기, 세라, 그 목 뒤에 있는 건 뭐야?"

"아아, 이거요?"

세라는 손끝으로 그것을 만지며 말했다.

"우리 고향은…… 지금은 이미 없지만, 오리진 님이 아닌 다른

신을 믿었던 모양이에요. 부모님께서 그 열렬한 신자셔서 아직 어린 제게 신자의 증표를 새긴 거예요. 이건 특수한 염료를 써서 지워지지 않아요. 그래서 이대로 남은 거죠."

특수한 염료. 아마 플럼의 노예의 인에 사용된 것과 같을 것이다.

하지만 지금은 이미 고향이 없다니 대체──. 물어봐도 될지 망설였지만, 세라는 직접 말해주었다.

"참고로 우리 고향은 마족에게 멸망했어요. 8년이나 전, 그때 두 살이어서 거의 기억나지 않지만요."

그렇게 말한 그녀는 힘없이 웃었다.

"그 마리아 언니도 마찬가지였어요. 그래서 나를 가엽게 여긴 건지도 몰라요."

"마리아 씨도……."

서로의 처지를 이야기한 적은 없었기에 그녀에게 그런 사정이 있었다고는 플럼도 알지 못했다.

마족을 앞에 두면 모습이 이상했던 것은 고향을 멸망시킨 원한 때문이었을까?

어쩌면 누구보다도 마왕을 토벌하는 여행에 강한 의지를 가진 이는 마리아였을지도 모르겠다.

그런 그녀에게 있어서 전혀 싸우지 못해서 쓸모없는 플럼의 존재는 그저 방해꾼이었으리라.

회복 마법을 쓰지 않은 데도 수긍이 갔다.

"지금도 마족은 인간의 영지에 와서 파괴를 반복하고 있어요."

"뭐? 지금도 그래?"

"표면적으로는 좀처럼 정보가 흐르지 않지만, 시골 쪽에서는 짓밟힌 마을이 아주 많아요."

왕도의 신문에도 그런 정보는 실리지 않았을 터였다.

그렇다면 교회 사람만이 아는 극비 정보일 것이다.

그것을 털어놓은 데다 약초의 장소를 말한 것도 그렇고, 세라는 아무래도 현재 교회의 방침을 납득하지 못하는 모양이었다.

"다행히 사망자는 한 명도 없었던 모양이지만…… 절대로 용서 못 해요! 나는 마족을 찾으면 반드시 쓰러뜨릴 거예요!"

세라는 힘주어 말했다.

고향이 멸망했을 때의 기억은 없다. 하지만 증오는 확실히 새겨져 있다는 뜻일까?

마족들은 인마 전쟁이 끝난 지금도 끈질기게 파괴 활동을 이어가고 있다.

그들에게 분노하는 세라의 마음은 플럼도 이해가 되었다.

하지만 한편으로는, 묘한 이야기——라며 고개를 갸웃거렸다.

마을이 멸망했는데 사망자가 한 명도 나오지 않았다니 대체 무슨 일이 일어난 것일까?

플럼은 3마장의 힘을 두 눈으로 본 적이 있다.

그런 힘이 있으면 시골의 작은 마을 따위는 주민과 함께 순식간에 불바다로 만들 수 있을 터였다.

그런데 사망자가 나오지 않았다는 말은…… 처음부터 죽일 마음이 없었다고밖에 생각할 수 없다.

물론 고향이 멸망한 세라의 앞에서 당당히 그 가설을 말할 수는 없었지만.

그러나 그것이 사실이라면, 왜 마족들은 그런 짓을 반복할까?

아니, 이유는 알고 있었다.

인간이 침공하기 때문이다.

그 보복으로 마을을 파괴한다.

그렇다면 정말로 잘못한 쪽은 대체 누구인가——.

"하지만 그 전에 마족과 만나도 이길 수 있도록 강해져야 해요."

그렇게 말한 세라는 거칠게 빵을 물어뜯었다.

"그러고 보니 그때 그 도둑을 깔끔하게 붙잡았는데, 세라 님은 어느 정도로 강하신가요?"

"님……. 플럼 언니처럼 편하게 불러주세요. 어째 오글거려요."

"그럴 수는 없습니다."

"세라가 싫어하니 그렇게 해주지 그래?"

"……주인님이 그렇게 말씀하신다면. 그럼 세라 씨."

밀키트가 고쳐 말하자 세라는 "응응" 하고 만족스레 고개를 끄덕인 뒤 재차 빵을 씹었다.

"흐헤이허흐는…… 꿀꺽, 흐햄으오 호헤요."

스테이터스는 스캔으로 보라는 모양이다.

"아, 알겠습니다……. 스캔."

통역 없이도 기적적으로 알아들은 밀키트는 마법을 발동했다.

처음으로 실천적인 마법을 행사하게 된 그녀는 긴장하여 몸이 굳었다.

그녀가 스캔을 쓸 수 있게 된 것은 어젯밤이었다.

글공부는 뒤로 미루게 되었지만, 쓸 기회가 많다는 이유로 하룻밤 내내 플럼이 가르쳐주었다.

「제게는 무리일 거예요.」

자신감 없던 그녀도 불과 한 시간 정도 만에 쓸 수 있게 되었다.

스캔은 그 정도로 간단한 마법이다.

그리고 표시된 문자의 의미나 수치를 가르치길 몇 시간.

오로지 간단한 단어와 숫자를 해설할 뿐이었지만, 밀키트는 시종 흥미진진한 모습으로 집중했고, 플럼은 그런 그녀를 보며 자연히 뺨이 느슨해졌다.

스캔을 소화할 수 있게 된 뒤로는 보이지 않던 것이 보이게 되어 마음이 흥분되었으리라――. 밀키트는 가볍게 들떠 다양한 것에 스캔을 해보았다.

한 번 익힌 마법은 쉽게 잊지 않는 법이다.

어젯밤에는 가볍게 몇 번 써 보았다. 이제 괜히 의식하지만 않으면 된다.

플럼은 그녀의 긴장을 풀어주고자 미소지으며 "괜찮아. 반드시 할 수 있어"라고 다정하게 말했다.

그러자 효과는 즉각적이었던 모양이다. 몸에서 힘이 빠지며 마력이 밀키트의 눈동자에 모여들었다.

그녀는 시야에 표시된 문자와 정보를 빤히 보았다.

몸이 앞으로 기운 밀키트의 모습을 보고 손을 입에 대고 큭큭 웃은 플럼도 혹시 몰라 세라의 스테이터스를 확인하기로 했다.

세라 앙빌렌

속성 : 빛

근력 : 285

마력 : 301

체력 : 123

민첩 : 227

감각 : 133

그리고 놀랐다.

이것이 열 살의 스테이터스라는 사실에.

총 1,069. 모험자로 따지면 C랭크 하위 정도의 실력이었다.

게다가 나이로 보자면 아직 성장할 여지가 있다.

다소 제멋대로 행동할 수 있는 데는, 어쩌면 교회가 그녀의 재능을 인정하기 때문일지도 모르겠다.

생각보다 높은 스테이터스에 연장자로서 초조함을 느낀 플럼은 황급히 자신의 손바닥에 떠오른 문장과 옆에 둔 건틀렛에 스캔을 걸어 스테이터스를 확인했다.

명칭 : 영혼 사냥꾼 츠바이헨더

품질 : 에픽

[이 장비는 당신의 근력을 320 감소시킨다.]

[이 장비는 당신의 마력을 99 감소시킨다.]

[이 장비는 당신의 체력을 297 감소시킨다.]

[이 장비는 당신의 민첩성을 183 감소시킨다.]

[이 장비는 당신의 감각을 111 감소시킨다.]

[이 장비는 당신의 육체를 녹인다.]

———————————————————

———————————————————

명칭 : 피로 물든 스틸 건틀렛

품질 : 레어

[이 장비는 당신의 근력을 82 감소시킨다.]

[이 장비는 당신의 마력을 101 감소시킨다.]

———————————————————

총 1,193——. 괜찮다. 아직 뒤지지 않는다며 가슴을 쓸어내렸다.

영혼 사냥꾼은 안즈를 죽인 영향 때문인지 그 저주가 강화되어 스테이터스 변동치가 증가했다.

하지만 변동된 수치는 지극히 미량이었다.

더 큰 스테이터스 상승을 바라려면 대량의 몬스터를 죽여야 할 것이다.

그 속도가 풍부한 재능을 가진 세라의 성장 속도를 따라갈 수 있느냐고 하면 미묘했다.

딱히 경쟁하는 것은 아니다.

그렇다면 초조할 필요는 없을 테지만, '언니'라고 불러주고 있으니깐 그에 걸맞게 존경할 수 있는 사람이고 싶었다.

"두 분이 입은 옷은 딱히 인챈트가 없는 커먼 품질이네요."

세라는 두 사람의 옷에 스캔을 걸며 말했다.

커먼 품질의 장비에는 인챈트가 부여되지 않는다.

즉, 아주 평범한 도구라는 말이다.

"디자인을 따지지 않으면 레어 정도의 옷은 살 수 있지만 그건 좀."

"확실히 디자인이 좋고 성능도 높은 옷은 좀처럼 손이 나가질 않죠."

애초에 장비로서의 품질이 '커먼'이라는 뜻이지 옷으로서의 질까지는 스캔으로 볼 수 없다.

"그나저나 귀여운 옷이에요. 플럼 언니 옷은…… 내가 입으면 유치해질 것 같지만요."

세라는 자신의 아직 덜 자란 손발을 보며 고개를 푹 숙였다.

"이제부터 시작이야."

플럼은 그렇게 어른처럼 말했지만, 그녀도 특별히 발육이 좋지는 않았다.

오히려 볼륨은 부족한 편이었다.

새삼 자신의 가슴 언저리를 본 그녀는 그것을 자각하고 미묘하게 풀이 죽었다.

한편, 부활한 세라는 이번에는 밀키트의 옷을 칭찬했다.

"밀키트 언니 옷은 동경하는 디자인이에요. 하늘하늘한 레이스나 가슴에 달린 리본에 귀여움이 가득 찼어요. 나도 가끔은 그런 걸 입어 보고 싶어요."

플럼은 세라가 웨이트리스복을 입은 모습을 상상했다.

귀엽다면 귀엽지만, 무척 인형 같을 듯했다.

그런 망상은 젖혀두고──.

"이건 밀키트가 직접 골랐어. 정말 잘 어울리지? 매일 보기만 해도 행복해져."

플럼도 세라에 이어 밀키트를 칭찬했다.

"이해해요. 우리도 한 명 있었으면 좋겠어요."

"안 돼. 이 아이는 내 전용 메이드거든."

플럼은 그렇게 말하며 밀키트의 가슴을 안았다.

칭찬이 익숙지 않은 밀키트는 두 사람의 칭찬에 부끄러워서 고개를 숙였다.

그리고 눈을 치뜨고 플럼을 노려보며 원망하듯 말했다.

"······주인님들, 혹시 저를 놀리는 건가요?"

"후후후, 들켰나?"

"우와, 밀키트 언니 예리하네요."

"그야 그렇지. 내가 자랑하는 메이드인걸."

"또 그런 말씀을 하시고······."

그녀는 붕대 너머로도 알 수 있을 정도로 뺨을 부풀렸다.

플럼은 그런 모습까지 순순히 '귀엽다'고 생각하였다.

그리고 밀키트도 칭찬을 받으면 즉각 '그런 건 말도 안 된다'며

자기 부정하던 면이 조금씩이나마 '기쁘다'고 순순히 받아들일 수 있게 되었다.

부끄러운 데에는 변함이 없지만, 그래도 큰 변화였다.

며칠이지만 함께 지낸 시간은 확실히 두 사람의 거리를 좁혀주었다.

"그런 걸 정말 동경해요."

세라는 즐겁게 장난치는 두 사람을 보며 말했다.

그런 그녀의 머리에는 자신의 언니나 다름없던 마리아의 모습이 떠올랐다.

최근에는 여행이나 일 때문에 바빠서 거의 만나지 못했지만.

언니도 열심히 노력 중이다. 응석을 부려 곤란하게 해서는 안 된다──. 세라는 그렇게 저 자신에게 되뇌며 마리아에 대한 마음을 봉인했다.

하지만 자매 같은 플럼과 밀키트를 보자 가둬두었던 쓸쓸함이 가슴 깊은 곳에서 솟구쳤다.

마차를 타고 이동하는 지루한 시간도 함께 이야기를 나누자 순식간에 지나갔다.

도중에 깨어난 스튜드도 대화에 끼었고, 에니치데에 관한 이야기나 관계없는 시시한 이야기 등, 네 사람은 아무튼 다양한 이야기를 나누었다.

중간지점인 마을에서 하룻밤을 묵고 그곳의 명물 음식 맛에 감탄하며 이튿날 아침에 또다시 마차에 몸을 실었다.

날씨와 길, 말의 상태에 따라서는 하룻밤을 더 묵어야 할 수도 있었지만, 여행은 순조롭게 진행되었다.

그리고 그날 밤, 목적지── 에니치데에 도착했다.

마차는 세 사람을 내려주고 다른 마을로 이동했다.

이제 마차는 사흘 뒤에 이곳으로 온다.

그때까지 약초 채취가 끝나지 않으면 또 얼마 뒤에 데리러 오게 되는데, 아무리 늦어도 그때쯤에는 끝이 날 것이다.

마을에 내려선 플럼, 밀키트, 세라는 눈 앞에 펼쳐진 광경을 보고 멈춰섰다.

확실히 민가는 몇 곳이 있지만, 그중 불이 켜진 곳은 손에 꼽을 정도였다.

가로등 하나 없는 중심가는 대부분 어둠에 감싸여 동굴 탐색을 할 때 쓰려고 준비했던 칸델라로 비추며 이동해야 할 정도였다.

사전에 스튜드에게 아무것도 없는 시골이라는 이야기는 들었지만── 예상했던 세 사람의 반응을 보고 그는 껄껄 웃었다.

"크하하하핫! 여기 엄청나지? 정말로 아무것도 없어!"

"마치 유령 도시 같네요."

"사람은…… 살고 있죠?"

"이제 수십 명밖에 없는 데다 거의 영감과 할멈뿐이야. 10년쯤 뒤에는 소멸될지도 몰라."

그는 밝은 말투로 그렇게 이야기했다.

신경 쓰지 않는다고나 할까? 별수 없다고 받아들이는 모양이었다.

"그런 곳에서 여관을 해서 돈이 벌리나요?"

"평소에는 문을 닫아. 여행객이 들렀을 때만 열지. 일단 따라와. 방도 그럭저럭 넓고, 침대의 편안함도 보증하지."

그렇게 말하며 걸어가기 시작한 스튜드를 세 소녀가 따라갔다.

과거에는 상점이 즐비했다는 중앙로를 지나 오른쪽으로 돌자 인기척이 없는 주택지가 이어졌다.

"내가 어렸을 때만 해도 북적였어."

"마을의 주요 산업이 없어졌으니 어쩔 수 없지요."

"오히려 30년은 잘 버틴 편이에요."

"그래…… 아무것도 없지만 고향은 고향이야. 지키고 싶어 하는 녀석들도 있어. 그 녀석들 덕분에 오늘날까지 이 마을이 이어져 온 거겠지."

그는 스쳐 지나는 빈집을 바라보며 쓸쓸하게 말했다.

아무리 포기했다고 하지만, 이 마을을 보고 느끼는 부분이 있었다.

스튜드도 나름대로 섭섭한 마음이 있을 것이다.

그렇게 한동안 걷더니 불 켜진 집 앞에서 발을 멈추었다.

"어머니께 말씀드리고 올 테니 여기서 기다려."

아무래도 이곳이 스튜드의 본가인 모양인지 그는 세 사람을 두고 건물 안으로 들어갔다.

마차에서 이야기를 나누다가 나온 내용인데, 스튜드의 아버지

는 약 10년 전에 병으로 돌아가셨다는 모양이다.

부근에서 채취할 수 있는 약초만 있다면 나을 병이었다고 하니 얄궂은 일이다.

그 뒤 어머니는 줄곧 이 마을에서 혼자 사셨다는 모양이다.

왕도에서 돈을 버는 아들과 시골 마을에 남은 어머니── 지금까지는 그렇게 살아도 괜찮았지만, 어머니가 나이가 들자 그럴 수도 없었다.

스튜드가 왕도의 여관을 닫으려는 데는 그런 이유가 있었던 모양이다.

5분쯤 기다리자 그는 어머니를 모시고 집에서 나왔다.

가볍게 인사를 하자 어머니가 세 사람을 옆에 있는 여관으로 안내했다.

"멋진 여관이네요."

어쩌면 에니치데에 사는 사람 모두가 묵을 수 있을 정도의 넓이였다.

이래 봬도 최고로 번성했을 때는 방이 부족할 정도였다고 하니 놀랍다.

"청소는 했으니 안심하고 묵게나."

그렇게 말하며 스튜드의 어머니는 문을 열고 플럼 일행을 안으로 들였다.

그녀는 방까지 안내하며 자택에서 가져온 양초로 내부에 빛을 밝혔다.

몇십 년이나 전에 지은 여관이다. 마법식 램프 같은 편리한 물건은 구비되어 있지 않았다.

하지만 희미한 불꽃이 발하는 빛도 나름대로 운치가 있다.

"오른쪽 방이 더블침대고, 왼쪽 방은 트윈이야. 어느 쪽으로 하겠나?"

세 사람은 다수결 방식을 취했고, 더블 두 명에 기권 한 명으로 즉각 더블로 결정되었다.

문을 열고 오른쪽 방으로 들어가자, 시골의 여관이라고는 생각할 수 없을 정도로 넓고 청결한 방이었다.

아주 오랫동안 사용되지 않았다고는 생각할 수 없었다.

매우 꼼꼼하게 청소를 한 모양이었다.

아마 그녀에게는 이 마을이 북적이던 무렵에 대한 강한 미련이 있을 것이다.

그렇기 때문에 언제 손님이 와도 괜찮도록 그 행위가 몸에 배어 루틴이 되도록 방을 유지해온 것이다.

"주방도 쓸 수 있을 테니 만약 식재료가 있다면 그쪽을 쓰게나."

"식재료를 살 수 있는 가게는 있나요?"

플럼이 묻자 스튜드의 어머니는 떨떠름한 표정을 지었다.

"큰길에 아주머니가 하는 상점에서 살 수 있지만, 이 시간에는 닫았을 거야. 오늘 밤에는 우리 집에서 먹도록 하지."

"식사를 대접해주시게요?!"

세라는 양손을 잡고 눈을 반짝이며 반응했다.

누가 봐도 먹을 의지가 강한 그녀의 모습에 스튜드의 어머니는 무심결에 크게 웃었다.

"후훗, 물론 돈은 받아야지. 성장기 아가씨들에게 공짜로 밥을 줄 정도로 여유는 없으니까."

그 뒤, 필요한 설명을 마친 그녀는 방 열쇠를 플럼에게 건네고 물러갔다.

그러자 플럼과 세라는 즉각 구석에 짐을 놓았다.

그리고 침대 앞과 옆에 서서 얼굴을 마주 보고 웃었다.

"할 건가요?"

"물론!"

두 사람은 그런 대화를 하더니 침대를 향해 달렸고── 양손을 들고 얼굴부터 침대에 뛰어들었다.

포옥!

몸이 부드러운 깃털 이불에 잠겼고 그대로 움직일 수 없었다.

"……?"

짐 정리를 마친 밀키트는 그 기묘한 의식을 홀로 서서 보고 있었다.

플럼은 침대에 얼굴을 묻은 채 그런 그녀를 유혹하듯 자신의 바로 옆을 톡톡 쳤다.

무슨 말을 하고 싶은지는 알았다. '너도 뛰어들어'일 것이다.

주인의 명령을 거스를 수는 없었다.

밀키트는 가볍게 달려 침대의 빈 곳에 폴짝 뛰어들었다.

하나의 침대 위에 양손을 뻗은 소녀 셋이 주르륵 누웠다.

참으로 기묘한 광경이었다.

여전히 밀키트는 그 행위의 의미를 이해하지 못했지만── 어쩐지 조금 즐거웠다.

"……이것에 대체 어떤 의미가 있나요?"

침대에 얼굴을 묻은 채 밀키트가 우물우물 물었다.

"폭신폭신한 침대를 보면 뛰어들고 싶어지잖아?"

"맞아요."

"요컨대 그런 거야."

"네……."

결국 이해하지 못했다.

뭐, 즐겁다면 이유 따위는 필요 없을 것이라고 밀키트는 결론 내렸다.

그 뒤, 세 사람은 일어나서 침대에 앉은 채 한동안 잡담을 나누었다.

해도 기울어 배가 출출할 즈음에 타이밍을 잰 듯 스튜드가 세 사람을 부르러 왔다.

집에 식사 준비가 다 된 모양이었다.

덧붙여 욕실도 그쪽을 쓰는 게 좋겠다고 하여 갈아입을 옷도 함께 가져갔다.

다섯 명이 둘러앉은 식탁에는 호화롭고 현란——하기까지는 않지만, 시골 느낌이 물씬 나는 채소를 풍부하게 이용한 향토 음식이 즐비했다.

빛깔이 전체적으로 갈색이고, 명백하게 다섯 명이 다 먹을 수 없는 양인 것은 애교였다.

오랜만의 손님이라 스튜드의 어머니에게 힘이 잔뜩 들어간 것이다.

그래서 다 먹기는 어려울 거라 생각했지만…… 성장기란 무시무시해서 세라는 경이적인 속도로 음식을 입으로 옮겼다.

최근에는 몸을 많이 움직여서인지 플럼도 먹는 양이 늘었는데, 그것을 훨씬 능가했다.

밀키트가 고구마를 한 입 삼키는 동안에 앞접시에 가득 담긴 조림 음식을 깔끔하게 비울 정도였다.

"스튜드도 어렸을 때 먹보였지만, 아가씨 정도는 아니었어."

스튜드의 어머니는 그 엄청난 모습에 놀라면서도 기쁜 모양이었다.

식후── 디저트까지 싹 비운 세라의 배는 식전에 비해 명백하게 볼록했다.

"잘 먹었습니다……."

"그 안에 세라 한 명이 더 들어 있는 거 아니야?"

"과장이 심하시네요."

"여하튼 엄청난 양인 건 틀림없어요."

밀키트에게까지 그런 말을 듣자 세라도 대식가라고 인정하지 않을 수 없었다.

모두 힘을 합쳐 식기를 정리한 뒤 이번에는 씻을 시간이었다.

하지만 여관의 욕실과는 달리 여럿이 들어갈 넓이는 아니었다.

"함께 씻는 건 여행의 묘미인데 아쉽네요……."

세라는 아무래도 불만인 모양이었지만, 입을 삐죽거려도 안 되는 건 안 된다.

아니, 애초에 이건 여행이 아니다.

세 명 모두가 씻고 나서 스튜드 모자에게 감사 인사를 하고 여관으로 돌아갔다.

방으로 들어가자마자 가져온 잠옷으로 갈아입고 그녀들은 재차 무의미하게 침대로 뛰어들었다.

거기서 세라는 갑자기 "여기서는 여행의 정석인 사랑 이야기라도 해야죠!"라고 말을 꺼냈다.

조숙한 열 살…… 아니, 어른이 되고 싶을 때다.

애초에 모두 연애 경험이 없어서 딱히 이야기는 길게 이어지지 않았지만.

그 뒤, 세라는 질리지도 않고 몇 가지 화제를 꺼냈지만── 마차를 타느라 피곤했는지 그녀는 가장 먼저 곯아떨어졌다.

"그렇게 기운이 넘쳤는데 갑자기 잠이 드네."

"세라 씨다워요."

"그래. 언제까지고 이 천진난만함을 잃지 않았으면 좋겠어……."

플럼은 노인처럼 흐뭇하게 말했다.

"주인님도 충분히 젊으세요."

"아하하, 세라를 보니 좀. 그럼 젊지 않은 우리도 슬슬 자야겠지?"

아직 평소보다는 이른 시간이지만 플럼은 램프를 끄고 눈을 감았다.

"저기…… 주인님."

"응?"

어두워진 방 안에서 밀키트는 주저하며 물었다.

"저는 바닥에서 자지 않아도 될까요?"

"여기까지 와서 그런 걸 묻는 거야……?"

플럼은 한 손으로 얼굴을 덮고 진저리를 쳤다.

꽤 친해졌다고 생각했는데 몸에 밴 노예근성은 좀처럼 빠지지 않는 모양이었다.

"별수 없군."

그런 밀키트에게 그녀는 마지막 수단을 썼다.

손을 잡은 것이다.

"아……."

"이제 도망치지 못하겠지? 그렇게 알고 잘 자."

단호하게 말하며 반론을 허용하지 않았다.

밀키트는 한동안 곤란한 듯 주인의 얼굴을 바라보았지만——단념하고 붕대 밑에서 미소 지었다.

그리고,

"……감사합니다. 주인님."

작은 목소리로 그렇게 속삭이고 눈꺼풀을 닫았다.

◇ ◇ ◇

이튿날 아침 플럼은 "일어나세요!"라는 세라의 요란한 목소리와 격렬한 흔들림에 깨어나 눈을 떴다.

교회에서 사는 그녀는 평소에도 규칙적인 생활을 하는 모양이라 기상 시간이 몹시 일렀다.

일찍 일어나는 게 몸에 밴 밀키트조차 아직 일어나지 않았을 시간이었다.

하지만 밀키트는 한발 앞서 세라의 마수에 걸렸는지 "조, 좋은 아침이에요"라며 곤란한 듯 플럼에게 인사를 했다.

플럼이 졸린 눈을 비비며 일어났다.

세 사람은 준비를 마치고 즉각 밖으로 나갔다.

큰길에 있다는 가게에서 오늘 먹을 식량을 조달하고 정보를 수집하기 위해서였다.

밝은 아침 시간에 보는 에니치데의 거리는 어젯밤과 달리——더욱 쓸쓸해 보였다.

아마 예전에는 중심가에 많은 상점이 즐비했을 것이다.

하지만 지금은 볼 수도 없었다.

수많은 빈집만이 당시의 흔적을 볼 수 있어서 쓸데없이 폐허로 보였다.

그런 곳에서 세 사람은 문 연 가게를 찾아 두리번두리번 주위를 둘러보며 나아갔다.

이윽고 마차에서 내린 근처에서 채소나 몇 가지 일용품을 늘어놓은 가게를 발견했다.

플럼이 앞장서서 가게 안의 모습을 살피자 안쪽 카운터에 아주머니가 앉아 있었고, 안경을 낀 채 책을 읽는 중이었다.

그녀는 플럼을 알아채고,

"어머나, 처음 보는 얼굴이네. 이게 웬일이람. 외부에서 손님이 온 건가?"

라고 말을 걸었다.

그러자 플럼의 옆에서 불쑥 얼굴을 내민 세라가 손을 들며,

"왕도에서 왔어요!"

라고 씩씩하게 말하더니 친근한 미소로 가게 주인 쪽으로 달려 갔다.

"호오, 왕도에서? 게다가 독특한 복장의 소녀 셋이서? 별일이 다 있구나. 이제 약초도 캘 수 없는데."

"캘 수 없지만 돈아 있기는 하죠?"

"그야 그렇겠지만, 그런 괴물이 배회하는 동굴에는 아무도 접근하지 않아. 너희도 그곳에 갈 생각이라면 그만두렴. 갈 만한 곳이 아니야."

아주머니는 분한 듯 그렇게 말했다.

이번에는 플럼이 다가가 물었다.

"괴물이라면 구체적으로 어떤 몬스터인데요?"

"몰라. 나는 직접 본 게 아니니까. 몬스터인지 뭔지도 미심쩍구나. 본 녀석은 모두 죽는다고들 하지. 너희와 마찬가지로 약초를 캐러 들어간 모험자가 지금껏 몇십 명이지만, 돌아왔다는 이야기를 들은 적이 없어."

"아무도요?"

"그래. 예외 없었지. 그러고 보니 오늘 아침에도 동굴의 위치를

물어본 남자들이 있었지. 하루에 두 팀이라니 정말 드문 일이야. 충고는 했지만, 지금쯤 죽지 않았을까……?"

아주머니는 먼 곳을 응시하며 말했다.

어떤 확신을 갖고 단언하는 그녀를 앞에 두자 플럼 일행은 무심결에 입을 다물었다.

몬스터가 아니라 괴물.

대체 동굴에는 무엇이 존재하는 것일까?

하지만 여기까지 와서 키아라리를 포기할 수는 없었다.

세 사람은 가게에서 식량을 사서 일단 여관으로 돌아갔다.

주방에서 밀키트가 동굴에 가져갈 점심을 만들었다.

그것이 끝나자 플럼과 세라는 짐을 챙겨 여관을 나섰다.

참고로 밀키트는 여기 남아 있기로 했다.

무시무시한 괴물이 있다는 동굴에 전투 요원이 아닌 그녀를 데려갈 수는 없었다.

"정말로 괜찮을까요?"

그녀는 배웅하며 불안하게 말했다.

"일단 위험하다고 생각하면 바로 도망칠 거야."

"하지만……."

"저도 있어요!"

"그래. 둘이 있으면 괜찮아."

"……네."

일단 고개를 끄덕이기는 했지만, 역시 그녀의 불안은 사라지지 않았다.

"밀키트, 걱정하는 마음은 알겠지만, 웃으며 배웅해주지 않으면 생각처럼 힘을 낼 수 없을지도 몰라."

"그런 말은 비겁해요."

"으흐흐흐. 그런 주인님인 걸 알잖아? 그럼 다녀올게."

"다녀올게요!"

두 사람은 손을 흔들며 밀키트와 헤어졌다.

불길한 예감이 든다. 가슴이 술렁인다──. 하지만 주인의 의욕을 고취하는 것도 노예의 역할이다.

그녀는 붕대 밑에서 억지로 미소를 지으며 손을 흔들었다.

"주인님, 세라 씨, 다녀오세요!"

플럼은 그 목소리를 듣고 만족스레 미소 지었다.

마을을 떠나 걷기를 한 시간.

길을 따라 울창한 숲속을 걷자, 목적지인 동굴은 입을 쩍 벌린 채 불현듯 그곳에 나타났다.

약초 채취로 붐비던 시기에 정비된 길이리라.

입구는 자연스레 열렸다고는 생각할 수 없을 정도로 크게 확장되어 있었다.

하지만 그 가게 주인의 말대로 지금은 사람이 별로 찾지 않는지 곳곳에 이끼가 끼어 있었다.

플럼은 "후우" 하고 한숨을 쉬며 긴장하여 흐트러진 호흡을 정돈했다.

막상 동굴을 앞에 두자 세라도 태연할 수 없는지 그 표정이 살짝 굳었다.

하지만 언제까지고 여기에 서 있을 수는 없었다.

두 사람은 칸델라에 불을 켜고 동굴에 발을 들였다.

이끼 때문에 미끄러운 바닥에 주의하며 축축하고 어두운 길을 나아갔다.

"생각보다 밝지 않나요?"

세라는 괴물을 경계해서인지 플럼에게 겨우 들릴 정도로 작게 말했다.

"확실히 그런지도 모르겠네. 곳곳의 천장 틈에서 빛이 새어 들어오는 모양이야."

그리고 새어 들어온 빛이 닿은 바닥에는 약초로 보이는 식물이 돋아 있었다.

아마 키아라리 군생지도 마찬가지로 위에서 햇빛이 들어오는 곳에 있을 것이다.

플럼은 시험 삼아 칸델라의 불을 끄고 주위를 둘러보았다.

의외로 문제는 없어 보였다.

오히려 빛이 없는 편이 적에게 발각될 가능성도 낮았다.

세라에게 양해를 구하고 빛이 없는 상태로 더 안쪽으로 걸어갔다.

동굴은 좁아지기는커녕 더욱 넓어졌다.

벽을 보아하니 역시 이곳도 사람 손으로 확장된 모양이었다.

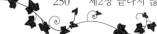

"쿠오……."

안쪽에서 짐승 같은 목소리가 들렸다.

앞장선 플럼이 입술에 검지를 대자 세라는 고개를 끄덕이며 숨을 죽였다.

발걸음을 멈추고 귀를 기울였다.

그러자 사람의 것이 아닌 발소리가 들렸다.

들키지 않도록 신중한 발걸음으로 전진하여── 모퉁이에서 플럼이 얼굴만 내밀고 그 모습을 확인했다.

그곳에는 초록색 피부와 근육이 우락부락한 키 3미터 정도의 인간형 몬스터가 있었다.

이마에는 특징적인 하얀 뿔이 뻗어 있었다.

"오거네요. C랭크 몬스터예요."

세라는 플럼에게 그렇게 속삭였다.

이따금 보이는 옆얼굴은 말 그대로 괴물 같은 형상이었다.

또한, 벌린 입에서는 타액에 젖어 날카로운 엄니가 엿보여 압박감을 부추겼다.

플럼은 스캔을 발동하여 스테이터스를 확인했다.

오거

속성 : 흙

근력 : 608

마력 : 9

체력 : 623

민첩 : 136

감각 : 81

___

보다시피 근력과 체력에 편중된 스테이터스였다.

마법을 경계할 필요는 없고 무리도 형성하지 않기에 C랭크치고는 싸우기 쉬운 부류의 몬스터라고 들었다.

적어도 갑자기 바람 속성 마법을 쏘는 안즈보다는 훨씬 쉬울 것이다.

게다가 이번에는 2대 1의 싸움이다.

플럼 자신도 강해졌으니 전투 자체는 전보다 훨씬 편할 터였다.

하지만 저 높은 근력이 자아내는 강한 일격은 얕볼 수 없다.

잘못 맞으면 즉사할 위험성도 있기 때문이다.

"둘이라면 어떻게든 될 거예요."

플럼의 스테이터스에 대해서는 어젯밤에 세라에게 설명했다.

반전에 의해 장비의 저주가 강할수록 스테이터스가 상승한다──. 그런 들어본 적도 없는 플럼의 능력에 세라는 물론 깜짝 놀랐다.

하지만 실제로 왕도에서 남자를 제압한 것을 알고 있다.

그녀는 그 능력을 의심하지 않았다.

"……좋았어. 가자."

오거가 등을 보인 순간, 플럼의 신호로 두 사람은 동시에 달려

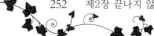

갔다.

싸움은 실로 일방적이었다.

플럼의 영혼 사냥꾼과 세라의 메이스에 의한 묵직한 일격은 오거의 두꺼운 피부와 근육으로도 막을 수 없었다.

휘두를 때마다 살이 찢어지고 뼈가 부서져 확실히 몬스터의 목숨을 깎아먹었다.

특히 세라가 몸을 뒤틀며 펼치는 타격은 플럼의 상상을 뛰어넘는 위력이었다.

열 살에 이 정도이니 역시 무시무시한 소녀다.

오거는 포효하며 팔을 휘둘렀지만 냉정하고 침착한 두 사람에게 공격은 맞지 않았다.

오히려 공격을 하느라 생겨난 허점을 찔려 대미지는 더욱 가속되었다.

부상을 입을 때마다 몬스터의 움직임은 느려졌고, 힘의 차이는 벌어질 따름이었다.

마지막에는 플럼이 심장을 찔렀고, 즉각 피투성이의 대검을 뽑자── 쿠웅, 하고 거대한 몸이 얼굴부터 바닥에 쓰러졌다.

두 사람은 협력하여 엎드린 오거의 몸을 뒤집었고, 머리에서 엄니를 뽑았다.

무기의 소재로 그럭저럭 비싸게 팔 수 있는 것이었다.

목적은 약초지만, 확보해둬서 나쁠 것은 없다.

획득한 엄니를 가볍게 닦아 주머니에 넣고 동굴 탐색을 재개했다.

생각보다 넓은 동굴인 모양이라 어디에선가 울리는 몬스터의 목소리가 들렸지만, 좀처럼 마주치지는 않았다.

청각으로 감지하는 것 이상으로 거리가 있는 모양이었다.

하지만 만에 하나 마주친대도 세라와 둘이라면 아무 문제 없이 격파할 수 있을 것이다.

돌아갈 때 헤매지 않도록 벽에 마킹용 염료를 바르며 앞으로 나아갔다.

그러자 점차 동굴 내부의 빛이 커졌다.

"밖이 가까운 걸까요?"

"한 바퀴 빙 돈…… 분위기는 아닌가? 다른 출구와 연결된 건가?"

구불구불한 길을 나아가 마침내 보인 빛을 향해 걸어가자——,

"그렇군. 이렇게 된 거군……."

"여기까지는 마을이 붐빌 정도로 약초가 있지 않아서 이상하다고 생각했는데, 이거라면 납득이 가네요."

두 사람의 눈앞에는 천장이 없이 탁 트인 공간이 펼쳐졌다.

부드럽게 쏟아지는 햇살과 샛강을 이루며 흐르는 용출수가 식물들에 은혜를 내려 동굴 안이라고는 생각할 수 없을 정도로 풍요로운 자연을 형성했다.

"마치 동굴 안에 있는 정원 같아요."

"그래. 약초를 찾지 않더라도 보기만 해도 즐거울 것 같아."

물론 즐길 여유는 없지만.

크고 작은 다양한 초목이 무성한 이곳이라면 키아라리가 생육한대도 이상하지 않았다.

재빨리 탐색을 시작하고자 플럼은 한 발 내디뎠지만——,

"하지만 어쩐지……."

좀처럼 움직이려 하지 않는 세라는 불안한 듯 말했다.

"……쓸데없이 조용하지 않나요?"

맑은 공기에 적당한 온도.

식물뿐만 아니라 동물에게도 낙원 같은 환경──일 터인데.

확실히 듣고 보니 기묘하다며 플럼도 발을 멈추었다.

이만큼 생물이 살기 좋은 곳인데 어찌 된 영문인지 생명의 기색이 없었다.

물이 흐르는 소리와 바람이 나뭇잎을 흔들어 바스락거리는 소리만이 흉흉하게 울려 퍼졌다.

"하지만 키아라리가 있을 법한 곳은 여기이니 찾지 않을 수도 없어."

"맞아요……. 하지만 오래 머무르지 않는 게 좋을지도 모르겠어요."

"그래. 서두르자."

그렇게 말하고 두 사람은 고개를 끄덕인 뒤 이번에야말로 둘로 나뉘어 약초를 찾기 시작했다.

하지만 그 직후.

쿠우우우우웅!

등 뒤에서 요란한 폭발음이 울렸다.

플럼은 몸을 움찔 떨며 반사적으로 소리 나는 쪽을 돌아보았다.

그리고 그녀는 벽이 무너져 **돌아갈 길**이 막혀가는 그 너머에서 천박하게 웃는 두 남자의 모습을 보았다.

"방금 그건 뭐, 뭐죠?!"

"지금 그건 설마…… 데인의 부하? 말도 안 돼. 이런 곳까지 따라왔다는 거야?!"

리치의 가방을 훔친 그의 동료를 교회 기사에게 넘긴 일을 복수할 셈일까?

마을의 아주머니에게 들었던 플럼 일행에 앞서 정보 수집을 한 두 남자가 그들인 모양이다.

하지만 설마 왕도에서 마차로 이틀이나 걸리는 에니치데까지 굳이 미행할 줄이야──. 상상을 초월하는 집념이었다.

붕괴가 잠잠해지자 플럼은 바위로 막힌 구멍으로 다가가 상황을 확인했다.

"이걸 손으로 움직이기는 어려울까? 못 할 것까지는 없겠지만."

"힘으로 하다가 또 무너질지도 몰라요. 다른 출구를 찾는 게 낫지 않을까요?"

"그러게. 그럴까? 험한 일에 끌어들여서 어째 미안하네."

"왜 언니가 사과를 하세요? 데인은 서구의 모험자를 통괄하는 나쁜 놈이죠? 그렇다면 잘못한 건 그놈이에요. 무사히 탈출하면 내가 이 손으로 심판하겠어요!"

세라는 주먹을 쥐고 힘차게 선언했다.

플럼은 이런 상황에도 씩씩한 그녀를 보고 조금 힘을 얻었다.

여하튼 이곳에서 탈출하지 못하면 세라가 말한 대로 다른 출구를 찾을 수밖에 없다.

그런 것이 있다면 말이지만──. 이곳은 넓다.

아직 탐색해야 할 부분은 얼마든지 있다.

"좋았어. 그럼 우선은 약초를 찾고 그 뒤에 출구를 찾아서——."

플럼의 말을 가로막듯 무언가가 부스럭 움직이는 소리가 들렸다.

그녀는 초목이 무성한 쪽으로 시선을 보냈다.

"왜 그러세요?"

"지금 뭔가가 움직인 것 같아……. 몬스터일지도 몰라."

한동안 멈춰서 소리가 난 쪽을 보자—— 나무와 나무 사이에서 힐긋 초록색 피부의 커다란 인간형 생물이 보였다.

"오거 같네요. 먼저 쓰러뜨리는 게 좋겠어요."

"……."

"언니?"

"……잠깐만 기다려."

하지만 플럼은 그 오거의 모습에 위화감을 느꼈다.

확실히 저것은 오거다.

그것은 틀림없지만—— 아까 살며시 보인 얼굴 부분.

그 부위만이 조금 전에 쓰러뜨린 개체와 다른 듯했다.

아까는 숨어 있어서 잘 보이지 않았지만, 오거가 이동하여 재차 그 머리가 나타났을 때,

"저게 뭐지?"

플럼은 아연했다.

얼굴이 없었다.

가죽이 벗겨진 채 그 속이 파였고 다른 것이 배치되어 있었다.

그것은 **살점의 소용돌이**라고도 부를 법한 물체였다.

장기를 나선형으로 빼곡히 넣은 듯한 그것은 맥박치듯 꿈틀거리며 시계 방향으로 천천히 회전했다.

나아가 소용돌이에서는 대량의 피가 떨어졌다. 붉은 체액은 목에서 가슴 언저리까지를 흠뻑 적셨고, 초록색 피부가 그 부분만 검은색에 가까운 색으로 변했다.

"오거가 아니야……? 아니, 하지만 몸은 오거 맞죠?!"

"스, 스캔!"

우선 정체를 파악하려면 스캔을 이용하는 것이 제일이다.

마법을 발동한 플럼의 시야에 몬스터의 정보가 죽 늘어섰다.

찾았다

or성(너는 왜) **: ig에게서 도망치나**

근력(우리를) **: 7sin**

마려력 : 갚아라갚아라갚아라

체력력 : 9dea1d(정해라, 받아라)

민첩 : 구원이다

죽어라 : 14
미행하라, 플럼 애프리코트

이해할 수 없는 문자의 나열이었다.

보자마자 본능이 위험을 알렸다.

공포 때문인지 심장을 움켜쥐는 듯 아팠다.

플럼은 저도 모르게 가슴을 잡고 몸을 움츠렸다.

"이, 이게 뭐죠……? 이런 건 본 적이 없어요……?!"

마찬가지로 스캔을 발동한 세라도 겁에 질려 뒷걸음질 쳤다.

마법의 발동 부전은 흔한 이야기지만, 스캔처럼 간단한 마법으로 그것이 일어나다니 들어본 적이 없었다.

그것도 두 사람이 동시에.

즉, 표시된 몬스터의 정보는 옳은 것이었다.

저것에는 그런 정보가 새겨진 것이다.

"게다가…… 왜 언니의 이름이 저것의 스테이터스에!"

"몰라. 하지만── 윽!"

멀리서 걸으며 이쪽을 알아채지 못한 줄 알았던 오거 같은 무언가.

하지만 그 녀석은 스캔을 발동한 직후에 고개를 돌려 회전하는 살점의 얼굴로 두 사람 쪽을 빤히 보았다.

동그랗던 그것이 조금 옆으로 늘어난 타원형이 되었다.

플럼에게는 그것이 마치 웃는 것처럼 보였다.

"아마 도망치지 않으면 위험할지도 몰라."

그 녀석은 초록색 주먹을 꽉 쥐며 하늘로 내질렀다.

그것을 본 플럼은 또다시 본능적으로 위험을 감지했다.

괴물은 그것을 온 힘을 다해 휘둘러 바닥을 때렸다.

원래 마법을 쓰지 못하는 오거가 그런 짓을 해봤자 위협 이상의 의미는 없을 터였다.

하지만 그 직후── 플럼은 자신의 발밑이 파직 일그러지는 느낌을 받았다.

제2장 끝나지 않는 나날과 독점을 바라는 가면 노예

가자, 절망의 고향으로

멀리 있는 오거가 주먹으로 바닥을 때리자 플럼의 발밑이 파직 일그러졌다.

득——득——.

무언가가 깎이는 소리가 들렸다.

플럼의 몸이 덜덜 진동했고, 콤마초 단위로 시야가 **내려갔다**.

그녀는 머뭇머뭇 밑을 보았다.

그러자 칼날처럼 날카로운 모양으로 변한 바닥이 마치 오거의 얼굴처럼 소용돌이치며 회전을 시작한 것이 아닌가.

그곳에 플럼의 발이 삼켜지고는, 뭉개져서 날아가기 시작했다.

"아…… 응?"

흩어지는 붉은 무언가가 자신의 일부라고 깨닫기까지 약간의 시간이 필요했다.

그 정도로 비현실적인 광경이었다.

다리가 점점 더 소용돌이에 빨려들었다.

"앗, 아아아…… 으윽, 으, 아아아아아아아아악!"

마침내 뇌까지 통증이 다다라 플럼은 절규했다.

이미 복숭아뼈, 종아리, 그리고 허벅지까지 소실되었고—— 빼려 해도 다리에 힘을 줄 수 있는 상태가 아니었다. 재생도 할 수 없을 것이다.

이대로라면 다리는 물론이거니와 온몸이 소용돌이에 빨려들어 고깃덩이가 될 것이다.

261

"히익…… 아, 시, 싫어, 다리, 가…… 움직이지, 않아……?!"

매달릴 사람은 세라밖에 없었다.

플럼은 이마에 땀을 흠뻑 흘리며 충혈된 눈으로 그녀에게 손을 뻗었다.

"언니!"

세라는 필사적으로 뛰어와 그녀를 몸통 박치기로 날려버렸다.

"아윽…… 으, 으으으…… 아, 크헉……!"

플럼은 그녀 덕분에 어떻게든 소용돌이에서 벗어났다.

허벅지의 절단면은 무딘 날붙이로 난도질당한 것처럼 삐죽삐죽했다.

플럼은 아픈 상처를 질질 끌며 팔의 힘만으로 기어 소용돌이에서 조금이라도 떨어지려 했다.

먹이를 잃은 소용돌이는 원망스러운 듯 으으으으 하고 으르렁거리며 회전을 이어갔다.

"헉, 아…… 아아아악!"

플럼은 괴로운 목소리를 냈다.

재생은 이미 시작되었지만, 통증은 좀처럼 사라지지 않았다.

상처가 억지로 찢긴 듯 거친 만큼 안즈 때에 비해 괴로움이 더 컸다.

다량의 혈액이 흘러 바닥을 적셨다.

하지만 이 정도로는 죽지 않았을 것이다.

죽지 않는다면 괜찮다. 죽지 않는다면 괜찮다. 죽지 않는다면, 괜찮을 테니── 플럼은 그렇게 수차례 자신에게 되뇌었다.

하지만 아픈 것은 아픈 것이다. 죽을 만큼 아팠다.

"으, 윽…… 으, 허……억."

숨을 제대로 쉴 수 없었고, 위장에서 내용물이 솟구쳐 땅바닥에 쏟아냈다.

세라는 플럼이 재생 능력을 가졌다는 말은 들었지만, 지금의 그녀가 입은 부상은 명백하게 치명상이었다.

치료하기도 전에 과다출혈 쇼크로 죽을지도 모른다──. 그렇게 생각하고 서둘러 달려가 다리에 손을 뻗었다.

"힐!"

세라의 양손에서 빛이 쏟아졌고, 그것들이 그녀의 의사에 따라 플럼의 다리에 모였다.

그것은 어디까지나 선의의 행동이었다.

인체에 부착된 빛은 체내로 들어가 부상을 입기 전의 상태로 만들려 할 것이다.

중급 회복 마법, 힐.

이 정도의 큰 부상을 고치기에는 마력이 부족하지만, 우선은 지혈을 하며 상태를 살필 속셈인 모양이었다.

하지만── 치익, 하고 무언가가 타는 듯한 소리가 나는가 싶더니 허벅지의 절단면이 주르륵 녹아내렸다.

"아앗, 으아아아아아악! 악…… 으, 으, 윽!"

플럼은 더욱 고통스러운 표정을 지으며 몸부림쳤다.

통증을 견디기 위해서인지 바닥에 손톱을 세우며 긁었다.

하지만 힘이 너무 강해서 손톱과 손가락 사이에 피가 배어 나왔다.

"뭐, 뭐죠? 어째서죠! 회복 마법을 걸었는데!"

세라는 당황하여 어쩔 줄을 몰랐다.

하지만 총명한 그녀는 이내 깨달았다.

"……반전인가요? 설마 회복까지 반대로……. 그럴 수가. 언니, 나는 그럴 생각이!"

플럼도 알고 있었다.

세라는 착한 아이다. 진심으로 플럼을 생각해서 회복 마법을 썼으리라.

당장이라도 '괜찮다'고 말해주고 싶었다.

하지만 의식이 몽롱해서 말을 제대로 할 수 없었다.

말하려 해도 입에서 새어 나오는 것은 신음뿐이었다.

우선은 심호흡을 반복하여 통증으로 엉망이 된 사고와 육체를 다시 연결하자.

원래 상태로 돌아가려면 많은 시간이 걸릴 듯했다.

하지만 당장이라도 울음을 터트릴 것 같은 세라를 조금이라도 안심시키고자 필사적으로 말을 하려 했다.

"괜, 찮…… 윽, 으으……윽!"

"언니?!"

"아, 혁…… 혁…… 후, 그, 보다…… 윽."

"그보다, 뭐요?"

"도……망……쳐……!"

"……도망, 쳐요?"

세라는 플럼의 참상에 정신을 빼앗겨 잊고 있었다.

저 정체 모를 오거는 아직 근처에서 두 사람을 노리고 있었다.

적은 무성한 초목을 가르고 똑바로 두 사람을 향해 걸어왔다.

거리가 가까워지자 살점의 소용돌이에서 질퍽, 질퍽, 하고 흉흉한 소리가 들렸다.

플럼의 다리는 재생되고 있었다.

서서히 원래의 모양으로 돌아가려 했지만, 오거의 다음 공격 전에 끝나리라고는 생각할 수 없었다.

"아, 알았어요!"

세라는 움직이지 못하는 플럼을 양팔로 안았다.

체격 차이를 고려하면 얼토당토않은 행위라고도 생각되었지만, 신체 능력이 높은 세라에게는 별문제 없는 모양이었다.

그리고 조금이라도 적과의 거리를 벌리고자 뛰었다.

오거의 속도 자체는 별로 빠르지 않았다.

조금 뛰었을 뿐인데 거리가 벌어졌다.

그때, 오거는 초록색 주먹을 쥐고 허리를 낮추었다.

또 그게 올까——? 힐긋 오거 쪽을 돌아본 세라는 바닥이 일그러지는 것을 경계하며 발밑을 힐끔 보았다.

하지만 이번에는 바닥을 때리지 않았다.

팔을 앞으로 내밀어 허공을 갈랐다.

"세라, ……뛰, 어……!"

즉, '회전'의 대상은 주먹을 내지른 그 직선상에 있는—— 두 사람을 감싼 **공기**였다.

"윽…… 으아아아아아아아아아악!"

세라는 포효하며 필사적으로 뛰었다.

오오오──!

바람이 소용돌이를 일으키는가 싶더니 회전은 멈추지 않고 가속되었다.

처음에는 산들바람 정도인 대기의 움직임이었지만, 이윽고 강력한 살상능력을 가진 흉기로 변했다.

피유우우우우웅!

회오리바람이 원기둥 모양으로 공간을 도려냈고, 내부에 존재하는 모든 물체를 잘게 잘랐다.

그리고 아슬아슬하게 탈출에 성공한 세라의 등을 스쳤다.

펄럭이는 하얀 로브 자락이 갈기갈기 잘렸다.

"다음은 옆이야!"

"아직도 온다고요?!"

오거는 지체 없이 주먹으로 땅바닥을 때렸다.

우우우우우우우우우──!

세라의 발밑에서 흙과 바위가 빙빙 돌며 으르렁거렸다.

그녀는 쓰러지듯 앞으로 뛰어들어 그것을 피했다.

하지만 착지의 충격으로 플럼이 팔에서 떨어졌고 무성한 약초 속을 굴렀다.

"언니!"

"괜찮아. 이제 아무렇지도 않아!"

이미 손상된 다리는 멀쩡히 돌아왔다.

플럼은 떨어진 기세를 이용하여 일어선 뒤 영혼 사냥꾼을 발현시켰다.

──소극적으로는 이기지 못해. 공격해야 해.

거대한 검은색 검을 한 손에 쥔 그녀는 똑바로 오거를 향해 질주했다.

등 뒤에서는 자세를 고친 세라가 용맹하게 맞선 플럼의 모습을 보고 그 의도를 파악했다.

그녀는 등에 진 메이스를 쥐고 어깨에 얹더니 호를 그리며 오거의 뒤를 공격하고자 이동을 개시했다.

적의 시선은 플럼 쪽을 향해 있었다.

스테이터스에 적힌 대로 그녀를 노릴 것이다.

초록색 주먹이 꽉 쥐어졌다.

이번에는── 앞을 향해 내질렀다.

허공을 향해 내지른 타격.

직감적으로 위기를 감지한 플럼은 그 자리에서 오른쪽으로 날았다.

퍼억!

보이지 않는 힘이 공기를 휘저었고, 주먹 앞에 존재하는 공간을 도려내듯 고속 회전했다.

직격을 받은 흙벽이 기구를 사용한 듯 깔끔하게 원형으로 파였다.

맞았다면── 플럼의 몸에는 커다란 구멍이 뚫렸을 것이다.

하지만 방금 그 공격, 명백하게 그 전과는 달랐다.

아까까지는 주먹을 휘두른 뒤 상응하는 살상력을 갖기까지 시

차가 있었다.

그런데 이번에는 즉시 발동하여 압도적인 파괴력을 보여주었다.

반면 적용 범위는 좁아서 소용돌이는 극히 짧은 순간만 존재했다.

즉, 오거의 의사에 따라 공격 규모와 발동까지는 조정할 수 있다는 뜻이다.

'도망칠 시간은 있다'고 생각해서 방심해서는 안 된다.

늘 죽음의 위기감을 가지고 전진해야 한다.

파고들면 그만큼 상대의 공격을 받을 위험성도 있지만── 기본적으로 마법을 다루지 못하는 플럼에게 거리를 둔 전투는 불리했다.

메이스를 메인 무기로 쓰는 세라도 마찬가지다.

따라서 리스크가 크더라도 접근전으로 밀어붙여야 했다.

달려오는 플럼을 향해 오거는 재차 같은 공격을 날렸다.

하지만 몸이 크기 때문인지 자세히 관찰하면 준비 동작을 알기 쉬웠다.

안전하게 피하고 더욱 전진하여── 영혼 사냥꾼의 범위에 들어오기 전에 세라가 몬스터의 뒤를 노렸다.

"으랏차!"

그녀는 오거의 머리 높이까지 점프하여 있는 힘껏 메이스를 휘둘렀고, 그 끝의 가장 무거운 부분으로 뒤통수를 때렸다.

퍼어억!

두개골과 금속 덩어리가 격돌하여 둔탁한 소리가 공기를 뒤흔

들었다.

그리고 세라는 공격의 반동을 이용하여 거리를 두며 착지했다.

"제 일격이 어떤가요!"

손가락으로 코 밑을 비비며 자랑스럽게 웃었다.

느낌이 왔다.

평범한 오거라면 방금 그 공격만으로 졸도할 정도의 크리티컬 히트다.

하지만── 오거는 전혀 움직이지 않았다.

마치 그녀의 존재를 처음으로 인식한 듯 천천히 세라 쪽을 보았다.

슈욱, 슈욱.

붉은 소용돌이가 아까까지보다 기세 좋게 피를 분출했다.

그것은 그의 분노를 나타내는 듯했다.

"효과가 없나요……?"

"그럼 이건 어떠냐?!"

타격에 강할 뿐일지도 모른다.

플럼은 그런 소망에 걸고 검을 휘둘렀다.

영혼 사냥꾼을 수평으로 잡고 다리를 향해 내지른 혼신의 일격──.

퍼억!

하지만 그것은 오거의 살을 베지도 못하고 둔탁한 감촉과 함께 그 자리에서 멈추었다.

"이 녀석…… 몸의 강도가 오거와는 전혀 달라……?!"

기묘한 힘은 가졌지만, 스테이터스가 오거와 같다면 공격만 명중하면 쓰러뜨릴 수 있을 터였다.

그런 희망은 쉽사리 부서졌다.

나아가 오거는 주먹은 들어 올리더니 희박한 희망마저 산산조각냈다.

"언니, 위험해요!"

"크으윽!"

플럼은 뒷걸음질 쳐서 그것을 회피했다.

그러자 직전까지 그녀가 있던 바닥이 깊게 파였다.

그 팔은 보이지 않는 어떤 힘을 두르고 있었다.

그 뒤로 더욱 후퇴한 플럼은 검을 고쳐 쥐고 거리를 둔 뒤 오거와 서로 마주 보았다.

접근전이라면 어떻게든 될 줄 알았는데── 그것도 시원치 않았다.

세라의 메이스는 전혀 듣지 않았고, 플럼의 영혼 사냥꾼도 말 그대로 벽찼다.

"지금의 나로는 이 녀석을 이길 수 없어⋯⋯."

그렇게 확신했다.

플럼은 오거를 사이에 두고 맞은편에 있는 세라와 눈빛을 교환한 뒤 고개를 끄덕였다.

그리고 두 사람은 동시에 광장의 안쪽을 향해 뛰어갔다.

물론 적도 추적을 시작했지만, 속도는 오거와 별반 다르지 않은 모양이었다.

점점 거리가 벌어졌다.

"어떻게 하죠?"

"일단 도망칠 수밖에 없어!"

아까 막혔던 구멍만 무사하다면 당장 출구에 다다를 수 있겠지만.

두 사람은 그대로 광장의 안쪽으로 나아가 나무 사이를 빠져나간 뒤 커다랗게 뚫린 구멍을 발견했다.

크기로 보건대 아마 오거는 이곳에서 나왔을 것이다.

"저기로 가시게요?"

제 발로 적의 소굴에 뛰어드는 짓을 해도 과연 괜찮을지 불안하기만 했다.

하지만 뒤에서 몬스터가 쫓아왔다.

주저할 틈은 없었다.

"갈 수밖에 없겠지? 어차피 달리 도망칠 곳도 없으니까."

여차하면 재생할 수 있는 자신을 미끼 삼아 세라를 대피시키면 된다.

각오를 다지고 동굴로 발을 들였다.

그 앞에는 다만 직선으로 통로가 이어지고 있었다.

벽을 보자 이곳도 역시 인공적으로 뚫린 구멍인 모양이었다.

플럼이 뒤를 힐긋 돌아보자──,

"뭣이……!"

"왜 그러세요……? 앗, 히익?!"

평범한 오거는 그 거대한 몸 때문에 빨리 움직일 수 없다. 따라서 저 오거도 마찬가지일 것이다──. 그렇게 생각했다.

하지만 그 녀석은 달랐다.

마치 인간처럼 등을 쭉 펴고 허벅지를 높게 드는 깔끔한 자세로 달리며 두 사람에게 접근했다.

육체적으로는 제법 무리를 하고 있을 것이다. 다리의 곳곳에서 뚜둑, 뚜둑, 하고 힘줄이 끊어지는 소리가 났고 울혈로 검게 변색되었다.

하지만 통각이 없는지 속도는 떨어지지 않았다.

생물로서의 한계를 완전히 무시한 거동이었다.

플럼은 그 육체에 오거와는 전혀 다른 의사가 깃든 것처럼 느꼈다.

……아니, 고찰은 나중에 하자.

지금은 아무튼 필사적으로 도망칠 수밖에 없다.

거리는 점점 좁혀졌다.

밖에 비해 좁은 이 동굴 안에서는 옆으로 빠져나가 도망치는 건 무리였다.

그러던 때, 두 사람의 눈앞에 나타난 것은── 막다른 벽이었다.

그리고 그 앞에는 아래쪽으로 끝이 보이지 않는 큰 구멍이 뚫려 있었다.

"막다른 길이에요!"

"아니, 아직이야……!"

"이 구멍 말인가요?!"

이곳에 뛰어드는 것은 자살 행위나 마찬가지다.

하지만 **죽음** 그 자체라고 말해도 좋을 정도로 압도적인 위협이

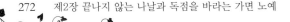

이쪽으로 다가오고 있다.

"이 막다른 길에서 저 녀석의 공격을 막을 순 없어. 게다가 어차피 도망치지 않고 우리끼리 저 녀석들에게는──."

망설이는 사이에도 오거는 점점 접근했다.

어차피 죽는다면 자신의 의사로──. 밀키트와 만난 감옥 안에서 자신이 선택한 길을 떠올렸다.

기억이 그녀를 부추겼다.

눈을 감고 숨을 내뱉은 뒤 두 뺨을 찰싹 때리고 "좋았어"라고 외쳤다──. 그런데도 부족할 만큼 심장은 공포로 비명을 질렀지만── 한 발을 내디뎠다.

"가자!"

"……아, 알았어요. 나는 언니를 따라갈래요!"

플럼은 그렇게 말하고 앞이 보이지 않는 구멍으로 뛰어들었다.

이어서 세라도 플럼을 따라 그곳으로 몸을 던졌다.

오거는 구멍 앞에서 멈추더니── 두 사람을 쫓지 않고 밑에 펼쳐진 어둠을 살점의 얼굴로 빤히 바라보았다.

털썩.

잠시 두둥실 떠오른 플럼의 몸은 미묘하게 부드러운 무언가와 부딪쳤다.

옆에 떨어진 세라도 즉각 몸을 일으키고 주위를 둘러보았다.

어두운 곳이었다. 하지만 완전히 보이지 않을 정도는 아니었다.

"여긴 어디죠?"

"여기도 사람이 만든 공간 같은데…… 우윀, 냄새가 지독해."

플럼은 입가를 막고자 손바닥을 얼굴에 들이댔다.

하지만 그곳에 철썩 달라붙은 액체가 쓸데없이 악취를 풍겼다.

그 정체를 확인하기 위해 그녀는 시선을 밑으로 내렸다.

그리고 자신들의 몸을 받아준 **무언가**의 정체를 알자마자,

"꺄악!"

하고 소리 질렀다.

"왜 그러세요?"

걱정하는 세라──. 하지만 그녀에게 이것을 보여줄 수는 없었다.

플럼은 황급히 세라의 얼굴을 잡고 가슴 쪽으로 끌어안았다.

"으윽?! 으읍?!"

"세라, 눈 감아."

"……으_으_읍?"

"잔말 말고! 내가 괜찮다고 할 때까지 눈 뜨지 마."

플럼이 거세게 말하자 세라는 저도 모르게 고개를 끄덕였다.

발밑의 미묘하게 부드러운 그것을 밟을 때마다 플럼은 얼굴을 찌푸렸다.

"죄송합니다, 죄송합니다……."

그렇게 몇 번이나 중얼거리며 발밑을 확인하여 천천히 내려갔다.

훤히 드러난 **뼈**, 갈색으로 변한 살, 볼썽사납게 부푼 얼굴──.

아무리 눈을 피하려 해도 시야 가득 깔려 있어서 자꾸만 눈에 들어왔다.

그것은 산더미처럼 쌓인 수많은 **시체**였다.

주로 인간이 많았지만, 개중에는 몬스터로 보이는 것도 여기저기 섞여 있었다.

플럼은 그중에서 소용돌이처럼 변형되었거나 부자연스럽게 뒤틀린 것이 있다는 사실을 알아챘다.

아니, 시체뿐만이 아니었다.

방의 사방팔방을 둘러싼 무기질적인 회색 벽도 곳곳이 나선형으로 일그러져 있었다.

그것을 보자 그 오거의 얼굴이 떠올랐다.

"여긴 뭐야……."

세라에게 시체를 보여주지 않기 위해 즉각 시야를 가렸지만, 그것도 방을 나설 때까지다.

하지만── **지금** 보여주지 않는 게 의미 있을까?

들어온 이 방만 해도 이 모양이다. 앞으로도 시체가 나뒹굴지 않는다고는 말할 수 없다.

플럼은 자문하며 방의 출구로 다가갔고, 다행히 일그러지지 않은 채 반쯤 열린 문을 어깨로 밀어 열었다.

머리만 밖으로 내밀어 복도의 모습을 확인했다.

몬스터도 없거니와 시체가 쓰러진 모습도 없었다.

플럼은 안도의 한숨을 내쉬고 방에서 나가 즉각 문을 닫았다.

그리고 마침내 세라를 놓아주었다.

"이제 눈을 떠도 되나요?"

"그래. 여기라면 괜찮을 거야."

플럼의 허락을 받은 그녀는 마침내 눈을 떴다.

그리고 고개를 좌우로 흔들어 주위의 모습을 확인했다.

"역시 여기도 어둡네요."

그러던 세라는 벽에 박힌 공 모양의 수정체를 발견했다.

"불을 켜도 될까요?"

마력식 램프의 기동 장치였다. 만진 상태로 손바닥에 마력을 모으기만 해도 점등할 수 있다.

왕도에서 본 것과는 모양이 달랐지만, 기능은 똑같을 것이다.

플럼이 고개를 끄덕이자, 세라는 수정에 손바닥을 포개고 가볍게 마력을 흘렸다.

그러자 두 사람이 있는 복도가 천장의 램프 덕분에 밝아졌다.

드디어 시설의 모습을 확실하게 본 두 사람은 멍하니 서 있었다.

"갑자기 엄청난 곳으로 나왔네요."

"이런 걸 미래적이라고 하나?"

"그 오거는 이제 따라오지 않는 것 같지만…… 더 엄청난 걸 발견한 것 같아요."

플럼은 실재하는지 확인하듯 회색 벽을 만졌다.

차가운 감촉이 손바닥에 전해졌다.

아무래도 금속으로 만든 모양이었다.

게다가 이곳은 동굴의 구멍 속에 있으니 지하일 터였다.

이 정도 규모의 시설을, 그것도 지하에 만들다니 엄청난 기술력과 자금력이다.

왕국에서 이런 일을 할 수 있는 조직은 거의 한정되어 있다.

"우선 출구를 찾자."

"그래요. 신경 쓰이는 건 많지만, 그보다 목숨이 최우선이에요."

두 사람은 안쪽으로 이어지는 복도를 걷기 시작했다.

이내 T자 길이 나왔고, 왼쪽은 한동안 나아가다가 막다른 길이 보였으며, 오른쪽에는 긴 복도가 이어져 있었다.

오른쪽의 깊숙한 곳은 아직 어두웠다.

어딘가에서 아까와 마찬가지로 램프의 기동 장치를 찾아야 할 것이다.

왼쪽은 막다른 길이지만, 그 앞에 방이 하나 있었다.

우선은 그곳부터 탐색을 시작하기로 했다.

플럼이 문에 귀를 대고 안에 아무도 없는지 확인한 뒤── 천천히 영혼 사냥꾼을 한 손에 쥐고 문을 밀어 열었다.

입구 바로 옆의 벽을 손으로 더듬자 그곳에도 수정이 박혀 있었다.

지금까지 스테이터스가 0이던 플럼은 이 기동 장치를 쓸 수 없었다.

첫 경험에 조금 긴장했지만, 요컨대 스캔과 같은 요령이었다.

눈에 모은 마력을 손바닥에 모으면 될 뿐이다.

눈을 감고 가볍게 생각하면 수정에 마력이 전달되어 램프에 불이 켜진다.

단지 그것뿐이지만, 플럼은 살짝 감동했다.

밝아진 실내에는 나무책상과 찬장이 하나씩 있고, 책장이 두 개 배치되어 있었다.

그 밖에 응접용으로 보이는 소파와 테이블도 있었다.

아까 시체가 버려졌던 방에 비해 상당히 좁지만, 그래도 개인실로는 꽤 널찍했다.

가구도 모두 고급스러우니 대단한 사람이 썼던 곳일지도 모르겠다.

플럼은 그런 첫인상을 받았다.

"찬장 안은 모두 텅 비었네요."

"응……."

지도를 찾아 찬장을 뒤지는 세라와는 대조적으로 플럼은 방의 벽을 관찰했다.

규모는 제각각이지만 몇 곳인가가 '회전'되었다.

시험 삼아 다가가 손끝으로 쓰다듬자 홈이 꽤 깊게 새겨져 있었다.

단단한 금속을 변형시킬 뿐인 강대한 힘——.

"언니, 그건 어떻게 된 거죠?"

세라는 플럼에게 다가가 나란히 서서 까치발을 들더니 그 벽에 얼굴을 들이댔다.

"몰라. 하지만 아까 그 방에서도 봤어."

"회전했죠?"

"우리를 습격한 오거도 그랬어. 얼굴이 질퍽거리며 회전했지."

"확실히…… 제법 기분이 더러웠어요."

시계 방향으로 뒤틀린 벽, 인체, 그리고 몬스터.

이 시설은── 그 현상, 혹은 그러한 존재를 다루던 곳일까?

아니, 그런 생각을 해봤자 소용없다. 우선은 탈출부터 해야 한다.

플럼은 단서가 없을지 책상 서랍을 뒤지기 시작했다.

그리고 열리지 않는 딱 한 곳을 발견했다.

무언가가 걸렸나 싶어 그녀는 손잡이에 손가락을 걸고 덜컹덜컹 흔들었다.

"안 열리나요?"

"응. 잠겼나?"

"부수면 되잖아요. 어차피 아무도 없는데."

세라는 태연하게 흉흉한 말을 했다.

하지만 지금은 긴급 상황이다.

플럼은 영혼 사냥꾼을 뽑아 찌르더니 열쇠 구멍 주변을 파괴했다.

그러자 서랍이 쉽사리 열렸다.

안에는 한 권의 낡은 노트가 있었다.

플럼이 그것을 집어 들고 펼치자 세라는 그녀에게 종종걸음으로 다가와 옆에서 내용을 훔쳐보았다.

「그것을 제어하지 못하게 된 지 이틀이 지났다. 마침내 위에서 연락이 왔다. 자료를 모두 폐기하라고 했다. 구출은 아직이냐고 물었지만 무시당했다. 혹시 폐기할 자료에 우리도 포함되어 있을까?」

그것은 일기라고 할 수 없을 정도로 휘갈겨 써져 있었다.

날짜는 적혀 있지 않았지만, 노트의 상태로 보건대 10년은 지났으리라.

「세습은 몹쓸 것이다. 애초에 나는 이런 곳에 오고 싶지 않았다. 다만 착실히 공적을 쌓아 훌륭해지고 싶었다. 그런데 왜지? 피험체는 방에 가두었지만, 새어 나온 에너지가 주위를 일그러뜨리기 시작했다. 희생자도 나왔다. 이제 우리는 글렀다. 끝장이다.」

문장에는 비장감이 흘러넘쳤다.

피험체──. 그 말에 플럼은 시체 더미에서 발견한 뒤틀린 시체를 떠올렸다.

"여기서 실험을 했군요. 그렇다면 그 오거도……."

"인공물일지도 몰라. 그런데 노트를 보아하니 제어는 불가능했나?"

글씨는 점점 흐트러졌다.

원래부터 별로 깔끔하지 않았지만, 마침내 위치까지도 위아래로 삐뚤빼뚤했다.

「뭐가 하늘의 계시냐? 뭐가 나라를 위해서냐? 나는 그딴 건 아무래도 좋다. 다만, 옳은 일을 하고 싶어서 들어왔을 뿐이었다. 나라는 사람이 만드는 것이 아닌가? 나는 나라의 일부가 아닌가? 모르겠다. 그 녀석들이 무슨 생각을 하는지 모르겠다.」

「요구대로 했을 뿐이다. 내가 완전하지 못한 게 잘못이었을까? 연결이 부족했기 때문일까? 확실히 접속이 부족했다. 지식이 부족했다. 그래서 잘못되었나? 아니, 아니다. 아닐 것이다. 나는 올

바르게 했다!」

「나는 나다. 나는 나다. 나는 나다. 돈다. 아니, 돌지 않는다. 나는 나고, 그렇기 때문에 옳다. 하지만 정당하게 올바른 것은 무엇일까? 아아, 접속되었다. 모두가 접속되었다. 순환하는 지식은 예지에 도달할까? 그렇다면 그것이 정말로 옳은 것일까?」

결국에는 10글자 정도로 노트 한 쪽을 쓸 만큼 흔들려서 읽기도 어려웠다.

또한 내용에서도 이성을 잃은 작성자의 상태가 느껴졌다.

"순환하는 예지…… 접속……."

"잘 모르겠지만, 이건 새어 나온 에너지라는 것의 영향이겠지?"

"……그런 것 같아요."

인지를 초월한 힘.

그것은 사람의 정신에까지 영향을 미친다는 뜻일까?

또다시 노트를 넘기자 이번에는 손가락으로 짚지 않으면 읽을 수 없을 정도로 문장이 들쑥날쑥했다.

「접속하고 싶다. 이어지고 싶다. 그것이 예지에 도달하는 수단이다. 우리는, 그래. 줄곧 이것을 목표로 하고 원하고 믿었다. 마침내 다다랐는데, 나는 이렇게 작은 일에 구애되었단 말인가?」

「연구원들은 모두 접속했다. 나도 간다. 어디에? 죽는 건가? 모르겠다. 예지는 사람의 몸으로는 도달할 수 없는 지평선에 있다. 따라서 그곳에 가야 한다. 하지만 아아, 그곳조차도 아직 안주의 땅은 아닐까? 진정한 예지는, 진정한 평화는 실현되려면 심판 혹은 지배를.」

하지만 손가락으로 짚어보자 알 수 있었다.

문자열에는 규칙성이 있었다.

그리고 마지막 장에 이르자 그것은 완전한———.

「플럼 애프리코트.」

———나선형이 되었다.

"……."

두 사람은 동시에 침묵했다.

노트를 든 플럼의 손은 떨렸고, 노트 끝이 구겨졌다.

"……또?"

"언니……."

"이건 꽤 오래전의 노트지? 나는 아직 어리고 시골 마을에 있었을 무렵인데…… 왜 내 이름이 여기에 나와? 이런 건 이상해!"

자신에게 솟구치는 감정이 분노인지 공포인지 알 수 없었다.

난잡하게 뒤섞인 기분이 충동을 불러일으켰고, 그녀는 그 노트를 바닥에 내팽개친 뒤 거친 호흡으로 어깨를 들썩였다.

"나는 다만…… 고향에서 평온하게 살고 싶었을 뿐이야. 지금의 나는 그걸 이룰 수 없지만, 하지만 밀키트와 만나서 그 아이와 함께라면 왕도에서 자유롭게 살 수 있을지도 모른다고 생각했는데…… 이게 뭐야? 이게 뭐냐고? 우연히 온 곳에서 왜 이런 일이 생기는데?!"

"죄, 죄송해요."

플럼을 이곳으로 이끈 사람은 다름 아닌 세라였다.

다른 누군가가 어떻게 생각하든 그녀 자신은 그렇게 자각했다.

세라는 어리석은 자신의 모습을 후회하며 양손을 꽉 잡고 눈물을 글썽였다.

"……아."

당장이라도 울 것 같은 세라를 보고 플럼은 냉정함을 되찾았다.

하지만 마음을 좀먹는 공포는 사라지지 않았다. 그렇다고 화풀이를 해도 좋다는 건 아니다.

웅크려 앉아 시선을 맞춘 뒤 다정하게 머리를 쓰다듬었다.

"미안해. 그럴 생각은 아니었어."

"내가 잘못한 건 틀림없어요. 내가 이 동굴의 정보를 발견하지 않았다면 더 편하게 끝났을지도 몰라요."

"그건 아니야. 네가 없었다면 아마 나는 키아라리가 있는 곳을 찾지 못했을 거야."

"언니……."

플럼의 다정함에 세라의 눈동자에서 마침내 물방울이 쏟아졌다.

"정말 죄송해요. 언니가 더 무서울 텐데. 사실은 내가 언니를 위로해야 하는데."

"괜찮아. 덕분에 마음이 진정됐거든."

언니답게 무리를 하다 보니 플럼의 공포는 제법 완화되었다.

혼자였다면 이렇게 되지는 않았을 것이다.

그래서 진심으로 감사했다.

세라에게 '함께 있어줘서 고마워'라며.

"이곳에 지도는 없는 것 같으니 우선 다른 방도 찾아볼까? 응?"

플럼은 세라의 뺨을 따라 흐르는 눈물을 손가락으로 닦았다.

따스한 체온에 용기를 얻은 소녀는 마침내 미소를 되찾아 힘차게 고개를 끄덕였다.

◇ ◇ ◇

그 뒤에도 탐색은 이어졌지만, 지도 같은 것도, 출구 같은 문도 찾지 못했다.

아무튼 시설은 넓었고, 모든 곳을 망라하려면 아직 시간이 더 걸릴 것 같았다.

나아가면 나아갈수록 벽은 더 일그러졌고, 개중에는 벽뿐만 아니라 복도 그 자체가 뒤틀린 곳도 있었다.

엄청난 힘이었다.

그러니 그 오거를 감당할 수 없었던 것이다.

"정말로 어마어마한 시설이네."

"이걸 만든 사람들은 그 연구에 사활을 걸었을까요?"

"확실히 실용화되면 대적할 상대가 없는 강력한 병기가 될 것 같기는 하지만……."

"마족에게도 지지 않을지도 모르겠어요."

왕국이 인간의 영토를 통일한 지금, 인간이 힘을 바라는 이유는 마족을 물리치기 위해서 말고는 없다.

시설의 규모, 그리고 지하에 건조한 높은 기술력—— 이것들을 고려하면 왕국이 연관되었다는 사실은 십중팔구 틀림없으리라.

약사를 없앤 교회와 손잡고 이익을 누리는 패거리다.

부패했다는 사실 정도는 국민이라면 누구나 알고 있다.

그렇다고 해서 이런 인체 실험에까지 손을 댈 정도라고는 플럼도 상상하지 못했다.

그 사악함에 분노하여 그녀는 가볍게 입술을 깨물었다.

그리고 별반 나은 것 같지도 않은 무기질적인 회색 복도를 걷자── 희미하게 어떤 소리가 들렸다.

"……줘……어…….."

여기까지는 아무 소리도 들리지 않았기 때문인지 정말로 작은 소리인데 금세 알아차린 두 사람은 동시에 발을 멈추었다.

"목소리인가?"

"누군가 살아 있는지도 몰라요!"

플럼은 달려가려는 세라를 제지했다.

아직 그렇다고 단정 지을 수는 없다. 몬스터일 가능성도 있었다.

신중하게 천천히 다가갔다.

"아아아…… 려줘어어……! 누가……아아아……!"

거리가 가까워지자 점차 분명하게 들렸다.

그것은 여성의 목소리였다.

"아아아아, 살려줘어어어! 누가, 도와줘어어어!"

그녀는 도움을 구하는 모양이었다.

복도 너머에 목소리를 내는 사람의 모습도 보였다.

흰 가운을 걸친 긴 백발의 여성이었다.

그녀는 모퉁이 앞에서 무릎을 안고 웅크린 상태로 앉아 있었다.

목소리가 조금 불분명했던 것은 그래서일까?

왜 도움을 구하는데 굳이 얼굴을 숙일까?

플럼은 여성의 기묘한 행동에 수상함을 느꼈다.

혹시 몰라 세라를 멀리 떨어진 곳에서 기다리게 했다.

그리고 플럼이 홀로 여성에게 걸어갔다.

"아아아아, 살려줘어어어! 누가 도와줘어어어!"

그녀가 눈앞에 있는데도 여성은 같은 말을 반복했다.

이미 발소리를 들었을 텐데.

몬스터라고 생각하는 것일까? 아니면 이성을 잃었을까?

어느 쪽이든 틀림없이 무시무시한 꼴을 당했을 것이다.

플럼은 그녀를 안심시키고자 어깨에 손을 얹고 말을 걸려 했다.

"아아아아아, 살려줘어어어! 누가 도."

그러자 여성의 목소리가 딱 멎었다.

마침내 자신을 알아챘다고 안도한 플럼은 침착하게 말을 걸었다.

"괜찮으세요? 안심하세요. 저는 인간이에요."

여성은 천천히 얼굴을 들었다.

아니—— **얼굴**을 들었다는 표현을 해서는 안 될지도 모르겠다.

왜냐하면 그녀에게는 얼굴이 없었기 때문이다.

대신에 붉은 살점이 소용돌이치며 푸슉푸슉 혈액이 배어 나왔다.

긴 앞머리는 피에 젖은 소용돌이에 딱 달라붙었고, 무릎으로 가려졌던 흰 가운의 가슴팍은 피로 새빨갛게 물들어 있었다.

뿜어나온 피 한 방울이 플럼의 뺨을 더럽혔다.

미지근한 감촉에 그녀의 입가가 굳었다.

그리고 여성은 말했다.

"찾았다."

우물거리는 목소리가 울려 퍼졌다.

고개를 숙이든 위를 보든 관계없었다.

처음부터 그런 목소리였다.

그녀의 양팔이 플럼의 팔을 잡고 얼굴의 살점 소용돌이를 그곳에 들이댔다.

질퍽질퍽.

소용돌이가 그 손을 건틀렛과 함께 삼켰다.

미지근한 인육에 감싸인 끔찍한 감각에 플럼의 온몸이 순식간에 전율했다.

"힉, 싫어어어어어어엇!"

플럼은 공포로 목소리를 떨며 손을 빼고자 필사적으로 힘을 주었다.

하지만 여성의 양팔의 힘은 인간의 그것과는 비교도 되지 않았다.

저주받은 장비로 강화된 근력으로도 꿈쩍도 하지 않았다.

나아가 플럼은 재차 타격을 주듯 자신 쪽으로 다가오는 **무언가**의 발소리를 들었다.

그녀를 구하고자 달려오는 세라와는 다른 발소리였다.

그것은 모퉁이 너머의 보이지 않는 곳에서 얼토당토않은 속도로 다가와 직전에 딱 멈추었다.

그리고 플럼의 모습을 살피듯 천천히 얼굴을 내밀었다.

"아…… 아아……."

살점이 소용돌이치는 얼굴.

초록색과 피로 젖어 검붉어진 피부.

솟아오른 근육에 인간의 배는 될 거대한 몸──. 그것은 위에 남아 있을 터인 괴물 오거였다.

"싫어……. 싫어, 싫다고오오오……!"

플럼은 고개를 저으며 다가오는 얼굴을 거부했다.

복도는 인간이 지나기 위해 만들어진 것이다. 거대한 오거는 지나지 못할 터였다.

하지만── 그 녀석은 엎드린 상태로 시설 안을 이동했다.

그리고 이 **여성이 죽기 직전의 목소리를 계속 재생하여** 인간의 선의를 이용하고 짓밟는 악랄한 **함정**에 누군가가 걸리기를 이제 나저제나 하고 기다린 것이다.

"떨어져. 떨어지라고. 떨어져어어어어어엇!"

"언니이이이이이!"

플럼과 세라가 외치는 목소리가 공허하게 울려 퍼졌다.

아무리 발버둥 쳐도 여성은 그녀를 놓지 않았고, 안면에 꿀렁대는 살점의 소용돌이는 이미 팔뚝까지 삼켰다.

도망칠 수 없었다.

이렇게 지근거리에서 공격을 받았는다면 이번에야말로 즉사할 것이다.

오거가── 이번에야말로 그녀를 처치하고자 팔을 쳐들었다.

지난 시간은 쓸모없지 않아

플럼의 팔은 여성의 살점의 소용돌이에 삼켜져 뺄 수 없었다.

움직일 수 없는 그녀에게 오거의 주먹이 다가왔다.

아무리 버둥대도 팔을 뺄 수 없다면—— 취할 수 있는 수단은 하나밖에 없다.

"세라, 내 팔에 회복 마법을 걸어!"

"네?! 하지만 그랬다가는——."

"괜찮으니 얼른!"

세라도 남을 해치기 위해 마법을 습득한 게 아니다.

플럼도 그것은 알고 있었다.

하지만 이것은 '나를 구하기 위해서'라고 눈으로 죽을 힘을 다해 호소했다.

사람을 치유하기 위한 마법으로 그녀를 해친다——. 거부감은 있었지만, 그것이 그녀를 위한 일이라면 어쩔 수 없다고 자신의 의사를 억누르며 세라는 손을 들었다.

"리커버!"

힐만으로는 팔을 없애기에 **회복량**이 부족하다.

따라서 더욱 수준 높은 마법을 쓸 필요가 있었다.

세라의 손에서 방출된 눈부신 빛은 플럼의 팔을 감싸며 안쪽으로 들어갔고—— 그 팔을 안쪽부터 녹였다.

"아, 으……아아아아아아악!"

상상을 초월하는 격통이 플럼을 덮쳤다.

소리를 지르지 않을 수 없었다.

온몸의 모공이 열리며 식은땀이 쏟아졌고, 숨을 제대로 쉴 수 없었다.

마치 뼈가 뜨거운 철봉으로 변한 듯했다.

하지만 덕분에 여자가 삼킨 팔은 썩은 듯 흐물흐물해졌다.

마지막에는 겨우 이어져 있던 팔의 일부를 직접 뜯어냈다.

그 기세에 차가운 바닥 위를 나뒹굴었다.

쿠오옷!

오거의 주먹이 눈앞을 지나갔다.

그것이 여자의 시체를 날리더니 나선의 힘으로 질퍽질퍽한 살점으로 바꾸었다.

팔과 함께 삼켰던 건틀렛이 바닥에 땡그랑 떨어졌다.

플럼의 절단면에서는 피가 쏟아졌고, 통증이 한층 더 커졌다.

의식이 날아갈 것 같았다.

이를 꽉 깨물어 아픔을 참고 기어서 오거와 거리를 두었다.

"언니!"

세라는 손을 내밀었다.

"헉, 헉, 허어억……. 윽, 세라…… 도망치자!"

플럼이 그 손을 잡고 끌려 올라가 일어섰다.

그리고 떨어져 있던 건틀렛을 회수한 뒤, 두 사람은 나란히 달려갔다.

엎드린 오거는 멈춰서 그녀들의 뒷모습을 바라보았다.

플럼이 오거가 따라오지 않는지 힐긋 돌아보자── 그 순간에

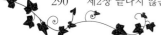

추적을 개시했다.

쿵쿵쿵쿵쿵!

거미처럼 팔다리로 기어서 다가오는 모습은 저도 모르게 뺨이 굳을 정도로 흉흉했다.

하지만 이족보행으로 전력질주하는 것보다는 느렸다.

팔의 재생이 진행되자 통증도 어느 정도 완화되어 플럼과 세라는 속도를 높였다.

모퉁이를 이용하여 계속 이동하자 조금씩 거리가 벌어졌다.

"언니, 정말 괜찮으세요?"

"괜찮……다고는 말할 수 없지만…… 후우…… 하지만, 아직 할 수 있을 거야……."

통증은 몸에만 영향을 준 것이 아니라 정신도 갉아먹었다.

열여섯의 소녀에게 팔다리의 절단은 너무나도 가혹했다.

하지만 손상된 마음은 에니치데에서 기다리고 있을 밀키트를 생각하자 이내 되살아났다.

그녀를 남겨둔 채 죽을 수는 없었다.

정신이 활력을 회복하자 몸에도 힘이 차올랐다.

플럼은 점차 부상 전의 상태를 되찾았고, 두 사람은 최대 속도로 시설을 빠져나갔다.

복잡하게 뒤얽힌 시설 안을 가능한 한 직선적인 움직임을 피해가며 도망치자── 어느샌가 등 뒤에서 오거의 모습은 사라졌다.

"따돌렸을까요……?"

세라는 발을 멈추고 불안한 듯 주위를 둘러보았다.

"아마도. 하지만 아직 경계할 필요는 있어. 이대로 도망칠 수 있다고는 생각할 수 없으니까."

"그러게요. 게다가…… 이번에는 곳곳에서 사람의 목소리가 들려요."

그것은 플럼에게도 들렸다.

「살려줘. 살려줘어어어엇!」

「아파. 아파아아아아아!」

「괴로워. 누가, 누가 제발, 여기까지 와줘어엇.」

그런 목소리가 곳곳에서 울려 퍼졌다.

듣기만 해도 정신이 아득해지는 것 같았다.

아마 아까 그 여성처럼 시체를 이용한 함정이 시설에 설치되어 있을 것이다.

이 오거는 신체 능력뿐만 아니라 지능까지 향상된 모양이었다.

이것도 그 '소용돌이'의 힘일까?

"하지만 어떻게 하죠? 이대로 도망치기는 어려울 것 같아요."

출구는 아직 찾지 못했다.

평범하게 탐색해도 다다르지 못했다. 그 괴물에게서 도망치며 찾기는 더 힘들 것이다.

게다가 만약 무사히 밖으로 나가도 그게 끝은 아닐 것이다.

오거는 두 사람을 계속 쫓아올 테고, 외부의 희생자도 늘어날 것이다.

"그 녀석을 쓰러뜨리지 않고는 해결이 안 되겠어."

하지만 지상에서 전투했을 때, 메이스나 대검으로는 전혀 대미

지를 줄 수 없었다.

"세라의 마법으로 어떻게 안 될까?"

"공격 마법은 주특기가 아니에요. 가장 대미지가 큰 건 이 메이스를 이용한 공격이지요…… 언니는 어떤가요?"

"나도 검이 통하지 않으면 어려워. 마법은 못 쓰니까."

"그렇다면 지금은 어떻게든 공격의 위력을 올릴 방법을 생각할 수밖에 없네요. 아니면 시설의 어떤 장치를 이용하거나요."

지금까지 시설의 실험 장치를 몇 가지 찾았지만, 모두 어떻게 쓰는지는 알아내지 못했다.

이미 망가져서 작동하지 않는 걸지도 모른다.

애초에 작동한대도 그것을 공격에 이용할 수 있을지는 조사해 보기 전까지 알 수 없을 테지만.

그리고 그런 시간을 오거가 주리라고는 생각할 수 없었다.

그렇다면 수단은 하나밖에 없다.

어떻게든 자기 자신의 힘을 향상시켜 공격한다.

"그런 방법이 있을까? 아, 맞다. 빛 마법에서 스테이터스를 향상시키는 마법이 있지 않았던가?"

"그것도 못 써요. 면목 없네요."

세라는 머리를 숙였다.

어차피 그런 마법을 써봤자 플럼은 '반전'으로 약해질 뿐이지만.

"사과하지 마. 하지만 그렇다면…… 으~음, 어떻게 하지?"

플럼은 턱에 손을 대고 생각에 잠겼다.

하지만 적은 두 사람에게 반격할 수단을 생각할 틈조차 주지 않앉다.

생각에 잠긴 플럼의 귀에 아까 들었던 묵직한 발소리가 들려왔다.

소리가 나는 방향은── 전방.

"언니, 그 녀석이 왔어요!"

오거는 모퉁이에서 얼굴만 내밀고 두 사람을 빤히 관찰했다.

소용돌이가 일렁이며 끈적끈적하게 분출된 혈액이 바닥을 더럽혔다.

플럼이 한 발 뒤로 물러나자 초록색 팔을 앞으로 쭉 뻗어 벽에 붙었다.

세라도 마찬가지로 뒤로 물러나자 반대쪽 팔을 뻗었고 피로 검게 물든 상반신이 나타났다.

그리고 두 사람이 등을 보이며 뛰기 시작하자── 벽을 기어 이동을 개시했다.

"큭, 뒤에서 쫓아오더니 어떻게 앞에서 나타난 거지!"

"저 녀석이 시설의 길을 더 잘 파악하고 있는지도 몰라요!"

"오거가 그렇게 높은 지능을 가졌다니!"

저것은 완전히 오거와는 다른 생물이다.

플럼은 다시 한번 그렇게 통감했다.

두 사람은 정처 없이 시설을 헤맸지만, 이번 추적은 쓸데없이 끈질겼다.

"어째 빨라지지 않았나요?!"

세라의 말대로 명백하게 아까보다 오거의 이동 속도가 빨라

졌다.

모퉁이를 돌면 벌어져야 할 거리가 줄곧 유지되었다.

자칫 바닥에 나뒹구는 장애물에 발이 걸리면 가까워질 정도였다.

"혹시 벽에는 장애물이 없으니까……."

"말도 안 돼요!"

아무리 말이 되지 않더라도 사실상 오거는 그렇게 두 사람에게 육박해 있었다.

이대로 계속 도망쳐도 언젠가 거리는 0이 될 것이다.

무슨 수를 써서든 저 견고한 수비를 꿰뚫어야 한다.

이 자리에서 즉각 검의 위력을 높일 방법을———.

「우리 모험자는 때때로 자신보다 몇 배나 스테이터스가 높은 상대와 싸우기도 하지. 그럴 때, 자신의 한계를 초월한 힘을 발휘하기 위한 수단인 거야.」

여행의 기억이 되살아났다.

그것은 역전의 용사인 가디오가 한 말이고, 플럼이 쓸 수 없다는 걸 알면서도 가르쳐준 '검기'였다.

"카발리에 아츠(기사 검술)……."

"그게 뭐죠?"

들어본 적 없는 말에 세라는 고개를 갸웃거렸다.

확실히 배우기는 했다.

하지만 스테이터스가 0이던 그때의 플럼은 전혀 쓸 수 없었다.

왜냐하면 카발리에 아츠는 '체력'을 '프라나'라 불리는 힘으로 변환하여 신체 능력을 높이는 기술이기 때문이다.

바탕이 되는 체력이 없으면 물론 프라나를 만들어낼 수 없다.

하지만 지금이라면.

저주받은 장비의 효과로 인해 스테이터스가 상승한 지금의 그녀라면 가능할지도 모른다.

갑자기 실전이다. 실패하면 목숨을 잃을지도 모른다.

하지만 어차피 시도하지 않으면 죽는다.

"잘만 되면 저 녀석에게 상처를 입일 수 있을지도 몰라."

"나는 모르겠지만, 무슨 방법이 있군요?"

"응……. 도 아니면 모인 도박이지만."

정말로 성공할지는 미지수였다.

그만큼 지독한 도박에 세라처럼 어린 소녀를 끌어들이려니 괴로웠다.

하지만 용감한 그녀는 실패를 두려워하지 않고 말했다.

"준비할 시간이 필요한가요?"

고개를 끄덕이면 세라는 그것을 받아들일 것이다.

맡길 수 있을까?

일시적이라지만 이 작은 소녀에게 저 괴물을 상대하라고.

"……조금 필요하려나?"

플럼은 주저하면서도 그 역할을 그녀에게 맡겼다.

한심했다.

하지만 지금은 그 방법밖에 없었다.

아무리 한심해도 조금이라도 나은 미래를 획득하기 위해.

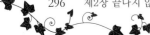

"그럼── 내가 그때까지 시간을 벌게요!"

세라는 그 자리에 멈추고는 오거를 향해 돌아보며 메이스를 쥐었다.

도망을 포기한 사냥감을 앞에 두고 오거도 멈춰서 '드디어 죽일 수 있다'며 기쁜 듯 소용돌이를 꿈틀거렸고, 붉은 체액을 떨어뜨렸다.

그녀의 각오를 헛수고로 만들 수는 없었다.

플럼은 세라의 뒤에 서서 영혼 사냥꾼을 아공간에서 꺼냈다.

그리고 양손으로 칼자루를 쥐고 검을 허리보다 낮게 잡은 뒤, 눈을 감고 의식을 집중했다.

"자, 덤비세요! 아예 이대로 나한테 쓰러지는 것도 좋고요!"

세라가 도발했다.

그녀를 장애물로 인식한 오거는 팔다리를 고속으로 움직여 단숨에 기어가더니 오른팔을 휘둘렀다.

그녀는 위로 도약하여 공중에서 빙글 돌아 정수리에 메이스를 박아 넣었다.

퍼억!

평범한 오거라면 뇌를 파괴할 정도의 일격을 방어조차 하지 않고 태연히 받아들였다.

"아직 멀었어요!"

세라의 마음은 이 정도에 꺾이지 않았다.

착지한 세라에게 오거의 왼팔이 내려왔다.

세라는 그것을 달려가며 피했다. 연이어 몸을 잡으려던 오거의 오른팔은 벽을 달려 공중에 날아서 피했다.

「기본적인 사고방식은 마법과 똑같아. 마법은 육체에 가득 찬 마력을 자기 손에 쥐고 그것을 힘으로 바꾸지. 하지만 마력과 다른 점은, 체력을 비슷한 감각으로 인식하기가 곤란하다는 점이야.」

스승의 말을 되새기며 강한 상상으로 만들어낸 제3의 손으로 혈액처럼 체내를 순환하는 체력을 잡으려 했다.

하지만── 잡았다고 생각해도 그것은 마치 물처럼 손가락 사이로 빠져나갔다.

「그건 마력 이상으로 유동적이고, 미끄럽고, 맑아. 따라서 잡념이 없는 명경지수 같은 마음이 필요하지.」

──의식을 더욱 깊은 곳으로까지 가져갔다.

주위의 소리가 들리지 않게 되었고, 정신만이 현세에서 먼 곳으로 떨어졌다.

잡음이 없이 정숙한 곳에서 플럼은 정신을 예민하게 집중했다.

자신의 마음이 물결조차 없는 온화하고 고요한 무색투명의 물로 변했다.

"으윽……!"

세라는 오거의 주먹을 메이스로 막았다.

하지만 그 일격은 소녀가 견딜 수 있는 무게가 아니었다.

맥없이 날아가 등부터 벽에 격돌했다.

"크헉!"

폐의 공기가 모두 분출되며 등에 격통이 내달렸다.

나아가 뼈에 위화감을 느낀 세라는 즉각 자신의 몸에 회복 마법을 걸었다.

그 틈을 타 오거는 더욱 추격을 가했다.

콰아앙!

주먹이 벽에 박혀 강인한 금속을 점토처럼 일그러뜨렸다.

세라는 아슬아슬하게 옆으로 뛰어 나뒹굴며 압사를 면했다.

그녀에게는 필사적인 움직임이지만, 오거는 다만 팔을 휘두를 뿐이었다.

역량 차이는 명백해서── 그녀는 점차 궁지에 몰렸다.

"언니, 아직…… 멀었군요! 괜찮아요. 아직 버틸 수 있어요!"

세라는 허세를 부렸다.

한편 플럼은── 조금씩이나마 요령을 획득했다.

손바닥을 뻗었다.

흐르는 그것을 막지 않고 특성을 이해한 뒤 그곳에 멈춰 세웠다.

지금까지 손가락 사이를 빠져나가던 것이 그곳에 있었다.

성공했다.

하지만 아직 들떠서는 안 된다.

맑은 마음을 잃으면 그것은 또 쏟아질 것이다.

다음 단계로 이행했다.

「일단 익히면 쉬워. 힘을 팔로 옮기고 검에 싣는 거야.」

확고한 이미지를 갖지 못하면 발동할 수 없는 속성 마법과 달리, 프라나는 한 번 익히면 구사하기가 간단했다.

상상으로 만들어낸 제3의 손 위에 있는 프라나를 실제 육체인

팔에 채웠다.

몸통의 중앙, 심장 부근에서 어깨로.

어깨에서 팔, 팔에서 손바닥, 손바닥에서 검으로———. 투명하고, 순수하고, 고로 예리한 그 힘은 마침내 영혼 사냥꾼에 깃들었다.

「순도 높은 프라나가 가득 차면 나머지는———.」

가디오의 말대로 해봤지만 잘 되었는지는 모르겠다.

하지만 확실히 힘은 깃들었다.

기분 탓이 아니라 틀림없이 그곳에.

"언니……!"

쓰러진 세라의 바로 위에서 오거의 필멸의 주먹이 다가왔다.

이제 피할 수 없었다.

그런 상황에도 그녀는 결코 도움을 구하지 않았다.

하지만 목소리는 떨렸다.

저런 괴물에게 죽을 위기에 놓이면 누구나 두려울 것이다.

울고 싶어지고 소리치고 싶어질 것이다———. 하지만 세라는 그러지 않았다.

플럼을 믿고 역전의 한 수를 보여줄 것이라 확신했다.

그렇다면 플럼은 어린 소녀의 신뢰에 보답해야 한다.

그녀는 진심으로 세라에게 감사하며 전속력으로 오거의 품에 날아들었다.

「자기 자신의 힘, 그 전부로 검을 휘둘러.」

그리고 가디오의 말을 떠올리며 그 목을 향해 프라나를 채운 참

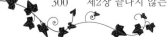

　제2장 끝나지 않는 나날과 독점을 바라는 가면 노예

격을 휘둘렀다.

이것이 바로 카발리에 아츠——.

"받아라아아아아아아아아아아앗!"

——프라나 셰이커 이미테이션(미도 기검참, 未到 氣劍斬).

촤악!

플럼이 휘두른 검은 아직 완성에 이르지 못했기에 잠시 위기를 모면할 임시방편에 불과했다.

고로 이미테이션(가짜).

하지만 프라나가 깃든 영혼 사냥꾼은 아무리 발버둥 쳐도 꿰뚫을 수 없던 오거의 가죽을 찢고 살을 베어 뼈에 닿을 때까지 들어갔다.

푸슈우욱!

오거의 머리가 부들부들 떨리며 얼굴의 소용돌이가 더 빨리 움직이더니 대량의 혈액이 튀었다.

괴로울 것이다.

"통했어요——. 그럼 이제 나한테 맡겨요!"

"세라, 부탁할게!"

플럼은 검에서 손을 떼고 그곳에서 떨어졌다.

그리고 이번에는 세라가 메이스를 휘두르며 높이 도약했고, 어중간하게 꽂힌 검을 위에서 내리쳤다.

퍼어억!

그 충격에 칼날은 더욱 깊게 박혔고, 마침내 오거의 목을 완전히 절단했다.

머리가 주르륵 미끄러져 바닥에 툭 떨어졌다.

그러자 안면의 회전은 멈추었고, 피가 튀는 불쾌한 소리는 더 이상 들리지 않았다.

동시에 두 사람에게 가하던 공격도 멈추었다.

"하…… 헤헤, 위험했지만…… 이건 성공이네요……!"

"헉, 헉…… 역시 머리가 떨어졌으니 죽었다고 생각하고 싶지만……."

착지한 세라가 상처를 보고 승리를 확신했다.

한편 플럼은 똑같은 광경을 불안하게 바라보았다.

죽었으면 그걸로 됐다.

하지만 그렇다면 왜 오거는 엎드린 자세를 무너뜨리지 않을까?

평범한 생물은 머리를 잃으면 죽는다.

하지만 아무튼 이 녀석은 하나부터 열까지 상상을 크게 초월하는 생물이다.

플럼은 경계를 풀지 않았다.

머리가 떨어진 **정도**로는 목숨을 잃지 않을 가능성도 고려했다.

그리고 아니나 다를까──.

"세, 라…… 도망치자."

"왜, 왜요? 방금 쓰러뜨렸…… 응?"

상처 부위가 움직였다.

그것은 점차 낯익은 모양으로 변해갔다.

"말도 안 돼요……. 상처에서 소용돌이가……."

떨어진 목을 대신하듯 새로운 소용돌이가 격렬하게 일렁이며

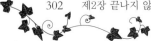

붉은 액체를 분출했다.

그리고 어깨 위가 격하게 떨리는가 싶더니 마침내 팔다리까지 활동을 재개했다. 그리고 아연히 올려다보는 세라에게 덤벼들려 했다.

"위험해!"

플럼은 뛰어들어 양팔로 그녀를 안고 바닥을 굴렀다.

"가, 감사해요."

"얼른 가자."

간발의 차로 피한 두 사람은 즉시 일어나 뛰어갔다.

역시 보통내기가 아니다. 상식적으로 생각하면 언제 목숨을 빼앗길지 모른다.

또다시 도피행이 시작되었다.

아직 머리를 잃은 몸에 익숙지 않은지 오거의 움직임은 어색했고, 거리는 점점 벌어졌다.

하지만 탈출구를 찾지 못하는 이상, 아무리 따돌려도 결과는 마찬가지다.

언젠가는 두 사람을 찾아내서 죽일 것이다.

우선은 작전을 세워야 한다. 어떻게든 저 괴물을 **쓰러뜨릴** 방법을.

가장 유력한 방법은 호흡을 정돈하고 재차 프라나 셰이커를 쏘아 이번에는 급소를 꿰뚫는 것이리라.

하지만 플럼은 생각했다. 가령 심장을 파괴한대도 과연 저것의 활동이 멈출까?

결국 좋은 방법은 떠올리지 못한 채 모퉁이를 돌고 돌고 돌아―― 발소리가 들리지 않는 것을 확인한 뒤 두 사람은 발을 멈추었다.

　벽에 등을 기대고 흐트러진 호흡을 정돈했다.

　"헉…… 허억…… 이, 이상해요……. 저건, 목이 떨어졌는데…… 윽, 피가, 흘렀는데……!"

　"하, 하하…… 그건 나도 마찬가지잖아…….'

　"언니는 저주의 힘이 있으니…… 그렇고요."

　요컨대―― 저 오거도 심장과는 별개의 어떤 **生命力**이 몸에 돌고 있으리라.

　"알기 쉬운 약점이…… 허억…… 후우, 몸속에, 있으면…… 좋겠는데."

　"뭐라도, 좋겠어요……. 이 상태로는, 힘들어, 요……."

　지금의 자신으로는 역부족이다.

　그 질문에 대한 답을 쥐어 짜낸 결과가 카발리에 아츠였지만―― 그것으로도 아직 부족했다.

　확실히 효과는 있었다. 하지만 저것을 쓰러뜨리려면 더 큰 힘이 필요했다.

　그것도 임시변통으로 운에 맡기는 것이 아니라 오거와 대등하게 싸울 수 있을 정도의 수단이.

　플럼은 가능성을 모색했다.

　호흡을 정돈하며 동시에 머리를 굴려 뭔가 자신이 할 수 있는 일이 없을지 자문을 반복했다.

열쇠는 역시 '반전'일까?

간단히 스테이터스를 올릴 방법은 없다.

하지만 스테이터스를 내릴 방법이라면 어딘가에 나뒹굴지 않을까――?

"……저기, 세라. 다시 한번 도박을 해봐도 될까?"

"내게는 아무 생각도 떠오르지 않는데…… 도박할 만한 작전이 있는 언니를 존경해요."

"비행기 태워도 아무것도 안 나와. 그럼 우선 맨 처음 그 방으로 돌아갈까?"

"저기, 내가 보지 않게 끌어안았던, 그 방이요?"

"응……. 보여주고 싶지 않았지만, 비상상황이니 별수 없지."

두 사람은 기억에 의존하여 함정으로 배치된 시체를 피해가며 처음에 갔던 방으로 돌아갔다.

사방팔방에서 들려오는 죽은 자들의 목소리는 듣기만 해도 귀를 막고 싶을 정도로 불쾌했다.

나아가 그것에 뒤섞여 오거의 발소리까지 들리자 플럼의 심장은 크게 쿵쾅거렸다.

가슴을 움켜쥔 듯한 통증에 온몸이 전율했다.

아무래도 세라 역시 비슷한 상태인 모양이었다. 호흡이 흔들리고 이마에 식은땀이 맺혔다.

하지만 다행히도 그곳에서 움직이지 않고 가만히 있자, 소리는 멀어져―― 다시 들리지 않게 되었다.

두 사람은 동시에 "휴우" 하고 숨을 토해내고 이동을 재개했다.

머리를 잃어버린 영향으로 발견하지 못한 것이리라.

멀쩡한 상태가 아닐 거다.

아마 오거는 중요한 감각기관을 잃고 지금까지처럼 플럼과 세라를 쫓을 수 없게 되었을 것이다.

무사히 목적지인 방까지 다다르자, 플럼은 세라에게 "되도록 보지 마"라고 충고하고 문을 열었다.

그러자 안쪽에서 썩은내가 풍겨서, 플럼은 얼굴을 찌푸렸고 세라는 손으로 입을 덮었다.

하지만 멈추지 않고 발을 들였고, 들어가자마자 벽에 있는 스위치를 눌러 불을 켰다.

그러자 두 사람의 앞에 참담한 광경이 선명하게 펼쳐졌다.

"으, 읍…… 콜록, 콜록…… 이, 이게…… 다, 시, 시체……인가요?"

백골 시체에 썩은 시체, 개중에는 미라로 변한 시체까지 겹겹이 쌓여 있었다. 올려다볼 정도로 높은 산이었다.

그 처절한 모습에 세라는 구역질이 났다.

"이런 곳에 데려와서 미안해."

"아, 아니에요……. 괜찮, 아요. 시체나, 피를, 보는 건…… 익숙, 하니까요."

다른 사람의 상처나 병을 치료하는 것이 교회 사람의 일이다.

열 살의 세라도 시체를 본 적은 있을 것이다.

하지만── 이만큼의 숫자를 본 적은 처음일 터였다.

두 사람은 입구 부근에 멈춰 서 있었지만, 오거가 언제 이곳에

올지 알 수 없었다.

얼른 목표물을 찾아내야 한다.

플럼은 시체의 산으로 달려가 주저하면서도 손을 뻗어 그중 하나를 끌어냈다.

그리고 몸에 착용한 옷과 신발, 액세서리를 물색했다.

"언니, 뭐하세요?"

"시체털이."

"시, 시체……털이, 요?"

"나도 하기 싫지만! 그렇지만 이만큼의 시체가 있으니 강력한 저주가 걸린 장비가 섞여 있을지도 모르잖아."

"설마 그걸 쓸 셈이세요?!"

플럼은 그것 말고 자신이 강해질 방법이 떠오르지 않았다.

저주받은 장비를 모아 체력을 향상시키고 더욱 강력해진 카발리에 아츠를 쏜다.

그러면 혹시 그 녀석을 쓰러뜨릴 수 있을지도 모른다.

"으, 으으…… 기분 나빠…… 윽."

손에 묻은 피와 썩은 살, 장기의 차갑고 미끄러운 감촉.

억지로 시체를 움직이자 그것들이 이따금 뺨에 날아왔다.

플럼은 몸을 움찔 떨더니 손목으로 그것을 닦았다.

시체에 기어 다니는 벌레가 손에 붙어 필사적으로 떼어내기도 했다.

그녀의 눈가에는 눈물이 글썽였지만, 그럼에도 작업을 멈추지는 않았다.

살아서 이곳에서 나가기 위해 울며 도망치고 싶은 마음을 억누르고 장비 하나하나에 스캔을 걸었다.

그런 그녀의 옆에 세라가 앉았다.

"너는 밑에서 기다려."

"나도…… 찾을래요."

"안 돼. 내가 할게."

열 살짜리 소녀에게 이런 일을 돕게 할 수는 없었다.

하지만 세라의 눈에는 강한 결의가 깃들어 있었다.

"살아남기 위한 수단이에요. 언니만 애쓰게 둘 수는 없어요."

그렇게 말하며 눈을 가늘게 뜨고 이를 악물더니 시체에 손을 뻗었다.

"미안해……. 아까부터 네게 도움만 받네."

"나야말로 언니에게 도움만 받네요."

"살아서 돌아가면 같이 밥이라도 먹으러 갈까?"

"그거 기대되는데요. 가능하면 밀키트 씨가 만든 음식이 좋겠는데요."

"그거면 되겠어?"

"그거면 돼요."

이루어질지 모를 약속을 하며 정신을 분산시켰다.

스캔을 몇 번이나 써도 저주받은 물품은 찾을 수 없었다.

아니, 그것은 오히려 하나의 장비에 저주가 집중되어 있다는 증거일지도 모른다.

플럼은 그렇게 자신에게 되뇌었다.

"……왔어요."

발소리가 멀리서 다가왔다.

이곳은 시설의 맨 끝이다.

부근의 통로를 지났다면 틀림없이 곧 도착할 것이다.

이제 시간이 별로 없다.

두 사람은 이것이 마지막인 양 안쪽에 걸려 있던 여성의 시체를 협력하여 끌어당겼다.

부패되기는 했지만, 몸에 장착한 것은 아직 깔끔한 편이었다.

웃옷부터 순서대로 스캔을 걸었다.

목걸이, 반지, 속옷, 치마―― 그리고 부츠.

명칭 : 신을 증오하는 가죽 부츠

품질 : 에픽

[이 장비는 당신의 근력을 257 감소시킨다.]

[이 장비는 당신의 마력을 330 감소시킨다.]

[이 장비는 당신의 체력을 885 감소시킨다.]

[이 장비는 당신의 민첩성을 731 감소시킨다.]

[이 장비는 당신의 빙결시킨다.]

그 성능을 본 순간, 플럼은 즉각 시체에서 부츠를 벗겨 자신의 발에 신었다.

부츠 속이 차갑고 축축해서 몹시 불쾌했지만, 힘은 솟구쳤다.

또한, 자신의 몸이 얼어붙거나 달아오르는 모습도 보이지 않았다.

마이너스 효과가 플러스로 변한다──. 반전의 힘이 그렇게 작용한다면 과연 「이 장비는 당신의 육체를 빙결시킨다」는 효과는 어떤 형태로 나타날까?

"언니, 찾았군요!"

"덕분에. 아직 어떻게 힘이 발휘될지는 모르겠지만, 싸워보면 알겠지."

현재, 플럼의 스테이터스는 총 3,396.

근력과 민첩성은 500을 훌쩍 넘고, 체력은 1,000을 돌파했다.

그 영향으로 난잡하던 심박동이 안정되었고, 흐트러진 호흡도 잦아들었다.

"고마워. 세라."

"아직 감사를 말하기는 빨라요. 저 녀석을 쓰러뜨리지 않으면 말짱 꽝이니까요."

마침내 오거가 방 앞까지 다다랐다.

그 녀석은 문에 목만을 들이밀고 억지로 방 안에 들어오려 했다.

하지만 어깨가 걸려 더이상 앞으로 나아가지 못했다.

일단 멈춘 오거는 그 목의 절단면을 움직여 마치 내부를 둘러보는 듯한 움직임을 보이더니── 플럼과 세라 쪽을 향한 상태로 딱 멈추었다.

두 사람은 그 모습을 긴장한 얼굴로 관찰했다.

그러자 초록색 손가락이 문 너머에서 슥 나타나 입구 끝을 잡

았다.

그리고 그 양손에 힘이 실리자 끼익 하는 소리를 내며 벽이 일그러졌다.

입구를 강제로 벌리려는 것이다.

손등에 혈관이 튀어나오자 더욱 옆으로 벌어졌다.

어느 정도 벌어지자 오거는 오른팔을 앞으로 뻗었다.

손가락이 바닥에 박혔다.

완력만으로 몸을 끌어 마치 미끄러지듯 실내로 스르륵 침입했다.

온몸이 무사히 입구를 빠져나오자 일어서서 오른팔을 앞으로 똑바로 뻗었다.

그리고 그 앞에 있는 플럼과 세라에게 **힘**을 방출했다.

쿠오오!

소용돌이치는 역장(力場)이 시체 더미를 제거했다.

플럼과 세라는 각자 날아서 피하며 흩어졌다.

오거가 노리는 쪽은 물론 플럼이었다.

하지만 새로운 장비를 얻은 그녀의 움직임은 아까와 전혀 다른 사람 같았다.

다음 공격을 쏘기 전에 순식간에 접근해 영혼 사냥꾼으로 스쳐 지나가면서 베었다.

초록색 피부에 희미하게 붉은 선이 떠올랐다.

근력이 증가된 영향이리라.

아주 경미한 절상 정도였지만, 공격이 통했다.

나아가 플럼은 오거의 등 뒤로 돌아가, 장비로 얻은 새로운 힘이 체내에 흐르도록 의식하며 참격을 날렸다.

아까와 마찬가지로 희미하게 새겨진 상처, 그리고── 콰직 하고 상처 주변이 얼어붙었다.

푸슉, 푸슉!

상처가 얼어붙은 익숙지 않은 감각에 오거는 몸을 뒤틀었고 목의 소용돌이에서 피가 분출되었다.

즉각 돌아보며 플럼에게 래리엇 기술로 응수하려 했지만, 이미 그곳에 그녀는 없었다.

플럼은 발밑을 빠져나가 재차 등을 포착했다.

그곳에서 그녀는 "후우우" 하고 숨을 토하더니 체내에서 **힘**을 생성하여 팔과 검에 흘려보냈다.

그리고 뛰어올라 검을 똑바로 휘둘렀다.

즉── 프라나 셰이커 이미테이션이었다.

"받아라아아아아아아아아앗!"

샤아악!

아까보다 위력이 커진 검술은 단칼에 오거의 굵은 오른팔을 잘라냈다.

"해냈어요!"

세라는 기뻐했지만, 아직 방심할 수는 없었다.

오거는 몸부림치며 고통스러워했지만, 금세 상처가 뒤틀리며 피가 멎었다.

오거가 돌아보며 주먹을 휘둘렀다.

플럼은 뒤로 크게 물러나 그것을 유유히 피했다.

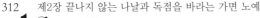

동작이 큰 구타로 빈틈이 생기자 이번에는 등 뒤에서 세라가 접근했다.

"추격할게요!"

그렇게 소리치며 메이스로 얼어붙은 등을 때렸다.

쾅직!

얼음이 깨지며 얼어붙은 오거의 가죽과 살이 함께 부서졌다.

원래대로라면 그녀의 메이스로 대미지를 줄 수는 없다.

하지만 얼었다면── 세라도 **부숴서** 상처를 입힐 수 있다.

초록색의 커다란 몸이 앞으로 기울며 균형을 잃었다.

그곳에 플럼이 다가가 우선은 오른발을 빙결시켰다.

이어서 세라의 메이스가 같은 곳을 때렸고, 동시에 플럼이 프라나가 깃든 검으로 왼발을 절단했다.

푸슈우욱!

고통으로 오거의 육체가 부들부들 떨리며 분수처럼 목에서 혈액이 분출되었다.

전세는 완전히 역전되었다.

마지막으로 플럼이──,

"하아아아아아아아아아앗!"

프라나 셰이커 이미테이션으로 남은 왼팔을 잘랐다.

그러자 머리와 양쪽 팔다리를 잃은 오거는 바닥 위를 벌레처럼 길 수밖에 없었다.

상처는 금세 뒤틀리며 소용돌이가 되어 아물었지만 이미 움직일 수 없을 것이다.

"이거 아직 살아 있죠……?"

"죽은 것 같지는…… 않지? 하지만 더이상은 어디를 뭉개면 좋을지 모르겠으니 도망치는 게 좋을지도 모르겠어."

"그러게요. 한없이 반복할 수는 없으니까요."

"피곤하기는 하다."

두 사람은 서로의 눈을 보며 쓴웃음을 지었다.

세라의 이마에는 땀이 맺혔고, 어깨가 위아래로 들썩일 정도로 거칠게 호흡했다.

그리고 그녀들은 등 뒤에서 꿈틀거리는 살덩어리에 일말의 불안을 품으면서도 방을 나서려 했다.

하지만 플럼은 오거에게 무참히 파괴된 입구 조금 앞에서 발을 멈추었다.

"……있잖아, 세라."

"왜, 왜 그러세요? 언니."

"어쩐지…… 바람이 불지 않아?"

뺨을 쓰다듬는 공기의 흐름.

그것은 아까까지는 느끼지 못한 것이었다.

격렬한 전투로 어딘가에 구멍이 뚫렸고, 그곳으로 탈출할 수 있을지도 모른다——고 낙관적으로 생각하기에는 뒤에 쓰러진 오거가 너무 불온했다.

"역시 언니도 그렇게 생각하셨나요?"

세라가 동의했다.

요컨대 플럼의 기분 탓은 아니라는 뜻이다.

바람은 시간이 흐르면서 강해졌고, 방 전체를── 아니, 그뿐만 아니라 복도까지 휩쓸려 했다.

"마지막 힘을 쥐어 짜낸 건가?"

"이미 충분히 실컷 날뛰었을 거예요."

"그런데도 부족한 게 아닐까?"

플럼은 돌아보며 영혼 사냥꾼을 뽑았다.

세라도 마찬가지로 오거와 맞서며 일단 짊어졌던 메이스를 재차 양손으로 잡았다.

정신을 차리고 보니 바닥을 기던 초록색 살덩어리는 어찌 된 일인지 공중에 떠 있었다.

목, 양손, 양발── 총 다섯 곳에 생겨난 소용돌이가 격렬하게 일렁이며 체액을 뿌렸다.

얼굴이 없어서 시각으로 감정을 읽을 수는 없지만, 플럼은 방출되는 강한 압력에서 강력한 살의를 느꼈다.

개의치 않고 모두 휩쓸어서라도 저 오거는── 아니, 오거에게 깃든 **누군가의 의지**가 그녀를 죽이고 싶어 했다.

처음 느끼는, 낯선 집착이었다.

원래는 그저 평범한 아가씨인 플럼을 대체 누가 무엇 때문에 노리는 것일까?

회전은 가속되었다.

강해진 바람에 시체 더미의 표면이 흔들리기 시작했다.

지금까지의 패턴으로 보건대, 오거가 가진 나선의 힘은 규모가 크면 클수록 발동까지 시간이 필요하다.

하지만 한 번 발동되면 그 안쪽에 존재하는 다양한 생명은 흔적도 남지 않고 산산히 조각날 것이다.

"크아아아아아아아앗!"

"으랏차아아아아아아아아아앗!"

두 사람은 오로지 그 육체에 혼신의 일격을 때렸다.

플럼의 프라나가 깃든 검으로 가슴 언저리에 깊게 상처를 냈다.

하지만 상처는 이내 뒤틀리며 피가 멎었고, 나아가 단단해졌다.

한편 세라의 공격은 역시 충격이 흡수되어 제대로 대미지를 주지 못했다.

분노로 어금니를 꽉 깨물었지만, 그렇다고 해서 갑자기 강해질 수 있는 것은 아니었다.

단념하고 납득한 뒤 플럼이 얼린 상처를 때리는 데 전념했다.

부서지고 잘려나가 오거의 몸통은 점차 작아졌다.

그런데도 아직 회전은 멈추지 않았다.

바람이 강풍으로, 강풍이 폭풍으로, 그리고 회오리바람으로━━.

시체와 방에 나뒹굴던 비품이 휘말리기 시작했고, 선풍은 검게 탁해졌다.

"얼마나 베어야…… 얼마나 해야 멈추는 거야?!"

"몰라요. 정마아아알!"

슈우우우우우욱!

바람이 일었고, 금속으로 만든 벽까지 파괴하며 벗겨냈다.

방도 복도도 오거가 힘을 방출한 범위 내의 모든 곳이 엉망진창이 되었고, 그 중앙에서 무기를 휘두르는 두 사람도 점차 자세

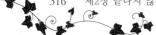

를 유지하기 힘들어졌다.

오거의 육체는 이미 심장을 포함한 대부분의 장기가 상실되었다.

이제 나선에 감싸인 복부만 남았지만── 그런데도 회전은 멈추지 않았다.

"심장이 없어졌으니 얼른 죽어!"

"그저 뒤틀린 살덩어리가 아니네요! 그만 좀 멈추라고요!"

"정말이지…… 좀 멈춰라. 멈춰. 멈추라고오오오오옷!"

그저 칼로 베는 건 소용돌이와 단단한 살에 통하지 않았다.

얼려서 메이스로 때려도 소용없었다.

유일하게 유효했던 것은── 프라나를 검에 가득 담아 베는 일.

플럼은 칼자루를 쥔 양손에 미미하게나마 무언가를 뚫는 감촉을 느꼈다.

──이거라면 가능할지도 몰라.

그렇게 확신한 플럼은 프라나를 검 전체가 아니라 끝부분에만 집중시켰다.

그리고 양손에 힘을 실어 영혼 사냥꾼을 밀었다.

"크으으으……윽! 아윽?!"

그때, 세라가 지면을 적신 혈액에 발이 미끄러져 무너져내렸다.

"어, 언니……가 노력하는데! 나는…… 정말…….'"

"세라!"

그녀의 몸은 미쳐 날뛰는 폭풍에 휘말려 날아가려 했다.

건물 잔해와 시체의 탁류에 휘말리면 세라는 잠시도 버티지 못하고 죽을 것이다.

간신히 움푹 파인 바닥에 손가락을 걸어 버티고는 있지만, 그것도 시간문제였다.

손바닥에 배어 나온 땀 때문에 손가락이 서서히 미끄러졌다.

구할 수 있는 방법은 단 한 가지.

플럼이 한시라도 빨리 이 폭풍을 멈추는 것.

그녀는 초조함에 등 떠밀려 다만 소리쳤다.

"흐으으으으윽, 으, 아아아아아아앗!"

한계는 진즉에 왔다. 하지만 더욱 힘을 짜내고자 발버둥 쳤다.

프라나도 최대한 쏟아붓고, 저주의 힘도 완전히 고갈될 정도로 썼다.

하지만 아직 부족했다.

확실히 검은 조금씩 움직였지만, 이래서야 세라도 자신도 구할 수 없다.

"아아아아아아아아아아아아!"

살아남기 위해 전부를.

힘을 쥐어 짜내라.

없다면 나올 만한 이유를 생각해라.

소중한 사람이 있잖아. 귀가를 기다리는 사람이 있잖아.

그래. 밀키트가 기다린다.

아아, 그렇다. 그 아이가 기다린다.

그녀를 홀로 두면 안 된다.

그것이 설령 공의존(共依存)이라 불리는 관계일지라도 함께 구원받기로 했으니까.

죽을 수는 없다.

그녀가 슬퍼한다.

죽을 수는 없다.

그녀의 인생을 구할 수 없게 된다.

그렇다면——뇌리에 떠오른 그녀의 모습을 생각하며——**더욱더**, 전부를——**모든 것을** 이 검에 실어야 한다.

"우와아아아아아아아아아아아아아아앗!"

목이 찢어질 정도의 절규.

신장을 넘을 정도의 프라나를 행사하자 팔이 찢어져 피가 흘렀다.

상처가 재생되어도 이내 새로운 상처가 생겨났고, 플럼은 끊임없이 칼에 찔리는 듯한 통증을 맛보았다.

——그래도.

그녀의 포기하지 않는 힘은, 반역의 마음은, 하늘의 악의도 압도했다.

——촤아악!

살을 관통하여 안쪽에 있는 단단한 무언가가 갈라졌다.

그 순간, 공중에 떠 있던 오거의 육체는 힘을 잃고 바닥에 떨어졌다.

나아가 거짓말처럼 폭풍도 사라져 건물 잔해와 시체가 일제히 바닥에 떨어졌다.

"허……어……어억…….."

힘을 소진한 플럼은 그 자리에 무릎을 꿇고 팔을 축 늘어뜨린

채 멍하니 허공을 올려다보았다.

"이번에야, 말로…… 쓰러뜨렸, 나?"

이제 오거의 살은 어디에도 남아 있지 않았다.

바닥에는 깨진 검은 수정이 떨어져 있을 뿐이었다.

그것의 정체는 모르겠지만, 지금은 그런 것을 생각할 때가 아니다.

아무튼 지금은── 쉬고 싶었다.

"해, 해냈어요……. 언니, 드디어 쓰러뜨렸어요……!"

세라는 그렇게 말하며 고개를 숙인 자세로 엎어졌다.

그녀도 지치기는 마찬가지였다.

"하하…… 아아…… 그래……? 쓰러뜨린 거야……? 아하하…… 하하…… 나도 참 제법이네……."

자신을 칭찬하지 않을 수 없었다.

플럼은 권태감을 견디지 못하고 그 자리에 벌렁 쓰러졌다.

차갑고 딱딱한 바닥의 감촉마저 지금의 두 사람에게는 편안하게 느껴졌다.

믿어야 할 것은 어디에

"세라, 이제 걸을 수 있겠어?"

"그럭저럭…… 갈 수 있어요."

플럼은 세라의 손을 잡고 몸을 끌어올렸다.

한동안 쉰 두 사람은 탈출구 탐색을 재개했다.

옷은 너덜너덜했고, 피로 때문에 발걸음은 무거워서 엉망진창인 상태였다.

조금 더 쉬면 그나마 나을지도 모르겠다.

하지만 더이상 이런 이상한 곳에 남는 건 싫었다.

걸을 수 있을 때까지 회복되면 다소 무리를 해서라도 한시라도 빨리 이곳에서 나가고 싶었다.

두 사람은 그런 마음 하나로 앞으로 나아가 시체 더미의 방을 나섰다.

복도도 마찬가지로 건물 잔해 때문에 엉망이었다.

곳곳에 천장이 무너져 지나갈 수 없는 곳도 있었지만, 다행히 우회하면 갈 수 있었다.

적은 이제 어디에도 없었다. 기색도 없었다.

그 안에서 들리던 도움을 구하는 목소리도 멎었다.

함정으로 사용된 인간의 시체는 힘을 잃고 축 늘어져 꿈쩍도 하지 않았다.

안면도 소용돌이가 아니라 그저 도려낸 상태였다.

"이렇게 먼 곳까지 부수다니 엄청난 힘이네요."

앞장선 플럼의 손을 빌려 세라는 벽의 잔해를 넘어갔다.

건물 잔해의 산을 내려갈 때 넘어질 뻔한 그녀를 플럼이 잡아 주었다.

"우아앗?!"

"어이쿠……. 발 조심해."

"면목 없네요……."

플럼이 톡톡 머리를 쓰다듬자 세라는 부끄러운 듯 고개를 숙였다.

"그나저나 만약 그때 도망쳤다면 지금쯤 우리는 죽었을지도 몰라."

"죽었을지도 모르는 게 아니라 틀림없이 죽었을 거예요. 정말이지, 그렇게 지독한 괴물을 만든 건 대체…… 누구일까요?"

플럼은 오거를 격파하고 나온, 부서진 검은 수정을 얻었다.

그것은 지금 그녀가 어깨에 멘 자루 속에 있다.

자루는 싸우는 동안 어느샌가 떨어뜨렸지만, 전투 후에 무사히 회수했다.

단, 안에 들어 있던 밀키트가 만든 점심은 엉망진창이 되었지만.

……무사한 부분을 조금 먹었으니 분명 그녀도 용서해줄 것이다.

"범인을 찾으려 해도 여하튼 밖으로 나가야겠지."

"시간이 많이 지난 것 같아요."

"그러게. 어두워지지 않았으면 좋겠는데……."

바깥의 상황을 생각할 정도로는 마음의 여유도 되찾았다.

오거와 만나는 바람에 되돌아간 지점도 무사히 지나 아직 탐색하지 않은 영역에 도달했다.

그 앞에는 거대한 원기둥 모양의 유리 케이스가 즐비한 방과 텅 빈 책장이 즐비한 자료실과 소파나 침대가 있는 수면실이 있었다.

문을 열 때마다 밖으로 이어져 있지 않은지 기대했지만, 좀처럼 출구를 찾을 수 없었다.

점점 기분이 침울해졌다.

안 그래도 혹사한 몸이 기분에 따라 더욱 무겁게 가라앉았다.

하지만 그것도 얼마 남지 않았다.

"혹시 저게 출구 아닐까요?"

맨 안쪽── 아니, 원래는 입구일 것이다.

명백하게 지금까지와는 분위기가 다른 문이 복도 끝에 나타났다.

플럼과 세라는 얼굴을 마주 보며 미소 지었다.

설레는 마음이 몸을 앞으로 이끌었고, 자연스레 걸음이 빨라졌다.

그것은 다른 것과 비교하면 제법 중후하게 만든 금속 문이었다.

플럼은 손을 대고 밀어 열었다.

그 너머에는 천장을 향해 이어진 계단이 있었다.

종착점에는 해치가 있었고, 그것을 연 뒤 뚜껑 같은 출구를 위로 밀어 올렸다.

"영차……!"

플럼이 팔에 힘을 주자 오렌지색 햇빛이 지하에 쏟아졌다.

눈이 부셔서 저도 모르게 얼굴 앞에 손을 뻗었지만, 입가에는 미소가 떠올랐다.

해치를 완전히 열고 밖으로 나가자── 그곳은 맨 처음에 괴물

오거와 마주친 초목이 무성한 광장이었다.

아무래도 연구소의 입구는 잡초로 위장되어 숨겨졌던 모양이다.

아직 몇 시간밖에 지나지 않았을 터인데 마치 며칠 만에 신선한 공기를 마시는 듯한 기분이었다.

플럼은 양손을 하늘로 뻗은 뒤 "음~!" 하고 있는 힘껏 기지개를 켰다.

세라도 뒤따라 흉내 내듯 같은 동작을 했다.

"드디어 돌아갈 수 있겠네요!"

밝은 목소리로 탈출을 기뻐하는 그녀들이었지만, 중요한 것을 깜빡했다.

"아직이야. 세라. 그걸 해결해야지."

"그거라니…… 아아…… 그러고 보니 그러네요……."

무너진 바위에 막힌 출구를 보며 세라는 어깨를 축 늘어뜨렸다.

오거의 임팩트에 묻혀 완전히 잊고 있었지만, 이곳에는 데인의 부하도 있었다.

"그 녀석들, 돌아가면 혼쭐을 내주겠어!"

플럼은 그렇게 말하며 뺨을 부풀렸다.

그러려면 우선 이 대량의 바위를 치울 필요가 있었다.

"언니의 카발리에 아츠라는 걸로 어떻게 안 될까요?"

"해볼 수도 있지만, 지쳐 쓰러질지도 몰라. 그리고 네 메이스가 바위를 깨는 데는 훨씬 나을 거야."

"지금은 무리예요. 쓰러질 거예요."

"그럼 착실하게 해야겠지."

작업은 힘들겠지만, 그래도 이제 괴물에게 쫓길 일이 없다는 것만으로 기분이 편했다.

두 사람은 터벅터벅 무너진 지점으로 다가가 가장 가까운 곳에 있는 바위에 손을 뻗었다.

플럼이 "하나 둘 셋"이라고 외치자 동시에 팔에 힘을 주어 들어 올렸다.

평범하게 생각하면 소녀 둘이서 옮길 수 있는 크기의 바위가 아니지만, 괜히 수도녀와 모험가가 아니다.

두 사람의 완력은 웬만한 성인 남성보다 뛰어날 것이다.

적당히 떨어진 곳까지 옮긴 뒤, 바닥에 떨어뜨렸다.

플럼은 땀이 나는 이마를 손목으로 닦고, 다음에 운반할 바위로 다가갔다.

조금 늦게 세라도 이동하여 자신의 어깨만큼 넓은 바위를 안아 들 듯 팔을 감았다.

그러던 때, 플럼은 갑자기 출구와는 반대 방향의── 나무들이 비좁게 늘어선 초록색 밀집 지대에 시선을 보냈다.

푸슉, 푸슉.

──그 녀석과 눈이 마주쳤다.

아니, 눈은 없다.

하지만 그 녀석은 틀림없이 플럼을 **보고 있었다.**

흥분한 듯 살점의 소용돌이에서 피가 분출되었다.

"거짓말……이지?"

엉뚱한 방향을 향한 채 움직임을 멈춘 플럼을 보고 세라는 고

개를 갸웃거렸다.

"언니, 무슨 일이⋯⋯에요⋯⋯?"

세라는 그렇게 말하며 같은 쪽을 보았다.

그리고 그녀도 **그것**을 보고 말았다.

휘둥그레진 눈에 경직된 몸.

"⋯⋯응?"

플럼은 '왜'냐고 자문했다.

답은 이내 나왔다.

시설에서 본 산산이 깨진 유리 케이스.

하나가 아니라 여러 개일 터였다.

그리고 명백하게 지상과는 움직임이 달리 네 발로 기는 지하의
오거.

결국, 플럼과 세라가 격파한 **그것**은── 맨 처음에 만난 것과
는 **다른 개체**였던 것이다.

"그런 건⋯⋯ 듣지 못했어요. 그런 게 몇 마리나 있다니⋯⋯!"

뒷걸음질 쳤지만 바로 뒤에는 차가운 돌벽만 있었다.

작은 구멍은 뚫렸지만, 탈출로라 부를 수 있을 정도의 넓이는
아니었다.

플럼은 입술을 깨물었다.

체력만 있다면 카바리에 아츠(기사 검술)로 두 마리째도 격파할
수는 있었다.

하지만 지금의 그녀에게 그것을 연발할 만큼의 여력은 없었다.

도망쳐서 어딘가 안전한 곳으로 가 휴식을 취할 수 있다면 또

모를까──. 하지만 그런 곳은 존재하지 않는다.

즉, 막다른 곳이다.

"미안해. 밀키트……."

죽음을 반쯤 각오한 플럼은 그렇게 중얼거렸다.

최대한 저항은 할 생각이었다.

하지만 아무래도 귀가를 기다리는 밀키트에게 돌아가겠다는 바람은 이룰 수 없을 것 같았다.

플럼은 손을 앞으로 뻗었다.

아공간에서 꺼낸 칼자루를 쥐고 팔을 휘둘러 까만 검을 뽑았다.

그리고 그 끝을 적에게 겨누었다.

세라도 마찬가지로 등 뒤의 메이스를 잡고 전투태세를 취했다.

오거는 기분이 좋은지 소용돌이에서 피를 분출하여 바닥을 적시며 팔을 축 늘어뜨리고 두 사람에게 걸어왔다.

발걸음은 가벼웠다. 아무래도 그는 사냥감이 돌아와 신이 난 모양이었다.

소풍이라도 간 양, 간식 시간을 기다리는 아이인 양.

천진난만하고 순수하게 플럼을 향한 살의만을 품고 룰루랄라 대지를 밟았다.

영혼 사냥꾼의 리치의 약 두 배인 거리에서 오거는 발을 딱 멈추었다.

그리고 사냥감을 내려다보았다.

대상의 소모 정도를 확인했다.

승리를 확신했다.

그리고 천천히 나선의 주먹을 쳐들었고——,

"세라, 간다!"

"이길 생각으로 갈게요, 언니!"

무리인 걸 알면서도 마음만은.

두 사람은 허세를 부리며 바닥을 박찼다.

우선은 플럼을 향해 주먹이 내려오려 한—— 그때였다.

덤불 너머에서 한 여성이 모습을 드러냈다.

나이는 20대 초반 정도일까?

푸른 피부, 더 푸른 머리카락, 그리고 노출이 많은 의상.

그녀는 마치 하프를 연주하듯 손끝으로 허공을 더듬더니 붉은 립스틱을 바른 입술을 "후훗" 하고 끌어 올리며 말했다.

"크림슨 스피어."

그러자 청록색 구체가 나타났다.

그것은 두둥실 떠올라 오거를 향해 날아갔다.

그리고 등 뒤에서 초록색 피부에 닿았다.

순간, 구체는 터질 듯 부풀어 3미터의 거대한 몸을 감쌌다.

샤약…… 샤악, 샤샤샤샤샥!

구체에 갇힌 오거에게 무수한 바람의 검이 덮쳤다.

버둥대며 탈출하려 손을 뻗으면 팔이 절단되었다.

이윽고 머리도 다리도 몸통도 맥없이 썰렸다.

지하의 개체와 마찬가지로 상처는 이내 뒤틀려 지혈되었고, 나아가 딱딱하게 변했지만—— 압도적인 마력 앞에는 맥을 추지 못했다.

딱딱해지든 말든 그 위에서 있는 힘껏 때려 온몸을 잘게 베었다.

그리고──'크림슨 스피어'라는 이름대로 바람의 구체는 오거의 피로 인해 진홍빛으로 물들었다.

플럼도 세라도 그 광경을 멈춰 서서 바라볼 수밖에 없었다.

그토록 고전하여 목숨을 걸고 싸운 괴물이 이렇게 쉽사리 쓰러지다니.

나타난 여성은 대체 누구일까?

바람은 점차 잦아들었고, 몇 초 전까지 오거였던 것이 바닥에 철퍽 내던져졌다.

피바다의 중앙에는 몸속에 묻혔던 검은 수정이 떨어져 있었다.

여성은 싫은 표정을 지으며 그것에 손을 뻗었다.

그리고 바람 마법으로 그것에 묻은 피를 날리더니 수정을 곰곰이 바라보았다.

"설마 이런 걸 만들었을 줄이야. 인간은 참 곤란한 생물 아니야? 그렇지? 플럼."

"아……아…… ."

"뭐라는 거야? 고양이라도 된 거야?"

그녀는 밝은 목소리로 풍만한 가슴 앞에서 고양이처럼 손을 말았다.

한편, 플럼은 입을 떡 벌리고 할 말을 잃었다.

세라는── 눈앞에 나타난 마족을 보고 오거를 대할 때보다 더 적의를 보였다.

"어머, 거기 있는 아이는…… 귀, 귀엽다. 아주 귀여워. 혹시 오

리진교의 수도녀야?"

"뭐가…… 뭐가 귀여워요! 살인 괴물 주제에! 불쾌해요. 역겨워요!"

초면인 소녀가 증오를 훤히 드러내자 여성은 어깨를 축 늘어뜨렸다.

"……또 이 패턴인가? 몇 번째야? 그 마리아라는 아이도 엄청 노려봤는데."

"당연하죠. 마리아 언니도, 나도! 당신들 마족에게 고향을 빼앗기고 소중한 사람을 잃었다고요! 이 증오와 분노는 절대로 못 잊어요!"

세라는 당장이라도 덤벼들 듯했다.

그런 그녀에게 다가간 플럼은 어깨에 손을 얹고 타일렀다.

"진정해. 세라."

"진정할 수 있겠냐고요! 마족은, 마족만은 절대로——!"

"부탁이야. 일단은 저 사람에게 스캔을 걸어봐. 응?"

세라는 "후~ 후~!" 하고 고양이처럼 숨을 거칠게 쉬었지만, 플럼의 말에 일단 냉정함을 되찾은 모양이었다.

스캔을 발동시키고 여성 쪽을 보았다.

네이거스

속성 : 혈풍

근력 : 3,596

마력 : 15,997
체력 : 2,479
민첩 : 3,698
감각 : 7,854

───────────────────────────

그리고 그 수치를 보자마자 덤벼들려는 마음은 순식간에 사그라졌다.

너무나도 절망적인 차이에 작은 손에서 메이스가 툭 떨어졌다.

네이거스는 엄지를 세우고 플럼에게 "적절한 수습이었어"라며 미소 지었다.

플럼의 머릿속에는 그녀 혼자 용사들과 호각으로 싸우던 오싹한 기억밖에 없기 때문에 친밀하게 대해줘도 어떻게 반응해야 할지 난처했다.

"드디어 침착하게 이야기할 수 있을 것 같군."

세라는 아직 마음이 진정되지는 않았지만, 대화는 어떻게든 성립될 것 같았다.

"그럼 자기소개부터 시작할까? 내 이름은 네이거스야. 속성은 바람과 어둠을 조종하는 혈풍, 나이는 거기 있는 인간보다 훨씬 많아. 알고 있는지도 모르겠지만, 3마장이라는 그룹에 속했고, 보다시피 마족이야."

"…………."

두 사람은 침묵했다.

네이거스는 반응이 없자 뺨을 볼록 부풀렸다.

"반응이 나쁘네. 내가 자기소개를 했으니 세라도…… 잠깐, 우와아, 째려보네. 부모님의 원수라고 생각하니 무리도 아니겠지."

"왜 자기소개를 하시죠? 그만큼의 힘이 있다면 당장 우리를 죽이면 되잖아요!"

"그러니까 우리 마족은 인간을 죽이지 않아."

네이거스는 그것이 당연하다는 듯 말했다.

한 번은 사그라졌던 세라의 분노가 무신경한 말에 재차 타올랐다.

"웃기지 말아요! 실제로 죽였잖아요! 빼앗아갔잖아요?!"

"네가 직접, 네 눈으로 봤어?"

그녀의 날카로운 지적에 세라의 기세가 꺾였다.

"그건…… 아니지만, 하지만, 그렇지만, 나를 도와준 교회 사람들이 가르쳐줬어요!"

"그럼 물어볼게. 너는 이런 벽촌에서 이렇게 수상한 연구를 하는 교회를 믿을 수 있어?"

네이거스는 아까 오거의 몸속에서 나온 검은 수정구슬을 보여주며 말했다.

"……으."

세라의 말문이 막혔다.

한편, 플럼은 네이거스의 말에 수상쩍은 표정을 지었다.

"왜 거기서 교회의 이름이 나오지?"

"어머, 너는 몰랐구나? 뭐, 나도 아직 안을 확인한 건 아니지만, '상징' 정도는 있었잖아? 적어도 세라 쪽은 알아챘던 모양이야."

세라는 고개를 숙이고 입술을 깨물었다.

그녀는 시설 안에서 느꼈던 것을 드문드문 말하기 시작했다.

"처음에…… 문에 오리진교의 모티프인 뒤틀린 고리가 새겨진 것을 보고 불길한 예감이 들었어요."

평소에 보던 인간이 아니고서는 알아챌 수 없을 정도로 자연스러운 장식이었다.

그것뿐이라면 아직 우연일지도 모른다. 그래서 세라는 그 이상 생각하지 않았다.

하지만 이내 확신으로 바뀌었다.

"그리고 그 연구원이 남긴 노트를 봤을 때…… 계시, 순환하는 지식, 그리고 예지……. 연구원의 노트에 적힌 그 말이 교전에 적힌 것과 비슷해서…… 여긴 오리진교의 시설이라고 깨달았어요……. 아니라고 생각하고 싶지만요."

"교회가 여기서 인체 실험을……. 하지만 그것과 마족이 이곳에 있는 게 무슨 관계가 있는데?"

"연구하던 힘이라는 게 우리에게 조금 불편한 거야. 그리고 최근에 우연히 이 연구소의 존재를 알았지. 그래서 나는 이곳에 조사하러 온 거야."

즉, 교회가 연구하던 것은 마족에게 불편한 힘이라는 뜻이다.

이상할 것은 전혀 없다.

왕국도 교회도 모두 마족을 악으로 인정하고 타도하기 위해 날마다 다양한 연구를 하고 있으니 그 일환이었으리라.

하지만 인체 실험은 허용되는 일이 아니다.

게다가 무엇보다 자신이 맞선 그 '회전'의 힘── 그것은 멀쩡한 것이라고 생각할 수 없었다.

가령 마족을 타도하기 위해서라고 해도 그것에 얽혀서는 안 된다고 본능이 속삭였다.

"그보다 플럼이야말로 왜 이런 곳에 있어? 어느샌가 용사 파티에서도 사라졌지? 게다가 그 뺨의 낙인은 노예에게 찍는 거 아니야?"

"그건⋯⋯."

플럼은 우물거렸다.

세라는 그녀 쪽을 보더니 의아한 듯 말했다.

"플럼 언니는 역시 그 영웅 플럼 애프리코트였나요?"

역시라는 걸 보니 의심을 하기는 했던 모양이다.

그야 그럴 것이다. 얼굴도 나이도, 나아가 이름까지 일치하니까.

"그렇게 되려나? 뭐, 영웅으로서의 힘이 없어서 쫓겨나 노예로 팔렸고, 지금은 이렇게 되었지만."

"그건 너무해요!"

"가혹한 이야기네⋯⋯."

두 사람은 동시에 소리쳤다.

처음으로 의견이 일치하자 세라는 얼굴을 찌푸렸고, 네이거스는 빙긋 웃었다.

"뭐, 그건 그렇다 치고, 결국 이곳에 있는 이유가 뭐야? 시설을 조사하러 온 것 같지도 않은데."

"네⋯⋯. 의뢰를 받아 약초를 캐러 왔을 뿐이에요."

세라는 단념한 듯 한숨을 쉬고 그렇게 대답했다.

"어머, 교회에서 약초는 금지 아니었어?"

"하지만 병으로 곤경에 빠진 사람이 있으니까요. 돕기 위해서는 약도 필요해요."

그 말을 들은 네이거스는 가슴에 손을 대고 눈을 반짝반짝 빛내며 말했다.

"플럼, 이 아이 진짜 착하지 않아……?!"

"……뭐, 착한 아이지."

플럼은 쓸데없이 친밀하게 구는 네이거스의 분위기를 따라갈 수 없었다.

하지만 서서히 그녀는 정말로 사람을 죽이지 않았을 것 같은 생각이 들었다.

미소에 꿍꿍이가 느껴지지 않았다.

눈도 맑았다. 적어도 사람을 속이는 유형은 아니었다.

그녀는 거짓 없이 자신을 드러내고 있다──. 아무래도 그렇게 느낀 사람은 플럼뿐만이 아닌 모양이었다.

세라도 잠깐이지만, 처음에 비하면 경계를 풀었다.

"그렇구나. 약초를 캐러 왔는데 괴물에게 습격받아 도망쳤고, 그러다 연구소에 헤매든 거구나? 그리고 몬스터에게 몰렸을 때! 멋지게 내가 나타난 거지."

"한 마리는 플럼 언니가 쓰러뜨렸지만요."

"그걸 쓰러뜨렸어?!"

네이거스는 과하게 놀랐다.

"본인도 깔끔하게 쓰러뜨렸잖아요?"

"그야 내게는 그만큼의 마력이 있으니까. 하지만 플럼은 다르잖아. 용사와 함께 있었을 때는 전혀 싸울 줄 모르는 다만 시골 아가씨였는데! 어떻게 쓰러뜨렸어?"

"어떻게 쓰러뜨렸냐고 물어봐도……."

그때의 기억은 애매하다.

아무튼 소리를 지르며 최대한의 힘을 때려 박았고――,

"기합을 넣고 확 했더니 안에 있던 수정 같은 게 깨졌고, 그러더니 움직임이 멎었어."

"……코어가 깨졌다고?"

이번에는 심각한 표정을 지었다.

그리고 플럼에게 다가가 어깨에 손을 얹고 흥분한 듯 말했다.

"그 깨진 코어를 갖고 있어?!"

"응. 혹시 몰라서 가방에 넣어뒀는데."

플럼은 그것을 꺼내더니 네이거스에게 건넸다.

그녀는 깨진 수정을 빤히 관찰했다.

"완전히 기능이 정지했네. 어떻게 된 거지? 아니……. 그렇구나. 설마 그래서 그 녀석은……."

"왜 그래?"

"……아무것도 아니야. 저기, 플럼. 이 깨진 코어를 가져가도 될까?"

원래는 적당한 곳으로 가져가 조사를 부탁해야 할 것이다.

하지만 이곳은 교회의 시설이다.

즉, 왕국과도 깊은 연관이 있다고 생각하는 편이 좋을 거다.

어딘가의 연구 기관에 가져간들 쉬쉬하기 급급할 것이다.

얄궂은 일이다.

현재 이것을 맡길 수 있는 상대가 마족밖에 없다니.

"좋아. 어차피 내가 갖고 있어도 쓸 길이 없으니까."

"고마워. 다행이야."

솔직한 감사 인사에 플럼은 곤란한 듯 머리를 긁적였다.

"그런데 약초는 아직 못 캤지?"

"우선은 묻힌 탈출구를 열어야겠다고 생각했거든요."

"어머나, 정말이네. 왜 막힌 거야?"

"조금 성가신 패거리와 얽혀서."

"흐음, 너도 여러모로 힘들겠다. 그럼 우선, 이로전."

네이거스는 천천히 손을 들어 구멍을 막은 바위를 향해 마법을 쏘았다.

그러자 사방에서 검은 바람이 모여 감쌌다.

바람에 닿은 바위는 열화되었고, 바위 자체의 무게로 후두둑 무너져내렸다.

그리고 순식간에 출구가 열렸다.

"만약 몬스터가 접근하면 내가 상대할게. 너희는 얼른 약초를 찾아."

"그렇게까지 할 이유가 없어요……."

당황한 세라에게 네이거스는 상큼하게 웃었다.

"믿을 수는 없겠지만, 이번에는 이해관계가 일치했다고 생각해둬."

"……세라, 얼른 끝내자."

"언니…… 알겠어요."

세라는 마침내 납득한 모양이었다.

이리하여 두 사람은 마족에게 호위받는 기묘한 상황 속에서 목표물인 키아라리와 그 외에 두 종류의 약초를 채취했다.

나아가 돌아가는 길까지 배웅하는 극진한 대우를 받아 무사히 동굴에서 탈출하는 데 성공했다.

헤어질 때, 세라는 자신들을 배웅하는 네이거스 쪽을 돌아보며 물었다.

"저기, 네이거스."

"왜 그래?"

"마족은 정말로 인간을 죽이지 않았나요?"

"반드시 그렇다고 장담하지는 못해. 인마 전쟁 때 인간이 마족의 영토에 침입했고 그때는 희생자가 생겼지. 하지만── 맹세코 우리의 이익이나 쾌락을 위해 인간을 죽인 적은 없다고 단언해."

"그건 누구에게 맹세하는 건가요?"

"음…… 어려운 질문이네."

네이거스는 입술에 검지를 대고 생각에 잠겼다.

그 끝에 도출한 답은──,

"신은 믿을 수 없으니…… 세라, 네게라도 맹세할게."

그렇게 말하며 미소 지었다.

세라는 그녀의 말을 한동안 곱씹었다.

하지만 오랜 세월 영향을 준 마족에 대한 증오는 그리 쉽게 사라지지 않았다.

"그런가요."

결국, 쌀쌀맞게 대답하고는 화해도 타협도 거절도 하지 않은 채 등을 돌렸다.

그런 것이었다.

8년 동안 쌓인 증오는 그리 쉽게 사라지지 않았다.

대화를 할 수 있던 것만도 충분한 성과였다.

그렇게 납득하고 네이거스는 발걸음을 돌려 동굴 안으로 돌아갔다.

◇ ◇ ◇

플럼과 세라는 어두운 숲속을 칸델라 불빛에만 의지한 채 나아갔다.

지~잉, 지~잉, 하고 종소리와도 비슷한 벌레 울음소리가 들렸다.

그 소리는 쓸데없이 쓸쓸했다.

마족의 도움을 받아 심경이 복잡한 세라는 어두운 표정으로 입을 다문 채 걸었다.

플럼은 그런 그녀에게 좀처럼 말을 걸 수 없었다.

에니치데까지 가는 길을 반쯤 지났을 무렵에야 비로소 대화를 나눌 수 있었다.

"어쩐지 일이 너무 많아서 머리가 복잡해."

"언니도 그러세요……? 나도 그래요. 뭘 믿으면 좋을지 잘 모르겠어요."

"교회 시설이 확실할까?"

"수도녀인 내가 알아챌 정도니까요. 게다가 사교 이상의 대단한 사람들이 무언가를 숨기는 건 어렴풋이 눈치채고 있었어요."

열 살의 세라가 알아챌 정도다. 다른 신부나 수도녀도 교회에 두 얼굴이 있다는 사실은 알고 있을 것이다.

하지만 그것이 무엇인지, 구체적으로 무엇을 하는지 아는 이는 아마 적으리라.

"만약 인체 실험이 행해진다는 게 알려지면 교회는 지금만큼의 권위를 유지할 수 없겠지?"

"그렇겠죠. 어떻게 해서든 감추려 할 거예요."

자칫하면 플럼이나 세라도 그들에게 제거될지 모른다.

"……역시 아무에게도 말하지 않는 게 좋을까?"

"협박할 생각은 아니지만, 위험할지도 몰라요."

"답답하네……. 딱히 퍼뜨리고 싶은 건 아니지만, 이 답답한 마음을 아무에게도 털어놓을 수 없다니."

세라는 조용히 고개를 끄덕였다.

플럼보다 더 교회와 밀접한 관계자인 그녀의 고뇌는 심각할 것이다.

하지만 세라 또한 이 일을 다른 사람에게 전하면 숙청당할 가능성이 있다.

침묵할 수밖에 없다.

아무리 고민해도 그 이외의 답은 나오지 않았다.

그렇다면 더이상 생각해봤자 소용없으리라.

아무튼 지금은 밀키트에게 '다녀왔다'고 인사하고 죽은 듯이 침대에서 자고 싶었다.

두 사람은 오로지 그것만 생각하며 에니치데로 돌아갔다.

07 마음을 녹이다

밤의 에니치데는 마차에서 내린 그때와 마찬가지로 어스름한 베일에 감싸여 있었다.

드문드문 켜진 집의 불빛이 어제보다 어둡게 느껴지는 것은 두 사람이 지쳤기 때문일까?

인기척이 없는 조용한 거리에 사박사박사박 메마른 모래를 밟는 소리가 울려 퍼졌다.

발걸음은 무겁지만, 이제 곧 여관에 도착한다고 생각하니 자연스럽게 몸이 앞으로 나아갔다.

마지막 모퉁이를 돌자 드디어 빈말로라도 아름답다고는 할 수 없는 건물이 보였다.

방에서 귀가를 기다릴 그녀의 얼굴을 떠올리자 플럼의 입에 미소가 떠올랐다.

그 옆에 있는 스튜드네 집에는―― 불이 켜져 있지 않았다.

벌써 잠이 들었을까?

아무리 시골 사람이 일찍 자고 일찍 일어난다지만, 이건 너무 이르지 않나?

외출했다고 생각하는 편이 자연스러우리라.

그보다 얼른 여관으로 돌아가야 한다.

플럼은 건물 앞을 재빨리 지나려 했다.

하지만 그녀는 그 자리에 발을 멈추었다.

그것을 알아채지 못하고 한 발을 앞으로 내디딘 세라는 돌아보며 갑자기 움직이지 않는 그녀에게 말을 걸었다.

"왜 그러세요?"

플럼은 천천히 고개를 돌리더니 무표정하게 그 집의 현관을 바라보았다.

그대로 점점 안색이 파랗게 질렸다.

불빛이 없는 집.

잠기지 않은 채 반쯤 열린 현관문.

창문 맞은편의 레이스 커튼 너머로 식탁 위에 컵이 쓰러진 모습이 희미하게 보였다.

플럼은 머릿속으로 로직을 검증했다.

데인의 부하는 마법을 이용하여 두 사람을 동굴에 가뒀다.

미리 상점의 노파에게 이야기를 들은 그들은 그곳이 괴물이 나타나는 동굴이며, 돌아온 이는 아무도 없는 곳이라는 사실을 알고 있을 터였다.

즉, 플럼과 세라는 이미 죽은 것과 다름없다고 생각한 것이다.

그렇다면 기분 좋게 에니치데로 돌아온 남자들은 어떻게 했을까?

플럼은 희미하게 감도는 피 냄새에 이끌리듯 스튜드네 집으로 걸어갔다.

그들은 모험자를 자칭하지만, 깡패 집단에 지나지 않는다.

A랭크 모험자로서의 힘을 가진 데인은 길드와도 유착되어 서구에서 마음껏 날뛰었다.

리치의 가방을 훔쳤던 것처럼 절도 정도는 아무렇지도 않게 한다.

교회 기사나 위병의 눈이 닿지 않는 시골 마을이라면 거기서도 아무렇지 않게 날뛸 것이다.

문에 손을 대고 열었다.

코를 찌르는 듯한 철 냄새가 강했다.

꺼져가는 촛불이 어렴풋이 실내를 비추었다.

아니, 절도는 시작에 불과했다. 더 추잡한 짓도 해왔다.

사기, 폭행, 혹은 살인도.

어느 정도라면 데인의 힘으로 수습했으리라.

그런데 이번에―― 리치의 가방을 훔친 일만은 장난질을 칠 여유조차 없이 교회 기사에게 동료가 붙잡혔다.

그들은 이것을 어떻게 생각했을까?

신발을 신은 채 현관에서 발을 들이자 나무 바닥이 삐걱거렸다.

밖에서 창문 너머로 보였던 식탁이 놓인 방으로 들어갔다.

곳곳에 어지럽혀진 흔적과 테이블에 엎드린 남성의 모습이 있었다.

등에 자상이 있고, 흐른 피가 푸른 셔츠를 붉게 물들였다.

모르는 남자였다.

스튜드가 고향에 내려온 걸 알고 놀러 온 친구일까?

플럼은 주먹을 쥐고 이를 꽉 깨물었다.

바닥에는 비빈 듯한 혈흔이 있었는데――아마 누군가가 피를 흘린 채 기었으리라――의자에서 시작되어 딱 플럼이 서 있는 방의 출입구를 향해 뻗어 있었다.

희생자는 아직 더 있다.

시선으로 그것을 더듬었다.

붉은 이정표는 그녀를 이끌 듯 복도 안쪽까지 이어졌다.

이 벌은 불합리하다.

원래대로라면 물어서는 안 될 절도죄로 벌을 받았다.

그렇다면 이유 없는 죄로 붙잡힌 동료를 위해서도 보복해야 한다.

그렇게 생각했기에 그들은 동굴에서 플럼과 세라를 가두고 죽이려 했다.

삐걱, 삐걱, 복도를 걸어 다다른 곳은 침실이었다.

플럼은 머뭇거리며 또다시 반쯤 열린 문을 마저 열었다.

끼이이이익—— 녹슨 경첩이 떨리며 울었다.

하지만 죽은 정도로는 부족하다.

왜냐하면 살인은 그들에게 수습할 수 있을 정도의 죄에 지나지 않으니까.

죽인 **정도**로 분이 풀릴 리 없었다.

그래서 죽었지만 목숨 말고도 빼앗는다.

아주 잠시 얽혔을 뿐인, 정말로 단지 그뿐인 인간까지도 끌어들여서.

사고 논리의 해명은 이것으로 끝났다.

나머지는 눈 앞에 펼쳐진 정경과 포개며 답을 대조해볼 뿐이다.

역시.

아니나 다를까.

침대 위에 두 남녀가 쓰러져 있었다.

방은 어두워서 시야가 좋지 못했지만, 그것이 누구인지 정도는 알 수 있었다.

한 사람은 똑바로 쓰러진 노파.

또 한 사람은 그것을 감싸듯 포개진 남성.

스튜드와 그 어머니였다.

방에는 흐른 지 얼마 되지 않은 피 냄새가 생생하게 충만했다.

그들은 아무런 죄도 없다. 그저 플럼네를 재워줬을 뿐, 평화롭게 살던 일반 시민이다.

그런데 욕망으로 가득찬 화신에게 살해되었다.

"아…… 아아아아아……."

일에 끌어들였다는 자책의 마음은 있었다.

하지만 그 이상으로 끓어오르는 시커먼 감정.

"아아아아아아앗, 아아아아아아아아아!"

용서 못 해.

감정을 토해내며 울부짖었다.

사악함에 미쳐 날뛰었다.

하지만 그 근원에 있는 것은 **정의**가 아니었다.

지독하게 이기적인, 애정이라 부르기에는 너무나도 일그러진 **의존**이었다.

즉 시체 때문이 아니라 앞으로 일어날, 혹은 현재진행형으로 일어나고 있을 어마어마한 비극에 대한── 분노.

플럼은 폭발하는 감정에 몸을 맡겨 피로도 잊은 채 스튜드네 집에서 전속력으로 뛰쳐나갔다.

"어, 언니?!"

당황한 세라를 내버려 두고 여관으로 뛰어갔다.

그 녀석들은, 그 녀석들은, 그 녀석들은── 분명 아직 만족하지 않을 것이다.

바닥이 꺼질 정도로 거세게 땅바닥을 밟아 탁탁탁! 발소리를 내며 질주했다.

아무튼 앞으로, 앞으로, 앞으로! 한시라도, 한순간이라도, 조금이라도 빨리!

이 소리로 녀석들은 알아챌 것이다. 그녀도 알아챌 것이다.

하지만 알 게 뭐냐.

도망칠 거면 도망쳐봐라. 저항할 거면 저항해봐라. 어느 쪽이든, 무슨 일이 일어나든, 엎드려 빌어도, 손가락을 잘라도, 얼굴 가죽을 벗기고 신께 참회한대도── 용서할까 보냐.

그것은 플럼이 여관에 도착하기 조금 전에 일어난 일이었다.

밀키트는 두 사람의 귀가를 기다리며 침대 끝에 앉아 있었다.

무료함을 달랠 것도 없고, 완전히 캄캄해진 밖을 돌아다닐 수도 없어서 다만 무미건조한 시간이 지나갔다.

하지만 그녀는 지루하다고는 생각하지 않았다.

이 정도의 방치는 일상다반사였기 때문이다.

발을 버둥버둥 흔들었다.

그것을 멍하니 바라보는데 시계의 긴 바늘이 움직였다.

점심만 챙겨갔으니 저녁까지는 돌아올 예정일 터였다.

하지만 바깥이 캄캄해져도 아직 돌아오지 않은 두 사람 때문에 밀키트는 일말의 불안을 느꼈다.

"……무사하시죠? 주인님, 세라 씨."

그렇게 중얼거리자 괜스레 마음이 술렁였다.

말하지 말 걸 그랬다.

하지만 이미 늦었다.

마음에 박힌 불안의 씨앗은 검은 땅거미로 성장했다.

가슴이 답답해서 저도 모르게 심장 위에 손을 댔다.

쿵쾅, 쿵쾅, 맥박치는 그 녀석은 평소보다 조금 시끄러웠다.

"주인님, 세라 씨……."

밀키트는 두 사람을 생각했다.

그러자 방 밖에서 누군가의 발소리가 다가왔다.

그것도 두 사람의 발소리였다.

그녀는 벌떡 일어나 문으로 총총 다가갔다.

그리고 '주인님을 번거롭게 해서는 안 된다' 생각하여 먼저 문을 열었고,

"주인…… 응?"

모르는 남자가 그곳에 서 있었다.

성인 남성의 커다란 손이 붕대 위로 얼굴을 눌렀다.

"으읍?! 으~읍! 으으~읍!"

입술에 피어싱을 잔뜩 한 그 남자는 사디스틱하게 웃었다.

"이봐, 진짜 할 거야?"

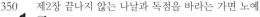

그 뒤에는 얼굴의 오른쪽 절반이 빼곡하게 문신한 남자가 서 있었다.

문신남이 질문하자 피어싱남이 입가를 끌어올리며 대답했다.

"창부치고는 별로지만, 죽은 할망구의 구멍이나 아저씨의 엉덩이를 탐하는 것보다는 낫잖아?"

"억지로 범할 바에야 그냥 죽여."

"그건 어렵겠는데."

그는 "으으~읍!" 하고 날뛰는 밀키트에게 얼굴을 들이댔다.

휘둥그레진 눈은 충혈되었고, 콧김도 거칠었다.

그리고 보다시피 흥분한 모습으로 말했다.

"오랜만에 살인을 해서 발기했어. 이 흥분은 살아 있는 여자를 파괴해야 진정되지! 으하하핫!"

마치 위험한 약이라도 한 듯 목소리가 뒤집혔다.

완전히 위축된 밀키트는 얼굴을 잡은 손에 눌려 후퇴했고, 무릎 뒤가 침대 끝에 닿자 그대로 밀려 쓰러졌다.

저항할 마음이 들지 않을 정도로 힘의 차이는 역력했다.

손을 뿌리치려 해도 꿈쩍도 하지 않았다.

게다가 자신보다 체격이 훨씬 큰 남성이 위에 올라탔다는 공포에 완전히 마음이 꺾여버렸다.

괜히 저항했다가는 무슨 짓을 당할지 모른다.

"어라? 얌전하네? 혹시 이런 데 익숙한가?"

그는 상반신의 셔츠를 벗으며 물었다.

"…………."

"왜 대답이 없어? 대답해. 응, 응, 응? 대~답~하~라~고~! 안 들려?"

피어싱남은 밀키트의 머리카락을 움켜쥐고 들어 올리더니 수차례 반복해서 때렸다.

물론 그런 와중에 남자의 질문에 대답할 수도 없었다. 하지만 그는 침묵하는 그녀에게 분노의 강도를 높여갔다.

그러는가 싶더니── 갑자기 웃는 얼굴로 바뀌었다.

그리고 손을 떼더니 손가락 사이에 얽힌 은색 머리카락을 뗐다.

"미안해. 이 오빠가 흥분하면 금세 여자에게 손을 대거든. 그래서 대개는 죽지. 하지만 그렇게 버둥대며 괴로워하는 여자의 모습을 보는 것도! 죠아♪"

"으…… 으으…….."

"아~아~ 울었어? 하지만 슬슬 대답해줘도 되지 않아? 처녀야?"

밀키트는 조용히 고개를 끄덕였다.

그러자 그는 차가운 표정으로 그녀를 내려다보았다.

"말을 해야 알지."

"……맞아, 요."

"아니, 더 분명하게 말해. 말로, 목소리로!"

"으…… 처녀, 예요."

"목소리가 자아아아아아아아아악아!"

"처녀예요!"

자포자기하듯 큰 소리로 선언하자 남자는 껄껄 웃었다.

"으하하하하하하하핫! 하하하하핫! 여자에게 외설적인 말을 시

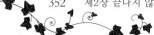

키는 게 제일 재미있어! 어린애도 아니고. 으하하하하핫, 아하하
하하! 하하, 하……하……하.”

하지만 그 웃음소리는 금세 멎었다.

이 대화에 질린 모양이다.

그리고 서서히 허리에 찬 단검을 뽑아 밀키트의 가슴 언저리에
댔다.

웨이트리스복에 칼날을 집어넣고 끌어올리자 쭉 찢어졌다.

피어싱남은 훤히 드러난 브래지어를 보고 말했다.

“이봐, 어떻게 죽을래?”

“죽……?”

“범한 뒤에 말이야. 나로서는 10대의 싱싱한 시체와도 하고 싶
으니 하반신을 망가뜨리지는 않을래. 입에 칼을 박을까, 목에 찌
를까? 아니면 심장으로 편하게 갈까? 배를 칼로 찌르고 빙빙 돌
리는 코스가 좋아?”

죽는 방법을 고르게 해주다니 참 다정하다——고 생각할 리가
없다.

그런 걸 고를 수 있을 리가 없었다.

하지만 꾸물거리면 또 남자의 심기가 불편해져서 머리카락을
움켜쥘 것이다.

한시라도 빨리 대답해야 한다.

“그 싫은 표정은 뭐야?”

“히익…….”

시간제한이 생각보다 빨랐다.

피어싱남의 표정은 격정으로 일그러지며 붉게 물들었다.

정서가 불안정한 모습을 보니 전형적인 정키(약물중독자)였다.

왕도에서 유통하는 불법 약물을 상습적으로 사용하는 게 틀림 없다.

그런 상대에게 상식이 통할 리 없었다.

그의 양손이 밀키트의 목에 감겼다.

"크…… 크흑……!"

"반항적인 태도라니, 갑작스러운 목 조르기 플레이를 바라십니 까아아아아아?! 요즘 처녀는 마니악하구만. 이 오빠, 조숙한 여성 제군이 걱정이네요! 크하하하하하!"

"으아……아…….'

몽롱한 의식 속에서 그녀는 오로지 아직 돌아오지 않은 주인을 생각했다.

◇ ◇ ◇

방까지 다다른 플럼은 어찌 된 일인지 열려 있는 출입구에 고 개를 들이밀고 먼저 그녀의 이름을 외쳤다.

"밀키트!"

세 사람의 눈이 일제히 그녀 쪽으로 향했다.

처음 보는 문신남과 피어싱남, 그리고 그 녀석에게 눌려 침대 에 쓰러진 채 왜인지 목을 졸린 밀키트.

가슴 부분의 옷이 찢어져서 그녀의 비쳐 보일 듯한 하얀 피부

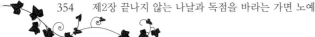

가 노출이 되었다.

네 사람의 시선이 얽혔다.

모두의 움직임이 한 장의 그림처럼 딱 멈추었다.

무슨 일이 일어났는지, 무슨 짓을 하려는지는 생각할 것까지도 없었다.

"주인님……."

밀키트는 연약한 목소리로 살았다는 듯 플럼을 불렀다.

그러자 플럼은 고개를 숙이고 주먹을 쥐어 손톱을 손바닥에 파묻으며 이가 깨질 듯 거세게 악물었다.

──그렇게까지 하지 않으면.

약자를 정복하고 일방적으로 희롱한다.

그렇게 타인을 끌어들여 짐승만도 못한 자위행위밖에 할 수 없다면── 바라는 대로 해주마.

"죽어."

플럼은 자신의 목소리라고는 생각할 수 없을 정도로 온도가 낮은 목소리를 뱉었다.

오른발로 바닥을 박차며 크게 한 발, 두 발.

맨 먼저 반응한 사람은 문신남이었다.

그는 허리에서 칼을 뽑고자 칼자루를 쥐었다──. 하지만 거기까지였다.

플럼은 그에게 다가가 허리를 낮게 낮추고 아공간에서 영혼 사냥꾼을 뽑았다.

흡사 발도술처럼 휘두른 검은 그 날카로운 칼날로 거의 소리도 없이 그의 몸통을 위아래로 쪼갰다.

휘두른 칼날에서는 묻어 있던 미량의 피가 춤췄고, 멈춰 선 피어싱남의 얼굴에 점점이 튀었다.

"돌아오다니, 그럴, 리, 가——."

예상을 뛰어넘는 움직임에 경악한 문신남은 그 말을 끝까지 맺지 못했다.

스르륵 몸이 **어긋나며** 허리에서 옆구리까지 비스듬히 잘린 상반신이 미끄러져 떨어졌다.

바닥에 떨어져 머리를 강타한 남자는 입을 뻐끔거리며 소리 없이 외쳤다.

하지만 그것도 뇌에서 혈액이 사라지기 전까지의 짧은 시간뿐이었다.

금세 움직이지 않게 되어 숨이 끊어졌다.

남은 하반신이 조금 늦게 뒤로 쓰러졌다.

절단면에서 체액 혹은 장기일지도 모를 탁한 액체가 주르륵 쏟아졌다.

"핫……."

살아남은 다른 한 사람.

그는 얼굴에 묻은 액체를 닦더니,

"젠장. 아직 한 번도 못 했다고!"

붉게 물든 손을 보고 분노했다.

하지만 목숨은 아까운지 황급히 창문을 열고 구르듯 밖으로 나갔다.

엉킨 발 때문에 수차례 휘청거리며 피어싱남은 어둠 속으로 사라졌다.

"밀키트, 잠깐만 기다려."

플럼은 그녀에게 그 한 마디를 고하고 창문을 통해 밖으로 나갔다.

"……아."

다정한 주인의 목소리.

하지만 플럼의 눈에는 어둡게 타오르는 살의가 깃들어 있었다.

밖으로 나간 플럼은 좌우로 고개를 돌려 남자의 모습을 찾았다.

"……있다."

그의 모습은 아직 어둠 속에 녹아들지 않았다.

어렴풋하게나마 아직 육안으로도 볼 수 있는 거리였다.

죽여야 할 대상을 발견한 플럼은 영혼 사냥꾼을 한 손에 들고 어둠을 가르듯 달렸다.

남자는 기껏해야 D랭크나 C랭크 모험자 정도의 실력이리라.

도저히 지금의 플럼에게서 도망칠 수 있는 스테이터스가 아니다.

접근하는 발소리를 알아채고 남자는 뒤를 힐긋 돌아보았다.

귀와 입술에 달린 수많은 금속 링이 서로 맞부딪쳐 챙 하고 울렸다.

그는 점점 거리를 좁혀오는 플럼을 보고 공포로 얼굴을 찌푸렸다.

"말도 안 돼. 애송이 처녀 주제에 이 속도는 뭐야! 빌어먹을. 편하게 끝내고 죽여서 범할 수 있는 일인 줄 알았는데! 돈이 들어오면 왕도에서 한동안 실컷 놀려고 했는데?!"

남자는 먼저 목숨을 잃은 동료를 조금도 생각하지 않는 모양이었다.

이런 쓰레기는 죽어야 한다.

"아저씨와 할망구를 더 솜씨 좋게 죽였으면 진즉에 도망칠 수 있었는데!"

"뭐야, 유언이라도 있어?"

어둠 속에서 플럼의 얼굴이 불쑥 나왔다.

"우왓?!"

정신을 차리고 보니 그녀는 남자와 나란히 달리고 있었다.

동료를 죽인 대검이 시야에 들어와, 마치 '언제든 죽일 수 있다'고 자신을 협박하는 듯했다.

이제 도망치기는 어렵다고 판단한 남자는 그 자리에 멈춰서 목숨 구걸이라고도 할 수 없는 허언을 들어놓았다.

"하……하하, 으하하하핫, 아니, 잠깐 기다려. 그렇게 열 내지 마. 딱히 범한 것도 아니잖아. 미수였어. 미, 수. 찢은 옷은…… 그래, 그 정도는 내가 변상할게. 그러니까 괜찮지? 그렇게 기분 나쁜 노예에게 입힌 옷은 어차피 별로 비싸지도 않을 텐데 뭐!"

그리고 익숙한 동작으로 빠르게 바닥에 이마를 댔다.

그것이 그의 처세술이리라.

플럼은 아주 차가운 눈으로 그 녀석을 내려다보았다.

"죽을 만한 짓은 하지 않았어! 실제로 그 아저씨와 할망구를 죽인 건 그 녀석이야. 그 문신한 녀석!"

그는 그 말에 무슨 의미가 있다고 생각했을까?

플럼은 조용히 영혼 사냥꾼을 높게 쳐들었다.

까만 칼날이 어둠에 묻혀서 얼마나 긴지, 언제 덮칠지, 남자는 짐작도 가지 않았다.

그것이 더더욱 죽음에 대한 공포를 증폭시켰다.

"언니, 기달려요!"

당장이라도 검을 휘두를 듯한 상황에, 뒤따라온 세라가 플럼을 말렸다.

살인은 죄다.

설령 오리진교가 아니라도 그것은 세계 공통의 이치다.

그것을 말리는 것은 인간의 선의를 믿는 세라에게 당연한 행동이었다.

"스튜드 씨와 어머님은 살아 계세요! 내가 치료 마법으로 고쳤으니 문제없어요!"

"세라…… 하지만 다른 한 남자는 죽었지?"

"그건…… 그렇지만. 하지만 죽어도 범한 죄를 씻을 수는 없어요! 그 녀석에게는 더 적합한 벌이 있을 거예요!"

그녀의 말은 확실히 옳았다.

살인의 벌은 반드시 사형이 아니다.

게다가 오랜 벌을 받은 죄인 중에는 조금이나마 반성하여 진지하게 사는 자도 있다.

하지만── 틀림없이 그렇지 않은 인간도 존재한다.

"헤…… 헤헤…… 힛…… 히하하하하하하핫!"

피어싱남은 등을 돌렸던 플럼을 제압하고 목에 단검을 들이댔다.

아까까지의 겁먹은 모습은 온데간데없고 입가를 끌어올린 채 세라에게 저속한 미소를 보였다.

"참으로 어리석군! 크으, 거기 있는 아가씨도 나이스 어시스턴트! 이 빌어먹을 애송이를 죽이는 데 도움을 주다니, 수도녀 님! 감사합니다! 살았습니다! 응? 히하하하하하! 이제 끝장인 줄 알았는데 참 착하기도 하지. 이 세상도 아직 쓸 만하네!"

자신이 우위에 섰다.

남자는 그렇게 확신하자마자 거친 태도를 보이기 시작했다.

플럼은 "아……" 하고 말을 잃은 세라에게 말했다.

"세라."

"이봐, 갑자기 수다를 떠는 거야? 내가 이 칼에 살짝 힘만 주면 목에서 피가 솟구쳐서 죽는다고. 상상해보라고. 그래서 오줌을 질질 싸고 울부짖으며 나를 발기시켜봐."

남자는 있는 힘껏 위협했지만, 플럼에게는 통하지 않았다.

그녀의 뇌리에 떠오른 것은, 자신을 팔아넘긴 진과 언젠가의 그 노예상인이었다.

타인의 존엄을 빼앗고도 전혀 양심의 가책을 느끼지 않는 인간도 있다.

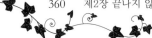

플럼은 생각했다.

그런 인간에게 세라의 자애를 나눠주기는 아깝다고.

"요전번에도 말했지만, 이 세상에는 말이지."

"반성은 하지 않습니까? 그럼 죽여야지 뭐. 괜찮지? 아~ 하지
만 역시 그 전에 꼴사나운 목숨 구걸이 듣고 싶네──."

남자는 단검을 더욱 거세게 들이밀었다.

플럼의 목에 살며시 붉은 선이 떠올랐다.

하지만 그녀는 표정 하나 변하지 않고──.

"반성하지 않고, 깨닫지 못하고, 죽는 게 나은 쓰레기도 있어."

그렇게 부드럽게 세라에게 말하더니 놀랍게도 직접 칼에 목을
박았다.

삐쭉삐쭉한 날이 소녀의 매끄러운 살갗을 가르고 묻혔다.

벌어진 상처에서는 푸슉── 하는 물소리와 함께 다량의 혈액
이 쏟아졌다.

남자는 경악하며 저도 모르게 칼에서 손을 뗐다.

"이, 이 자식…… 그런데도 왜 죽지 않아?!"

플럼은 몸을 앞으로 숙인 뒤, 목에 손을 뻗어 뽑은 그것을 땅바
닥에 내던졌다.

그리고 옷깃을 진홍빛으로 물들이며 돌아보고는 영혼 사냥꾼
을 움직였다.

"이봐, 그만──."

몸을 지키기 위해 반사적으로 앞으로 나온 양쪽 손목이 날아갔다.

피가 분출되었다.

그 양을 보아하니 그냥 두면 곧 죽을 것이다.

하지만 그래서야 미적지근하다. 분노가 가라앉지 않는다.

"악, 아아악! 부, 부탁이야. 그만둬……."

"다른 사람을 죽여놓고 무슨 소리야?"

"그러니까 그게 아니래도. 나는 아직 죽고 싶지 않──."

플럼은 그 볼썽사나운 표정의 낯짝에 대검을 찔렀다.

"목숨 구걸, 잘 들었어."

그의 머리 위쪽 절반이 회전하며 밤하늘을 날았다.

그리고 포물선을 그리며 모래 위에 떨어졌다.

사령탑인 뇌를 잃은 육체는 움찔 경련하는가 싶더니 근육이 이완되며 실금했다.

머리에서는 피를, 하반신에서는 배설물을 흘린 끝에 아주 지저분하게 바닥에 쓰러졌다.

플럼은 칼날에 묻은 기름과 혈액을 한 번 털고 영혼 사냥꾼을 입자로 바꾸었다.

그리고 세라의 옆을 지나 밀키트가 기다리는 여관으로 돌아가려 했다.

엇갈려 지나는 순간, 플럼은 세라의 머리에 손을 턱 얹으며 그녀에게 고했다.

"미안해, 세라. 적어도 나는 이게 옳은 방법이라고 생각해."

원래 그녀는 그런 인간이 아니었다.

그런 인간이 되기를 강요받았다.

그것은 반복적으로 받은 배신과 이 세상에 넘치는 악의를 보아온 끝에 낸 결론이었다.

"언니……."

세라의 목소리는 연약했다.

지금까지 가까이에 있던 플럼이 아주 멀리 가버린 듯한 느낌이
들었다.

여관으로 돌아가는 그녀의 뒷모습이 멀어졌다.

세라는 그것을 쫓지 못하고 한동안 밤하늘 아래에 멈춰 서 있
었다.

◇ ◇ ◇

방으로 돌아가자 불쾌한 죽음의 냄새가 충만했다.

그 안에서 밀키트는 침대 위에 앉아 찢어진 옷으로 가슴을 가
리듯 웅크리고 있었다.

보기만 해도 가슴이 아팠다.

플럼은 밀키트에게 다가가 그녀의 뺨에 손을 댔다.

붕대 너머로 느껴지는 온기에 밀키트는 어두운 표정으로 입을
열었다.

"기껏 사주신 옷을 망가뜨렸어요."

재회하고 처음으로 밀키트에게 들은 말이 그것이었다.

"죄송합니다. 주인님."

사과까지 받았다.

차라리 '더 빨리 구해주길 바랐다'고 원망하는 게 더 편했을 것

이다.

밀키트에게 그것을 바라기는 힘들다는 것을 알면서도 그 사죄의 말은 제법 괴로웠다.

플럼은 바닥을 보며 수차례 고개를 가로저었다.

입술이 떨리고, 가슴에서 뜨거운 것이 솟구쳤으며, 눈동자가 촉촉해졌다.

"그런 사과는 하지 않아도 돼……."

"그럴 수는 없어요. 처음으로 주인님께 받은 소중한 물건인걸요."

"그렇다고 해도! 좀 더, 좀 더 네 몸을 소중히 여기란 말이야! 왜! 왜 옷이 먼저야?! 그건 아니잖아. 가장 중요한 게…… 달리 있잖아……!"

밀키트에게 매달린 플럼은 가슴에 얼굴을 묻고 그녀의 몸을 거세게 안았다.

체온은 있었다.

피가 흐르고 심장이 뛰며—— 살아 있었다.

플럼이 조금만 더 늦게 도착했다면 더럽혀진 채 그것을 잃었을지도 모른다고 생각하자 구역질이 났다.

"주인님, 우세요?"

어깨를 떠는 주인에게 밀키트가 말했다.

"윽…… 그래. 울어. 한심해서, 내 무능함이 혐오스러워서…… 우는 거야."

목소리도 떨렸다.

그런 플럼에게 밀키트는 '어떻게든 해주고 싶다'고 생각했다.

하지만 어떻게 하면 좋을지 몰라서 안아주려고 손을 움직였고── 그 충동에 당황하여 자신의 손바닥을 보았다.

그러고 보니 남자들에게 습격당했을 때도 자신의 안에 자신의 것이라고는 생각할 수 없는 감정이 싹튼 적이 있었다.

자신의 몸에 가치는 없다.

지금까지 몇 명의 주인에게 그런 말을 들어온 밀키트는 그렇게 생각했다.

하지만 지금은 달랐다.

지금의 주인은── 플럼은 그녀에게 자신의 몸을 소중히 여기라고 말했다.

밀키트는 지금도 자신의 몸에 가치가 있다고는 생각하지 않는다.

하지만 이 몸에 상처가 나서 플럼이 슬퍼한다면 그건 매우 슬픈 일이라고 생각한다.

자신이 어떻게 될지는 차치하고 주인이 침울해하는 것이.

그런 모습을 상상하기만 해도 심장이 아파서 눈가의 무언가가 느슨해진다.

"밀키트……."

눈이 새빨개진 플럼이 얼굴을 들고 재차 밀키트와 마주 보았다.

"아아…… 뭐야? 그런 말을 해놓고 역시…… 무서웠구나?"

"무서웠냐고요?"

"눈이 촉촉해. 눈물이 흐르려고 해. 그건 그런 뜻 아니야?"

플럼의 시선 끝에서 보석처럼 아름답고 맑은 눈동자가 흔들렸다.

과연 그것이 **공포**인지는 모르겠지만, 확실히 감정이 흔들리기는 했으리라.

그렇지 않으면 눈물은 나지 않을 것이다.

밀키트는 눈가에 손을 대고 그 손끝이 젖는 감촉을 확인하더니 자신이 느낀 것을 느낀 그대로 말했다.

"노예 주제에 주인님이 구해주시기를 바라는 건 너무 한심한 일이에요. 하지만 무섭다고 느낀 결과인지는 모르겠지만…… 습격당했을 때, 만약 주인님이 구하러 와주신다면 좋겠다고 상상하기는 했어요."

기대한 것은 아니다.

그것은 꿈처럼 덧없는 망상에 지나지 않는다.

"죄송합니다. 한심하다는 걸 알면서 이런 소리를……. 아무래도 주인님께서 상냥하셔서 어리광을 부리게 되나 봐요."

"한심하다고 하지 마! 얼마든지 바라도 되고, 어리광을 부려도 돼. 나도 그걸 이뤄줄 수 있도록 노력할게!"

"하지만 그건……."

"그래도 된다고! 노예와 주인이 아니야. 그게 **나와 너**의 관계야! 아아, 하지만 내가 늦었지? 너를 지키지 못했어……."

"그렇지 않아요. 주인님께서는 틀림없이 저를 구해주셨어요. 오히려 이 옷을 지키지 못한 제가 제일 잘못했지요."

"……정말이지, 또 그런 소리를 하고. 못 말려…… 정마아아알!"

플럼은 지치지도 않고 옷만 신경 쓰는 밀키트를 안은 채 침대 위에 밀어 쓰러뜨렸다.

그리고 뺨과 뺨을 맞비비며 그녀의 귓가에 말했다.

"왕도로 돌아가면 옷을 사러 가자. 원한다면 더 비싼 것도 괜찮아. 알았지?"

"그런 건 아까워요."

"그럼 지금 이 옷을 수선한 뒤에 사도 돼. 많이 사서 많이 입혀줄게. 그러면 알게 되겠지. 중요한 건 옷이 아니라 밀키트 너라는걸!"

"……몰라요."

"지금은 그래도 돼. 그러면 알았다고 말할 때까지 내가 너를 지겹도록 어리광부리게 해줄게. 죽을 만큼 행복하게 해줄게!"

그렇게 말한 플럼은 침대에 얼굴을 묻고 엉엉 울었다.

왜 이렇게 슬픈지 자신도 모를 정도로 머릿속이 엉망진창이었다.

플럼이 이렇게까지 하자 밀키트도 이것이 **자신을 위해 흘리는 눈물**이라는 것 정도는 알 수 있었다.

하지만 역시 이해는 해도 어떻게 하면 좋을지는 알 수 없었다.

누군가가 자신을 위해 울어주는 것.

누군가가 자신을 행복하게 해주고 싶다고 생각하는 것.

주인이 준 경험은 모든 것이 처음이었다.

해답은 찾지 못했다.

하지만 그녀는 자신이 옳다고 생각하는 일을 **자신의 의사로** 선택하고…… 머뭇머뭇 조심스럽게 플럼의 등에 팔을 감았다.

그 행위에, 혹은 충동에 어떤 의미가 있는지는 알 수 없었지만——.

가슴이 따뜻했다.

그것만은 확실한 사실이었다.

수상한 사람이 딸린 염가 상품

플럼은 근처에 불이 켜진 집을 찾아가 그곳에서 나온 여성에게 도움을 구했다.

스튜드의 지인으로 보이는 남성이 살해된 것, 그리고 그 범인은 이미 모험자인 자신이 죽인 것을 솔직하게 털어놓았다.

그러자 그녀는 당황하면서도 자경단을 불러주었다.

그곳에 모인 강건한 남자들은 외부인인 플럼의 이야기에 반신반의하며 스튜드의 집으로 향했다.

애초에 그런 그들도 현장에서 나온 스튜드와 그 어머니—— 즉 피해자 본인의 이야기를 듣자 마지못해 믿을 수밖에 없었지만.

머지않아 식탁에 엎으려 죽은 남자가 밖으로 옮겨졌다.

"제임스……."

스튜드는 들것에 실린 남성을 보고 쓸쓸하게 말했다.

조금 떨어진 곳에서 듣던 플럼은 가슴이 괴로워져서 주먹을 꽉 쥐었다.

하지만 자신도 사건의 당사자 중 한 명이다. 아무것도 모른다며 무관한 체할 수는 없다.

"친구였나요?"

그에게 다가가 물었다.

"응, 소꿉친구야. 내가 돌아왔다고 함께 밥을 먹었지……. 그런데 이런 일이……."

스튜드의 목소리가 떨렸다.

그는 이를 꽉 깨물며 필사적으로 눈물을 참았다.

하지만 저항이 무색하게 물방울이 뺨을 타고 턱에서 떨어졌다.

그것을 얼버무리듯 그는 굵은 팔로 눈을 벅벅 문질렀다.

"이거 미안하네. 플럼. 한심한 꼴을 보였어."

"아니에요……. 죄송해요. 스튜드 씨. 저 때문에 그 녀석들이……."

"그건 아니야. 너희가 오지 않았다면 나도 어머니도 진즉에 죽었을 거야. 감사는 해도 나무랄 이유는 절대로 없어!"

"하지만……."

"고마워. 도와준 데다 원수까지 갚아줘서!"

스튜드는 그렇게 말하며 플럼의 등을 거세게 두드렸고, 자경단과 이야기하는 어머니의 곁으로 향했다.

하지만 플럼이 그것으로 납득할 리 없었다.

그녀는 고개를 숙여 메마른 모래바닥을 멍한 눈으로 빤히 바라보았다.

◇ ◇ ◇

그 뒤, 문신남과 피어싱남의 무참한 시체는 마대자루에 담겨 숲에 버려졌다.

마을 사람이 죽은 그들을 심판할 수단은 없지만, 그 유해를 난폭하게 다루어 괴로운 마음을 달래려 했으리라.

곧 야생 동물이 살점을 먹을 것이고 흙으로 돌아갈 것이다.

세라는 그날 내내 줄곧 침울한 모습이었다.

하지만 이튿날 아침, 그녀는 제임스의 장례를 맡게 되었다.

에니치데에는 신부도 수도녀도 없다.

그토록 침울했는데도 불구하고 그녀는 아주 침착한 모습으로 역할을 완수했다.

맡은 이상, 그 일에 집중한다.

어리지만 책임감이 강한 세라이기 때문에 가능한 일이이라.

솔직히 플럼은 자신이 이 장례식에 참석해야 할지 직전까지 망설였다.

모두가 제임스의 죽음에 눈물을 흘리며 한탄했다.

하지만 플럼은 오히려 밀키트의 몸이 무사한 것에 안도했을 정도다.

그런 자신이 이 자리에 설 자격은──.

"나도 참 매정하네."

장례식이 진행되는 가운데 아무에게도 들리지 않도록 플럼은 중얼거렸다.

자기 혐오였다.

아무리 인연이 없는 사람의 죽음이라지만 원인을 만든 장본인인 주제에.

그토록 노예인 자신들에게 잘해준 스튜드를 배반했는데.

입술을 깨문 주인을 보고 옆에 있던 밀키트는 그녀의 옷자락을 꽉 잡았다.

위로해주려 한 것일까?

플럼은 그것을 알아채고 문득 표정을 풀며 속삭였다.

"고마워."

그리고 밀키트의 손을 잡더니 살며시 손가락을 얽었다.

아무리 그래도 장례식 중에 손을 잡는 눈에 띄는 행동을 할 수는 없었다.

하지만 이것만으로도 확실히 체온은 느껴졌다.

살며시 맞닿은 온기에 두 사람은 자연스레 미소 지었다.

장례식 다음 날, 예정대로 낮에 마차는 에니치데로 돌아왔다.

플럼, 밀키트, 세라, 이렇게 세 사람은 짐차에 짐을 싣고 마을 사람들에게 작별을 고했다.

스튜드는 아직 한동안 마을에 남을 모양이라 그와도 여기서 헤어지게 되었다.

그는 세라에게 장례식에 대한 감사의 뜻으로 돈 봉투를 주었다.

하지만 물론 그녀는 받지 않았다.

자신이 조금이나마 가해자라는 죄책감이 있었으리라.

데인의 부하를 끌어들인 것은 다름 아닌 자신들이니까.

여기서 돈을 받으면 엄청난 자작극이 아닌가.

범인이 악명 높은 모험자의 부하인 것도, 그리고 플럼을 따라 이 마을에 온 것도, 모두 어제 이야기했다.

그런데도 마을 사람들은 그녀들을 나무라지 않았다.

오히려 범인에게 벌을 줘서 감사하다고까지 했고, 험한 꼴을

당할 뻔한 밀키트를 진심으로 염려해주었다.

이 마을 사람들은 틀림없이 선량하다.

세 사람은 그 따스함에 감사하며 마차에 올라 마을을 떠났다.

세라는 눈을 가늘게 뜨고 멀어지는 마을의 풍경을 공허한 표정으로 바라보았다.

◇ ◇ ◇

마차는 수 시간을 달렸다.

플럼 일행의 사이에 대화는 전혀 없었다.

특히 세라는 생각하는 바가 있는지 줄곧 생각에 잠겨 타인과 의사소통을 할 상황이 아닌 모양이었다.

플럼도 그런 그녀를 보며 넉살 좋게 행동할 기분은 들지 않았다.

밀키트는 평소와 다르지 않은 모습이었지만, 주인에게 맞추는지 평소보다 더 조용했다.

메마른 평지를 빠져나가 초원으로 접어들었다.

상쾌한 바람이 세 사람의 뺨을 스쳤다.

세라는 뺨을 간질이는 금색 머리카락을 손가락으로 쓸어 올렸다.

"……언니, 나는 계속 생각했는데요."

흘러가는 녹음의 물결을 바라보며 그녀가 말했다.

"역시 잘 모르겠어요. 무엇을 믿어야 하고, 무엇을 의심해야 할지요. 나는 주변머리가 없어서 믿기로 했으면 다 믿고 싶고, 의심할 거면 다 의심하거든요."

세라는 아직 열 살이다.

선악의 선별, 옳고 그름의 취사선택.

어리기 때문에 아직 그것들을 개별적으로 분류해서 생각하지 못한다.

"그거면 됐어."

당당하게 말할 수 있는 입장은 아니라고 마음속으로 자조하며 플럼이 말했다.

"하지만…… 나 때문에 언니는 그런 꼴을 당했어요……."

"그 정도……라고 말하는 것도 감각이 마비된 것 같아서 싫지만, 뭐, 목의 상처는 직접 찌른 거나 마찬가지고, 이렇게 살아 있으니 너무 신경 쓰지 마."

플럼은 웃으며 말했다.

세라의 마음이 편해지도록 일부러 가볍게 말한 부분도 있었다.

실제로 목에 칼이 꽂힌 건 제법 아팠고, 지금도 떠올리면 상처 언저리가 근질거리지만.

"게다가 젊은이는 많은 고민을 해봐야 한다는 게 내 생각이야."

노인 같은 그 말에 세라는 저도 모르게 뿜었다.

"그게 뭐예요? 언니랑 나는 여섯 살밖에 차이 나지 않는데요?"

"그 나이에 여섯 살은 차이는 크다고. 얌전히 언니 말을 들어."

"음, 어째 석연치 않네요."

불만스레 입술을 비뚜름하게 다문 세라였지만, 그 표정을 뒤덮은 그림자는 제법 옅어진 모양이었다.

자신 때문에 플럼이 다치고 말았다.

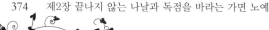

그 자책감이 플럼의 말과 미소로 조금이나마 옅어진 것이리라.

고민은 끊이지 않는다.

하지만 비관적으로 생각할 필요는 없다.

아직 세라가 어른이 되려면 멀었으니까.

플럼의 말대로—— 많이 고민할 수밖에 없다.

적어도 지금의 그녀에게는 그것이 아직 허락된다.

세라가 마침내 원래의 밝은 모습을 되찾자 마차의 분위기는 단숨에 좋아졌다.

대화가 무르익었고, 갈 때보다도 세 사람의 거리가 줄어든 만큼 시답지 않은 대화에도 즐거운 분위기가 감돌았다.

배가 고프면 에니치데에서 산 재료로 밀키트가 만든 점심을 먹었고, 배부른 세라와 밀키트가 각각 플럼의 허벅지와 어깨에 기대 잠들었다.

베개가 된 당사자는 그런 두 사람을 흐뭇하게 지켜보았다.

솔직히 무거웠지만, 견딜 수 없을 정도는 아니었다.

마차의 진동조차 지금은 편안했다.

이윽고 밀착된 체온으로 유발된 따뜻한 졸음이 플럼을 감쌌다.

그녀도 머리를 앞뒤로 까딱이며 꾸벅꾸벅 졸았다.

그리고 플럼도 의식을 놓았다.

모두가 잠에 빠지자 말발굽이 땅을 밟는 소리와 바퀴 소리, 그리고 희미하게 새근거리는 소리만이 주위에 울려 퍼졌다.

왕도까지의 여로는 순조롭게 이어졌다.

예정대로 도착하자 마차는 리치의 저택이 있는 동구에서 세 사람을 내려주었다.

플럼은 모두와 함께 의뢰 보고를 하러 갈 셈이었지만, 아무래도 세라와는 여기서 헤어져야 할 모양이었다.

"내가 가면 리치 씨는 아마 보수를 주려 할 거예요."

입장상 세라는 그걸 받을 수 없었다.

하지만 거절하기도 힘드니 차라리 얼굴을 비치지 않는 게 낫다는 모양이다.

"중앙구의 교회에 소속되어 있으니 만약 플럼 언니와 밀키트 언니가 내게 용건이 있으면 그쪽으로 오면 돼요. 제게 밥을 대접하겠다는 이야기는 잊지 않았어요. 그럼 기대할게요!"

그렇게 말하고 손을 붕붕 흔들며 씩씩하게 교회로 돌아갔다.

플럼과 밀키트는 그녀의 모습이 보이지 않게 될 때까지 손을 흔들었다.

그리고 그녀와 헤어진 뒤 플럼은 고개를 옆으로 풀썩 쓰러뜨렸다.

"주인님, 왜 그러세요?"

"중앙구였구나 싶어서. 만난 곳이 서구였으니 근처의 교회에 있을 거라 생각했거든."

하지만 생각해 보면 그렇게까지 재능이 풍부한 소녀가 치안이 나쁘고 주민의 신뢰도 두텁지 않은 서구의 작은 교회에 산다고는 생각하기 어렵다.

조직으로서도 그렇게 재능이 넘치는 소녀라면 좋은 환경에서 키우고 싶을 테니까.

"뭐, 생각해봤자 소용없지. 리치 씨도 기다리고 있을 테니 얼른 키아라리를 주러 가자."

"네, 그래요."

리치가 그랬듯, 어디에 살든 서구에 볼일이 생기는 일 정도는 있을 것이다.

플럼은 너무 깊게 생각하지 않고 고급주택이 즐비한 동구 중에서도 제법 큰 쪽으로 분류되는 저택으로 다가갔다.

우연히 지나친 귀족이 그녀의 뺨과 밀키트의 붕대를 보며 노골적으로 얼굴을 찌푸렸고, 종자에게 무언가를 속삭였다.

왕도 내에서 치안이 좋은 동구 사람에게는 들짐승 같은 노예가 주인도 없이 걷는 것만으로도 눈썹을 찌푸릴 법한 사태이리라.

하지만 플럼과 밀키트는 딱히 신경 쓰지 않았다.

어차피 늘 있는 일이다.

저택의 문 앞에 서자 옆에 선 병사가 플럼에게 말을 걸었다.

"무슨 볼일이십니까?"

아까 그 귀족과 달리 행동거지는 정중했다.

두 사람을 보고 싫은 표정을 짓지도 않았다.

"리치 씨에게 의뢰를 받은 플럼이라고 합니다. 말씀을 전해주시겠어요?"

"아아, 당신이 플럼 씨군요? 주인님께 이야기는 들었습니다. 안으로 들어가시지요."

그는 그렇게 말하고 시원스레 문을 열더니 그녀들을 저택 안으로 들였다.

하지만 리치의 저택은 정원도 넓어서 현관이 보이기는 하지만 다소 거리가 있었다.

흐드러지게 핀 꽃들에 마음을 빼앗겼다가는 순식간에 헤맬 것 같을 정도였다.

두 사람은 똑바로 걸어가 쌍바라지 문 앞에 섰다.

그러자 옆에 있는 벽에 공 모양의 마력구동식 스위치가 박혀 있었다.

플럼이 그 수정을 만져 미량의 마력을 흘려보내자 저택 안에서 벨 소리가 났다.

"그 스위치는 어떤 구조로 움직이는 걸까요?"

밀키트는 신기한 듯 플럼의 손을 엿보았다.

"마력에 반응해서 붙고 떨어지는 광석이 있어서 그 조합으로 움직인다는 것 같아."

"그렇군요. 주인님은 박식하시네요."

"학교에서 배웠을 뿐이지, 별거 아니야."

"아니요. 주인님은 대단하세요."

밀키트가 플럼에게 보내는 신뢰는 순조롭게 잘 자라고 있었다.

정말로 별거 아닌 지식에 쓸데없이 칭찬을 받아 플럼은 저도 모르게 빨개진 뺨을 손가락으로 긁적였다.

어디까지나 일반상식 수준의 교양이다.

하지만 교육을 받지 못한 밀키트에게는 처음 듣는 이야기이자,

지적 호기심을 간질이는 내용이었으리라.

게다가── 애초에 이런 의문을 품어도 지금까지의 주인은 대답해주지 않았고, 단념한 그녀는 아예 물으려고도 하지 않았다.

조금씩 인간다운 마음을 되찾고 있으리라.

그 뒤에도 흥미진진하게 수정을 관찰하는 밀키트를 보고 플럼이 흐뭇하게 있는데 저택의 문이 열렸다.

문 안에서 나온 초로의 집사는 두 사람의 얼굴을 보고 "기다리고 있었습니다"라며 정중하게 머리를 숙였다.

그리고 그에게 안내받아 객실로 향했다.

저택에는 두 번째 들어왔는데, 여전히 크고 현란했다.

현관을 지나 가장 먼저 눈에 들어온 것은, 넓고 천장이 탁 트인 입구였다.

애당초 개인 주택에 입구라는 개념이 존재하는 시점에 리치가 다른 세상 사람이라고 통감할 수 있었다.

천장에는 이렇게 화려한 저택에 반드시 있는 샹들리에가 매달려 있었다.

올려다본 플럼은 "우와~" 하고 얼빠진 목소리를 내며 감탄했다.

바닥에 깔린 융단도 신발로 밟기가 미안할 정도로 선명한 색과 모양이었고 촉감도 좋았다.

벽에 걸린 그림은 문외한의 눈에도 죄다 멋졌고, 구석에 놓인 꽃병과 단지도 아마 그것만으로 서구나 중앙구에서는 집 한 채를 살 수 있을 정도의 고급품일 것이다.

안내받아 계단을 오르자── 나무난간을 아주 정성껏 닦았는지 얼굴이 비칠 정도로 광택이 났다.

손을 대어 지문을 묻히기가 미안해서 두 사람은 그것을 만지지 않고 올라갔다.

난간의 종착점에는 세밀한 조각이 되어 있어서 사소한 부분에서도 고급스러움이 느껴졌다.

밀키트는 그 조각에 흥미가 있는지 돌아보면서까지 관찰하려 했다.

2층으로 올라가 복도를 나아가자 바로 객실이 나왔다.

플럼이 손잡이가 달린 의자에 앉자 상상 이상으로 폭신한 감촉이 느껴졌다.

벌써 두 번째 앉지만, 그녀는 저도 모르게 "우오오" 하고 소리를 냈다.

밀키트는 시중을 들 듯 플럼의 비스듬히 뒤에 섰지만, 그런 그녀에게 "명령이야"라며 억지로 앉혔다.

밀키트는 어쩐지 미안한 표정을 지었지만, 플럼은 "말하지 않아도 앉으면 좋을 텐데"라며 쓴웃음을 지었다.

리치가 찾아오기 전까지는 집사가 두 사람을 챙겼다.

쓸데없이 좋은 향기가 나는 허브차와 손이 멈추지 않을 정도로 맛있는 과일이 박힌 과자를 먹고 있자 '아예 이대로 두 시간쯤 기다려도 좋겠다'는 생각이 들었다.

하지만 10분 뒤, 그가 방에 모습을 드러냈다.

리치의 이마는 땀으로 빛났기에 직전까지 바쁘게 돌아다녔다고 짐작할 수 있었다.

그렇게까지 해서 시간을 내주다니——. 그만큼 아내의 병을 고칠 약초를 고대하는 것이리라.

"오래 기다리셨습니다. 플럼 씨, 밀키트 씨. 이런. 세라 씨는 요……?"

"볼일이 있다며 먼저 교회로 돌아갔어요."

"그렇군요. 아쉽네요. 다음에 다시 감사 인사를 드리러 가야겠군요."

그는 그렇게 말하며 주머니에서 손수건을 꺼내어 이마를 닦은 뒤 맞은편 의자에 앉았다.

그리고 참을 수 없다는 듯 플럼에게 물었다.

"그나저나 키아라리는요?"

플럼은 바닥에 둔 자루에서 더 작은 자루를 꺼내어 그것을 리치에게 건넸다.

그것을 받은 그는 즉각 내용물을 확인했고—— 만면에 미소를 지었다.

"오오, 이게 바로……!"

어지간히 기쁜지 눈가에는 눈물이 맺혔다.

크게 감동하여 제대로 말이 나오지 않는지 자루 속을 본 채 한동안 굳었다.

마침내 요동치는 고동이 잦아들자 이번에는 플럼 쪽을 보며 둘 사이에 있는 테이블에 깊게 이마를 대고 말했다.

"감사합니다! 이걸로, 이걸로 마침내 아내를 구할 수 있겠어요……! 정말로 아무리 감사를 드려도 부족할 정도입니다!"

상상 이상의 감사에 플럼은 당황했다.

"고개를 드세요. 리치 씨. 저희는 부탁받은 의뢰를 완수했을 뿐이에요."

"그래도요! 지금까지 아무리 찾아도 구할 수 없던 약초였는데. 그렇게 우연한 만남이 이런 결과를 낳다니 그야말로 기적이에요!"

나름대로 고생도 했지만—— 거기서 일어난 일을 말할 생각은 없었다.

"그래서 보수 말인데요, 플럼 씨가 원하는 것을 뭐든 하나 말씀해주세요. 가능한 것이라면 뭐든지 드리겠습니다."

"음…… 갑자기 그렇게 말씀하셔도……. 밀키트, 뭐 갖고 싶은 거 있어?"

"제게 물으셔도 곤란해요."

"그렇지? 평범하게 돈을 주시면 안 될까요?"

"그것도 상관없습니다. 얼마든지 드리지요."

정말로 얼마든지 받을 수 있을 것 같아서 플럼은 조금 두려워졌다.

여기서는 오히려 원하는 것을 순순히 말하는 편이 낫지 않을까?

그렇게 결론짓고 우선 현재 필요한 것을 제안했다.

"맞다! 서구에서 활동 거점이 될 집을 얻고 싶어요. 어디 좋은 곳이 없을까요?"

"서구에서요?"

왜 그렇게 치안이 나쁜 곳에? 리치는 그렇게 생각했으리라.

그의 조력을 얻으면 중앙구에서…… 아니, 어쩌면 동구에서도 집을 찾을 수 있을지 모른다.

하지만── 플럼에게 도망칠 생각은 없었다.

데인에게 받은 빚을 반드시 갚고야 말겠다.

그렇게 굳게 결심했다.

눈을 보며 그녀의 의지가 확고하다고 짐작한 리치는 박수를 짝 쳤다.

"그렇다면 딱 좋은 **물건**이 있습니다!"

"……여기지?"

"……여기죠?"

플럼과 밀키트는 건네받은 서류에 적힌 곳에 멈춰 섰다.

"나는 당연히 방 한 칸 정도를 생각했는데."

"저도요."

"설마, 이걸, 다……."

"서류를 보아하니 그런 것 같아요."

곤혹스러웠다.

확실히 좋은 곳이 없냐고 물어봤고, 이곳은 서구에서도 중앙구에 가까워 비교적 치안이 좋은 곳이기는 하지만.

그래도 설마──.

"아니, 이건 집 한 채잖아?!"

──2층짜리 목조 주택을 마련해줄 줄은 상상도 못 했다.

자세히 보니 서류 속에는 토지 권리서로 보이는 것도 섞여 있었다.

리치가 말하기를,

「이전에 땅을 전매하던 무렵에 팔다 남은 곳이니 부담 없이 쓰세요.」

라고 했다.

게다가 「이것만으로는 보수로 적으니」라며 플럼에게 금화가 든 자루도 건넸다.

또한 「최소한 세라 씨께도 이 정도는 드려야죠」라며 고급스러운 인챈트가 붙은 반지까지 플럼에게 맡겼다.

지금이라도 자신의 몫만은 돌려주고 싶은 기분이었지만, 그럴 수도 없으리라.

그 정도로 그의 감사하는 마음이 깊다는 뜻이다.

"그냥 받으시면 되잖아요. 주인님은 다치고, 힘들고, 노력했으니 그 대가라고 생각하세요."

"고생하기는 했지만 이렇게까지는 좀."

"저는 이렇게까지 할 만하다고 생각해요."

"……그런가?"

보수는 의뢰를 받은 사람이 정하는 게 아니다.

리치가 그것으로 만족한다면 기분 좋게 받는 것도 모험자의 의무이리라.

"그럼 우선 안으로 들어갈까?"

"네."

현관문을 열고 집 안으로 들어갔다.

한동안 사용하지 않아서 먼지와 거미줄이 한가득하여 참담한 모습을 상상했는데──,

"어라? 의외로 깨끗하네."

"그러게요. 마치 누군가가 살았던 것 같아요."

그렇다. 집 안은 의외로 깔끔했다.

테이블과 찬장, 침대 등, 최소한의 가구는 갖춰져 있는 모양이라 당장 살 수 있을 것 같았다.

어쨌든 두 사람은 새로운 집에 가슴 설레며 1층을 탐색했다.

주방, 거실, 객실, 화장실, 욕실──. 어쩌면 시골에 있는 본가보다 호화로운 집이라 플럼의 마음은 요동쳤다.

하지만 그때, 아무도 없을 터인 2층에서 삐걱삐걱 소리가 들렸다.

"작은 동물이라도 있는 걸까요?"

밀키트가 말했다.

하지만 그런 것치고는 소리가 컸다.

현관문은 잠겼지만, 누군가가 창문을 멋대로 부수고 침입했을 가능성은 있었다.

도둑일까? 아니면 불법으로 침입한 무뢰한이거나──. 플럼은 불안하게 눈동자가 흔들리는 밀키트의 손을 잡고 자신이 앞장서서 머뭇머뭇 계단을 올라갔다.

2층도 깔끔하게 청소되어 있어서 역시 방치되었다고는 생각할 수 없었다.

"누군가가 살고 있어……."

플럼은 그렇게 확신했다.

"그럴 수가. 마음대로요?"

"서구이니 그 정도는 있을 법한 일일지도 모르지."

문 너머에 있는 누군가에게 들키지 않도록 작은 목소리로 소곤소곤 대화를 나누었다.

그리고 플럼은 금속 문고리에 손을 뻗어 잡았다.

손바닥에 전해지는 차가운 감촉이 긴장감을 부추겼다.

마른침을 꿀꺽 삼키며 힘을 꽉 주고 문고리를 돌렸고── 되도록 소리를 내지 않도록 문을 열었다.

그녀들이 그곳에서 본 것은──,

"……이건 안 돼. 그럼 이건……. 우와, 냄새가 지독해. 실패인가? 맛은 심하지만 성분은 잃지 않았어."

의자에 앉아 수상한 약품을 섞으며 중얼거리는 소녀의 모습이었다.

흰색의 딱 달라붙는 보디슈트를 입었고, 실내에는 의문의 구체가 둥실둥실 떠다녔다.

그리고 실내인데 어찌 된 일인지 챙 넓은 에냉을 쓴 그녀는 플럼이 아는 인물과 많이 닮았다.

그보다 이런 특징적인 차림을 한 인물은 한 명밖에 없다.

"어…… 어라? 혹시……."

"응~? 누구야?"

그녀는 나른한 목소리와 함께 돌아보았다.

얼굴을 본 플럼은 다시금 확신했다.

그리고 큰 목소리로 그녀의 이름을 불렀다.

"에, 에타나 씨?!"

그렇다. 그녀가 바로 마왕 토벌 여행에 참가한 영웅 중 한 명이자 플럼에게 초보적인 약초 지식을 가르쳐준―― '영원한 마녀' 에타나 린바우였다.

왜 이런 곳에 사는지, 여행은 어떻게 되었는지, 궁금한 게 많았지만, 오히려 묻고 싶은 게 너무 많아서 무슨 말을 하면 좋을지 알 수 없었다.

입을 떡 벌리고 경악하는 플럼을 보고 에타나는,

"아, 플럼이네."

라며 느긋하게 말했다.

마이 스위트 홈

플럼은 입을 떡 벌린 채 얼어붙었다.

밀키트는 안절부절못하며 방에 사는 수상한 자와 주인의 얼굴을 교대로 보았다.

그리고 당사자인 에타나는 일어서서 플럼에게 걸어오더니 뺨에 손을 대고 얼굴을 코앞까지 들이댔다.

"이게 뭐야?"

에타나가 보는 것은, 플럼의 뺨에 새겨진 노예의 인이었다.

그녀의 기억 속에 있는 플럼에게는 이런 것이 없었다.

"고향으로 돌아갔을 플럼이 여기에 있는 것도 이상한 이야기야. 하지만 이건 더 이상한 이야기네. 이게 뭐니?"

그녀의 목소리는 조금 화가 난 듯했다.

물론 플럼에게 향한 것은 아니지만, 얼어붙은 듯 날카로운 시선에 플럼의 위장이 죄어들었다.

사실은 가장 먼저 "에타나 씨가 왜 여기 계세요?"라고 묻고 싶었지만, 그럴 때가 아니었다.

"누가 이런 짓을 했어? 왜 이렇게 된 거야?"

"에타나 씨는…… 아니, 에타나 씨 이외에도 모두가 알고 계시잖아요?"

"뭘?"

"제가 너무 쓸모없어서 진 씨가 팔아넘겼고…… 그, 노예가 된 것을요."

플럼이 말하자 에타나는 한동안 침묵한 뒤 어깨를 늘어뜨리고 크게 한숨을 쉬었다.

"그 자존심만 센 땅딸보에 어쭙잖은 동정 마술사 놈……!"

그녀의 입에서 거의 들어본 적 없는 욕설이 쏟아져 나왔다.

정말로 동정인지 어떤지는 젖혀두고서라도, 플럼은 누구를 말하는지 대강 짐작이 갔다.

"혹시 모르셨나요?"

"알 리가 없잖아? 알았으면 모두가 말렸지!"

에타나가 그렇게 단언하자── 플럼은 줄곧 가슴 언저리에 맺혔던 검은 안개가 걷히는 느낌을 받았다.

마음이 가벼웠다.

구원받았다는 말이야말로 그녀의 지금 이 상황을 일컫는 것이리라.

"가디오도 플럼이 없어져서 아쉬워했고, 키릴은 침울해서 싸움에 집중하지 못했어."

"가디오 씨나 키릴도……."

줄곧 자신을 챙겨준 가디오는 그렇다 치더라도 자신을 미워하는 줄 알았던 키릴까지.

자신이 쓸모없었다는 사실이 변한 건 아니지만── 안식처는 아직 남아 있었다.

슬프다거나 기쁘다거나 하는 폭발적인 감정의 변동은 없었다.

하지만 본인도 자각하지 못할 정도로 자연스레 뺨에 한줄기 눈물이 흘렀다.

손으로 만지고서야 그것이 자신이 흘린 눈물인 걸 깨닫고 플럼은 웃었다.

"미안해. 플럼. 진이 고향으로 돌아갔다고 말했을 때 의심해야 했어. 노예가 되어 하루하루가 힘들었겠구나."

늘 내키는 대로만 행동하는 에타나가 웬일로 어두운 표정을 지으며 미안한 듯 말했다.

플럼은 수습하듯 밀키트의 손을 끌어 자신의 옆에 세우고 말했다.

"덕분에 밀키트와도 만날 수 있었으니 나쁜 일만 있었던 건 아니에요."

밀키트는 내심 안도했다.

두 사람의 관계는 서로 안식처가 없었기 때문에 성립된 것이었다.

그런데 플럼에게 '용사 파티'라는 안식처가 생기면 자신의 공간이 없어질 것 같았다.

하지만 '아아, 그렇구나. 주인님은 그런 사람이구나' 하고 새삼스레 통감했다.

이 사람이 자신을 버릴 일은 없을 거다──. 그런 일종의 자신감이 밀키트의 안에 생겨나기 시작했다.

"이 아이의 얼굴은 무스타르드독이야?"

"과연 에타나 씨네요. 붕대로 감았는데도 아셨네요?"

"알기 쉬운 부류의 독이니까. 그나저나 취미 한번 지독하네. 약으로밖에 치료할 수 없다고 여자애에게 이런 독을 쓰다니."

"맞다! 에타나 씨께 부탁드릴 게 있어요."

"뭐든 말만 해."

"그럼 필요한 걸 가져올게요!"

플럼은 짐을 둔 1층으로 바삐 내려갔다.

금방 돌아올 테지만, 에타나와 밀키트는 일시적으로 단둘이 남았다.

"플럼은 참 좋은 애지?"

에타나가 갑자기 말을 걸자 밀키트는 당황하면서도 대답했다.

"……네? 아, 네. 정말 멋진 주인님이세요."

"그래. 그렇게 좋은 아이를 팔다니, 사실은 지금 당장이라도 진을 패주러 가고 싶지만, 공교롭게도 어디 있는지 몰라. 게다가 지금의 나는 그 녀석의 사는 왕성에 멋대로 드나들 수 있는 입장도 아니고."

진심으로 분한 표정을 짓는 에타나의 모습에 밀키트는 어쩐지 기뻤다.

자신의 주인은 영웅에게도 사랑받는 사람이라며.

"그 아이에게는 사람을 끌어당기는 힘이 있어. 아마 진이 질투한 건, 그게 자신에게 없기 때문일 거야. 천재인 그는 그걸 허용하지 못했지."

"주인님을 노예로 만든 사람이요?"

"그래. 어쭙잖은 데다 동정이고 성가신 녀석이야."

"아하하……."

어지간히 싫어하는지 진에 대한 욕설만큼은 거침이 없었다.

"너도 플럼과 함께 있으면 분명 괜찮을 거야."

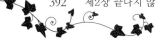

"적어도 주인님이 저를 버리기 전까지는 함께 있을 생각이에요."

"그럼 평생 평안하겠네. 플럼은 절대로 버리지 않을 테니까."

"그럴까요?"

"그래. 틀림없어. 왜냐하면——."

에타나가 무슨 말을 하려던 때, 플럼이 계단을 뛰어 올라오는 소리가 들렸다.

본인의 앞에서는 하기 힘든 말인지 대화는 거기서 중단되었다.

"이거예요!"

플럼은 가져온 두 종류의 약초 다발을 에타나의 손에 쥐여주었다.

"무스타르드독의 해독제 재료?"

"주인님, 어느 틈에 그런 걸?!"

"키아라리를 채취할 때 찾았거든. 원래 그 약초 자체는 그리 드문 게 아니니까 어쩌면 찾을 수 있을지도 모른다고 기대했어."

가장 큰 문제는 약사를 찾는 일이다.

리치의 경우에는 아무래도 검은 경로를 이용하여 약사만은 찾은 모양이지만, 아무리 그래도 '그 참에 이것도 부탁합니다'라고는 말하기 어려워서 어떻게 해독제를 만들지 고민했다.

차라리 직접 방법을 찾을까—— 하는 생각도 했지만 에타나와 만나면 모든 문제는 해결된다.

"알았어. 바로 만들게. 세 시간 정도 필요해."

"그 정도면 되나요?"

"나잖아."

어쩐지 강렬한 설득력이 있는 그 말에 플럼은 납득할 수밖에 없었다.

에타나도 집중하고 싶을 테니 두 사람은 방에서 나가기로 했지만―― 중요한 질문을 빼먹은 것을 깨닫고 플럼은 말을 멈추었다.

"그러고 보니 에타나 씨, 왜 여기에 계세요? 마왕 토벌은 어쩌시고요?"

"네가 사라지는 바람에 재미가 없어서 빠져나왔어."

"네……? 그렇게 쉽게 빠져나올 수 있나요?!"

"네가 '고향으로 돌아가고 싶다'며 빠져나갔으니 내가 빠져나오지 못할 이유는 없지. 그리고 이 집은 지나가다 우연히 괜찮은 빈집이 있기에 빌린 거고."

플럼은 쓴웃음을 지었다.

아무리 에타나라도 그런 이유로 빈집을 쓰기에는 무리가 있다.

"에타나 씨, 그게 불법 침입이라는 거예요."

"그러니까 이렇게 집세 대신 일하잖아."

"알고는 계시는군요……."

"그래. 하지만 여기가 좋았어. 아, 꼭 나가라고 하면 나가겠지만."

"그럴 생각은 없어요. 오늘부터 이 집의 주인은 저니까 마음껏 사용하세요."

"고마워."

"별말씀을요."

"그런데 플럼, 나도 궁금한 게 있어."

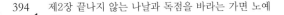

"뭐가 궁금하신데요?"

없을 리가 없다.

노예가 된 것도 놀랍지만, 또 한 가지 무시할 수 없는 **인**을 발견했기 때문이다.

"그 손등에 있는 건 에픽 장비야? 생각해보면 싸울 힘이 없는 네가 어떻게 이 집을 얻었는지 의문이야."

"아아, 이건 말이죠……. 사실 제 반전이라는 능력이 저주받은 장비의 스테이터스 감소를 반전시키는 모양이에요."

에타나는 한순간 놀란 표정을 짓더니 턱에 손을 대고 "그렇군" 하고 중얼거렸다.

"설마 그런 시스템일 줄이야."

"저도 우연히 발견했지만요. 하지만 덕분에 모험자로서 살 수 있을 정도는 되었어요."

플럼은 기쁜 듯 말했다.

한편, 에타나는 복잡한 심경이었다.

확실히 모험자라면 노예 신분이라도 돈을 벌 수 있을 것이다.

하지만 항상 위험이 도사리는 변변한 일이 아니다.

"모험자 일이라면 나도 도울게. 무슨 곤란한 일이 생기면 상의하도록 해."

──뭐, 불안하다면 지키면 될 뿐이다.

에타나에게는 그럴 만한 힘이 있다.

"감사합니다. 혼자서 도저히 손을 쓸 수 없으면 그럴게요."

플럼은 에타나와 대화를 마치고 이번에야말로 밀키트와 함께 방을 나섰다.

계단을 내려가는 소리가 난 뒤 2층에 아무도 없다는 것을 확인한 에타나는 툭 내뱉었다.

"지킨다……. 보호받는다……. 그 무렵에는 내가 보호받았어. 아무리 시간이 지나도…… 잊을 수 없지."

한동안 낡은 나무 벽을 바라보며——"휴우" 하고 한숨을 쉰 그녀는 작업을 개시했다.

◇ ◇ ◇

1층으로 내려간 플럼과 밀키트는 이 집에 살 준비를 하기 위해 짐을 풀었다.

전부터 에타나가 살고 있어서 그런지 청소되어 있어서 작업량은 그리 많지 않았다.

하지만 불법 침입을 한 터라 감사해야 할지는 미묘했다.

가져온 짐의 양도 적어서 준비는 금방 끝났고, 무료해진 두 사람은 테이블을 사이에 두고 마주 앉았다.

식탁의 의자는 네 개였다.

세라가 와도 충분한 숫자지만, 손님의 방문을 고려하면 몇 개 더 있었으면 싶었다.

"정말로 이 집이 주인님 것이 되는군요……."

밀키트는 방을 둘러보며 감개무량하게 말했다.

플럼은 즉각 고쳐 말했다.

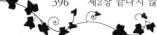

"나와 너의 것이지."

"그건 좀……."

"나는 그럴 생각이야. 원하는 가구가 있으면 바로 말해. 예산 문제도 있고 의논이 필요하지만 고려할게."

"……네."

반론해도 소용없다는 것을 깨달았는지 밀키트는 고개를 끄덕였다.

비슷한 대화를 몇 번인가 반복하니 단념할 수밖에 없다고 이해한 것이다.

플럼은 어떻게든 밀키트의 의사를 존중하기로 한 모양이다.

노예로서 주인에게 자신의 의견을 주장하기는 꺼려졌지만, 그것이 주인이 바라는 바라면── 자신이 조금씩 변하는 모습을 자각하면서도 받아들일 수밖에 없었다.

"예상외로 동거인이 늘었지만, 드디어 본격적으로 모험자로서의 생활이 시작되는구나……."

집세는 들지 않는다지만, 유지비는 어느 정도 들 것이다.

당분간은 리치에게 받은 보수로 극복할 수 있겠지만, 그렇게 짭짤한 의뢰가 매번 적절히 들어올 리는 없다.

플럼은 모험자로서 데인 일행과 충돌하며 돈을 벌어야 한다.

엄청난 압박이었지만, 그것도 돌아갈 곳이 있다는 안심감에 비하면 사소한 것이다.

남몰래 마음속으로 일전하는 플럼에게 밀키트가 말을 걸었다.

"저기, 주인님."

"왜?"

"엄청난 뒷북인지도 모르겠지만…… 혹시 제 얼굴을 고칠 수 있나요?"

그 목소리는 조금 불안했다.

"고칠 수 있지. 뭐, 네 경우에는 독이 사라질 때까지 일주일 정도가 걸리려나? 원래는 하루면 고칠 수 있는 거지만, 그 상태로 보낸 기간이 길었으니까."

"단 일주일 만에……."

밀키트는 자신의 얼굴을 덮은 붕대를 만졌다.

그 너머의 울퉁불퉁하고 추한 얼굴.

처음에 이 모습이 되었을 때는 크게 침울했지만, 지금은 '별수 없는 일'로 받아들였다.

그런데 막상 사라진다고 하니—— 솔직히 두려웠다.

치료를 거부하는 것은 아니다.

변하고 싶지 않다.

자신이 변하면 주위도 변한다.

새로운 무언가가 손에 들어올지도 모른다. 하지만 그 대가로 무언가를 잃을지도 모른다.

그것이 만약 플럼이라면.

원래의 얼굴을 되찾아 지금만큼 예뻐해주지 않는다면.

그것이 두려워서 참을 수 없었다.

"그러고 보니 지금까지 묻지 않았는데, 너는 왜 그런 독을 먹게 된 거야?"

플럼의 질문에 밀키트는 퍼뜩 제정신이 들어 당시의 일을 떠올리며 대답했다.

"독을 언제 먹었는지는 기억나지 않아요. 어느샌가 이렇게 되어 있었어요."

"그렇다면 식사에 섞여 있었겠구나. 정말 최악이야."

자신과는 관계없는 과거의 일도 플럼은 이렇듯 화내주었다.

다름 아닌 밀키트를 위해.

"그때의 주인은 남자였어? 여자였어?"

"여성이셨어요."

"아…… 음…… 역시 그랬군……."

"역시요?"

노예에게 독을 주는데 성별이 관계있을까?

밀키트는 고개를 갸웃거렸다.

"만약 남성 주인이었다면 여자애에게 독을 먹여 얼굴을 뭉개는 데 의미는 없을 거야. 뭐, 남이 그렇게 되는 걸 보고 기뻐하는 이해 못 할 변태도 있을지 모르지만, 그렇다고 해도——."

플럼은 밀키트의 얼굴을 똑바로 보고 미소 지었다.

"이유가 남자의 취향이었든 여자의 질투였든 망가뜨리고 싶어진 건 분명 네가 미인이었기 때문일 거야."

"그렇지 않아요."

그녀는 그렇게 잘라 말했다.

왜냐하면, 지금까지 한 번도 남에게 예쁘다는 말을 들은 적이 없었기 때문이다.

자신은 추하고 더러운 생물이다.

그렇게 인식해왔다.

"그런가? 눈이 엄청 예쁜데. 물론 마음도. 그렇다면 얼굴도 미인일 거야."

"그런 말씀 마세요. 주인님을 실망시키고 싶지 않아요."

"아니야. 그럴 일은 절대로 없어. 아, 혹시 아까부터 별로 기뻐 보이지 않은 건 내가 얼굴을 보고 환멸할 거라 생각해서야?"

"……네. 맞아요."

밀키트는 깔끔하게 인정했다.

그 반응을 보고 플럼은 천천히 일어나 밀키트의 등 뒤로 이동했다.

불안을 풀어주고 싶다고 생각한 것이 아니라── 현재 상황을 적절히 인식하길 바랐다.

그녀는 물러터졌다.

얕본다고도 할 수 있겠다.

"밀키트, 너는 말이지."

이름을 부르며 등 뒤에서 그녀를 안아주었다.

"내 마음이 그 정도라고 생각해?"

귓가에서 들리는 다정한 목소리에 밀키트의 가슴이 따스함에 감싸였다.

"그럴 리가 없잖아. 함께 보낸 시간은 길지는 않지만, 전해진 줄 알았어."

그것은 가슴에 그치지 않고 목과 뺨, 그리고 귀까지 체온을 상

승시켰다.

붕대가 감겨 있어서 표정은 알 수 없지만, 드러난 귀가 새빨개진 것을 보자 플럼은 그것을 손가락으로 꼬집었다.

"히익?!"

느닷없이 달콤한 자극에 밀키트는 깜찍한 목소리를 냈다.

"빨개졌어. 역시 전해졌구나."

"주인님이 그런 사람이라는 건 알고 있어요. 하지만 그렇기 때문에 잃어버릴까 봐 두려워요."

"최종적으로는 너 자신의 문제이니 내가 뭐라고 하든 소용없을지도 몰라. 하지만 일단 말할게."

팔에 힘을 꽉 주어 더욱 몸을 밀착했다.

보다 깊게 체온을 전하여 느끼며—— 플럼은 고했다.

"무슨 일이 있어도 나는 계속 네 곁에 있을 거야."

말이 마음속 깊은 곳에 있는 핵심부에 서서히 스며들었다.

이 주인은 단단하게 얼어붙어 타인을 계속 거부하는 그것을 조금씩 녹여 무용지물로 만들었다.

그것은 연약함이었다.

없으면 분명 편해질 수 있을 것이다.

하지만 '저항하고 싶지 않다'고 밀키트의 본심이 외쳤다.

본능은 가속되고, 감정은 심화되었으며, 욕망은 팽창되었다.

최근에는 이성을 거스르는 충동으로 몸이 멋대로 움직이는 일도 늘었다.

분명 **이것**도 그런 충동 중 하나일 것이다.

밀키트의 손은 무의식중에 조심스럽게나마── 자신의 몸을 안은 플럼의 손 위에 포개졌다.

◇ ◇ ◇

그로부터 2시간 뒤, 예정보다 빨리 해독제가 완성되었다.

밀키트는 그날부터 즉각 복용을 시작했다.

아주 쓰고, 냄새만 맡아도 얼굴이 찌푸려지는 약이었지만, 그녀는 불평 한마디 없이 입에 넣었다.

짓무른 얼굴이 낫기까지 1주일.

에타나는 매일 붕대를 풀고 밀키트의 경과를 관찰했다.

하지만 어찌 된 일인지 치료는 2층의 에타나 방에서 이루어졌고, 플럼이 함께 들어갈 수는 없었다.

1층에 있어도 희미하게 소리는 들렸고, 두 사람이 얼굴 상태 이외의 잡담을 나눈다는 것은 알았지만, 정작 중요한 부분은 들리지 않았다.

"슬슬 저도 좀 끼워주세요!"라며 플럼이 비통하게 항의해도 거부당했다.

하지만 1주일이라는 시간은 길었고──,

"왜 나만 못 보는 거야……."

──플럼의 섭섭함은 나날이 커져갔다.

두 사람이 방에서 비밀 대화를 나누는 동안, 그녀는 홀로 1층에서 무릎을 안고 앉아 있었다.

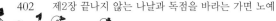

옆에는 의자가 있는데 왜 굳이 바닥에 앉았을까?

애초에 그런 상태인 그녀도 밀키트가,

"어중간한 모습이 아니라 제대로 치료가 끝난 얼굴을 주인님에게 보여드리고 싶어요."

라고 말하자 이내 "그럼 별수 없네!" 하고 만면에 미소를 지으며 부활했다.

참 쉽게 넘어갔다.

하지만 해독이 진행되는 동안에 플럼이 아무 일도 하지 않은 것은 아니다.

밀키트와 함께 가구나 일용품을 마련하여 집에는 제법 생활감이 넘쳤다.

또한, F랭크 의뢰를 소화하여 모험자 랭크를 올리는 데도 여념이 없었다.

여전히 접수처의 이라는 껄끄러웠고, 데인 일파도 플럼을 볼 때마다 째려봐서 불편했지만, **지금은** 아직 직접적인 방해를 받지 않았다.

에니치데에서 두 사람이 살해되었다는 사실이 아직 그들에게 전해지지 않았을 터였다.

하지만 **어찌 된 일인지** 돌아오지 않고, 게다가 플럼이 관여했으리라는── 의심은 품고 있을 터였다.

언제 그들이 덤벼들지 날마다 경계하면서도 플럼 역시 기회를 노리며 그들에 관한 정보를 모았다.

이대로 도망쳐서 적당히 타협할 생각은 없었다.

언젠가는 반드시 맞붙게 될 것이다.

그렇게 순식간에 1주일이 지났고──── 마침내 플럼의 손으로 밀키트의 붕대를 풀 때가 찾아왔다.

◇ ◇ ◇

플럼과 밀키트는 두 사람의 침실에 있는 침대 위에서 긴장한 얼굴로 마주했다.

에타나는 두 사람을 배려하여 1층에 대기하고 있었다.

이미 밀키트의 붕대 매듭은 풀려 있었고, 이제 그것을 벗기기만 하면 된다.

플럼은 붕대 끝에 손을 뻗어──── 떨리는 손가락으로 그 끝을 잡았다.

"가, 간다?"

"네……."

밀키트는 꽉 쥔 손을 허벅지 위에 두고 완전히 몸을 맡겼다.

하지만 몸에는 힘이 잔뜩 들어갔다. 그녀도 긴장하고 있었다.

플럼은 크게 심호흡을 하고──── 얼굴에 감긴 그 하얀 천을 풀었다.

그 밑에서 나타난 것은, 아직 조금 붉었지만 비쳐 보일 듯 하얗고 고운 피부였다.

다음으로 긴장 때문인지 희미하게 떨리는 부드러운 핑크색 입술이 드러났다.

쿵쾅거리는 심장 때문에 그녀를 바라본 채 플럼의 손이 잠시 멈추었다.

"주인, 님?"

불안한 밀키트의 목소리를 들은 플럼은 '내가 지금 무슨 생각을 하는 거야?'라며 잡념을 떨치고 황급히 움직임을 재개했다.

이어서 나타난 코는 작았고, 불그스름한 코끝이 귀여웠다.

폭이 좁지만 부드러울 듯한 뺨에는── 플럼과 마찬가지로 붉은 노예의 인이 새겨져 있었다.

그녀는 저도 모르게 손끝으로 그곳을 만졌다.

"윽……."

오랫동안 느끼지 못했던 누군가의 체온과 살갗의 감촉.

밀키트는 몸을 움찔 떨었다.

"아, 미안해."

"아니요……. 주인님과 똑같네요."

그 말에 플럼은 또다시 심장이 뚫린 듯한 느낌을 받았다.

분위기에 휩쓸려 자꾸만 조물조물 만질 것 같아서 배에 힘을 주고 다시금 기합을 넣은 뒤 손을 움직였다.

눈이 예쁘다는 것은 두말할 나위 없으리라.

보석처럼 맑은── 조금 어두운 에메랄드그린 빛깔의 눈동자에 플럼의 모습이 비쳤다.

눈동자는 기대와 불안으로 흔들렸다.

그리고 마침내 이마까지 모든 붕대가 제거되자 하얀 붕대가 스윽…… 하고 바닥에 떨어졌다.

"후아……."

플럼은 저도 모르게 감탄의 한숨을 쉬었다.

이런 얼굴을 두고 그녀는 왜 자신을 추하다고 생각했을까?

보기만 해도 이렇게 가슴이 죄어들 것 같은데.

"……어떤, 가요? 주인님."

밀키트는 고개를 살짝 숙이고 플럼 쪽을 살펴보았다.

여러 가지—— 아무튼 다양한 상찬의 말이 플럼의 머리에 떠올랐지만, 죄다 적당하지 않았다.

이럴 때 자신의 비루한 어휘력이 원망스러워진다.

아니, 어쩌면 이 세상에 그녀에게 쓰기 적당한 말은 없을지도 모르겠다.

솔직히 말하자면, 플럼의 눈에 호감에서 비롯된 보정이 되어 그렇게 생각되는지도 모르지만.

그것을 고려하더라도 보정의 수준을 넘어섰다.

'전 주인이 질투할 만하네'라고 마음속으로 납득했다.

"저기, 주인님?"

아무 말도 없는 플럼 때문에 밀키트의 불안은 증폭될 따름이었다.

아아, 말을 찾을 때가 아니었다.

아직 정답은 찾지 못했지만, 그녀의 불안을 없애주는 게 주인으로서의 책무다.

왼손을 밀키트의 뺨에 대자 살며시 열린 입술에서 "아……" 하고 작은 목소리가 나왔다.

오른손도 마찬가지로 뺨에 대고, 엄지로 플럼에게도 있는 노예의 인을 문질렀다.

그리고 눈을 똑바로 바라보며 고했다.

"예쁘다. 밀키트."

말한 플럼도, 그리고 들은 밀키트도 예상보다 훨씬 부끄러웠다.

밀키트의 얼굴은 점점 빨개졌다.

입을 뻐끔거리며 "아, 아으, 아⋯⋯" 하고 의미 없는 말을 자아냈다.

하지만 싫지 않다.

오히려 기쁘다.

그것을 감지한 플럼은 또다시 말했다.

"정말 예뻐."

태양 같은 미소로 똑바로 솔직하게.

밀키트는 부끄러워서 더이상 참을 수가 없었다.

그녀치고는 믿을 수 없을 정도로 빠른 동작으로 플럼의 손에서 벗어나 침대 위에 떨어져 있던 붕대를 집었다.

그리고 주인에게 등을 지고 서둘러 얼굴을 덮었다.

"어, 어라? 밀키트. 왜 또 붕대를 감아?"

"무리예요. 무리라고요!"

"뭐가?"

"역시 맨얼굴은 무리예요. 보여드릴 수가 없어요!"

그렇게 말하고 붕대로 얼굴을 난잡하게 뱅뱅 감았다.

급하게 감아서 입의 절반은 붕대로 덮였고, 오른쪽 눈도 보이

지 않았다.

하지만 플럼에게 얼굴을 보여주는 것보다는 낫다고 생각했다.

이런 적은 처음이었다.

가슴이 두근거리고 아프고 괴로워서 제대로 플럼과 마주할 수 없었다.

하지만 전혀 싫지 않은 플럼은 밀키트의 어깨에 손을 얹고 얼굴을 엿보았다.

"아까워라. 그렇게 예쁜데."

"놀리시는 거 아닌가요?"

"놀리다니. 적어도 내게는 세상에서 제일 예뻐."

"……아, 으…… 그런 말은 처음 들어요."

"이 세상에는 보는 눈이 없는 녀석들뿐이네. 덕분에 내가 너와 만난 거지만. 자, 다시 얼굴을 제대로 보여줘."

또 플럼의 손이 붕대로 뻗어와 맨얼굴을 드러냈다.

플럼이 본다고 자각하자 밀키트의 얼굴은 또다시 온도가 올라갔다.

식히고자 양쪽 뺨에 손을 대도 금세 손이 뜨거워져서 좀처럼 체온은 내려가지 않았다.

"저기…… 역시 맨얼굴을 보여드리기는 힘들 것 같아요……."

밀키트는 또 붕대를 주워 얼굴에 감시 시작했다.

플럼은 쓴웃음을 지으며 말했다.

"나는 보고 싶어. 그보다, 그렇게 예쁜데 보여주지 않다니 아깝지 않아?"

"아깝지 않아요. 그러니까, 그⋯⋯."

플럼은 꼭 얼굴을 보고 싶다고 말했다.

밀키트는 주인이 볼 때조차 이 모양이니 얼굴을 드러내고 밖을 걸어 다니기는 불가능하다고 판단했다.

타협안은── 하나밖에 없었다.

"단둘이 있을 때만 붕대를 푸는 건 어떨까요?"

밀키트는 붕대 위에서 뺨에 손을 대고 그것을 가볍게 쥐며 말했다.

눈을 치뜬 채 붕대 사이로 보인 붉은 뺨이 플럼의 체온까지 높였다.

"그건 그것대로 어째 부끄러운 것 같은데⋯⋯."

"그런가요?"

"뭐⋯⋯ 나로서는 그래도 좋다고 할까⋯⋯ 그 편이 나을지도 모르겠네."

맨얼굴의 밀키트가 밖을 걸으면 원하지 않더라도 눈에 띌 것이다.

누군가에게 잡혀갈 바에야 지금처럼 평소에는 붕대를 감는 편이 플럼에게는 편했다.

"하지만 확실히 말하고 보니⋯⋯ 제 얼굴은 주인님만의 것이라고 말하는 것 같아서 조금 부끄럽네요."

밀키트는 그렇게 말하며 쑥스러워했다.

플럼의 시야가 일그러졌다.

저도 모르게 현기증이 날 정도의 파괴력이 있었다.

"하지만 저는 주인님의 노예이니 그래도 좋아요."

밀키트는 자신을 납득시키듯 말했다.

마침내 플럼은 참지 못하고── 그녀의 몸을 안았다.

충동적으로 이성이 본능을 억누르지 못해서.

밀키트는 깜짝 놀라 눈을 반복적으로 깜빡였지만, 자신의 몸을 감싼 체온에 편안함을 느끼고 이내 등에 팔을 감았다.

저도 모르게 끌어안고 말았지만, 플럼은 딱히 이제부터 뭘 할지 전혀 생각하지 않았다.

우선──,

"……새삼스럽지만, 앞으로도 잘 부탁해."

"네, 오래도록 잘 부탁드립니다."

그런 인사를 나누고 그 뒤 한동안 두 사람은 끌어안은 채 시간을 보냈다.

참고로── 둘이서 1층으로 돌아가자 에타나가,

"붕대만 푸는 건데 오래도 걸린다."

라며 진저리친 것은 두말할 나위도 없었다.

번외편 세 사람의 일과

반복적으로 재생되는 그 광경.

밀키트의 붕대가 감긴 얼굴을 볼 때마다 나는 그녀의 가련한 맨얼굴을 떠올렸다.

"참 예뻤어……."

나는 거실 테이블에 턱을 괴고 중얼거렸다.

혼잣말이었지만, 정면에 앉아 있는 에타나 씨가 그것을 놓칠 리 없었다.

"빠……."

쳐다보고 있었다.

하지만 말은 걸지 않았다.

나는 시선을 느끼고 힐긋 그녀 쪽을 보았다.

그러자 에타나 씨는 눈을 휙 돌렸고 나도 이내 내 세계로 되돌아왔다.

그날, 나는 아침부터 계속 침착하지 못했다.

밀키트는 나와 단둘이 있을 때만 맨얼굴을 드러내겠다고 했다.

즉, 오늘 밤에도 나는 그녀의 붕대를 제거할 수 있는 것이다.

기대……하는 건가?

심장 언저리가 뜨겁고 고동도 평소보다 빨라진 것 같았다.

응, 아무래도 나는 그것을 '기다린다'고 해도 좋을 정도로 기대하는 모양이었다.

하지만 순수하게 기대만 하는 것은 아닌 듯했다.

붕대를 푸는 것뿐이지 딱히 이상한 짓을 하는 것도 아닌데 밀키트의 피부 감촉을 떠올릴 때마다 오싹오싹하고 간질간질한 기분이 들었다.

"고작 붕대를 푸는 것뿐인데."

또다시 혼잣말을 했다.

"빠아안……."

그리고 또 시선을 받았다.

하지만 역시 말은 걸지 않았다.

이렇게까지 응시하자 신경이 쓰였지만, 불길한 예감이 들어서 애써 패스했다.

하지만 붕대를 푼 뒤로 이상해진 것은 나뿐만이 아니었다.

밀키트도 아마 마찬가지로 안절부절못할…… 것이다.

아니, '마찬가지로'라고 단언할 수 있을 정도의 자신은 없지만, 그녀의 수상한 행동을 오늘만 몇 번인가 목격했다.

그것은 어쩐지 오늘의 나와 아주 비슷한 것 같았다.

즉, 밀키트도 의식한다는 뜻이겠지?

그 이외의 이유는 생각할 수 없었다.

아니── 어쩌면 어제의 그 일로 싫어졌다거나?

아니다. 절대 그럴 리가 없다.

단언할 수 있다.

단언할 수 있는 이유는 없지만, 여기서는 꼭 단언해두고 싶었다.

"오히려 마음의 거리는 많이 가까워진 느낌인데……."

또다시 혼잣말.

첨벙, 하고 욕실 쪽에서 물이 흐르는 소리가 났다.

나는 무심결에 움찔 반응했다.

"빤……."

에타나 씨가 히죽거렸다.

'따, 딱히 이상한 생각을 하는 게 아니에요!'라고 변명하고 싶은 마음을 힘껏 억눌렀다.

왜 욕실에서 소리가 났느냐 하면, 현재 밀키트가 한창 입욕 중이기 때문이다.

에타나 씨의 물 마법 덕분에 욕조 물을 받을 수 있어서 우리는 호화스럽게도 매일 욕조에 몸을 담갔다.

그나저나 서구에서 욕실이 있는 단독주택은 제법 유복한 곳이 겠지?

방의 개수도 많고, 넓고, 조금 낡았기는 해도 상당한 부자가 살았던 곳이리라.

"이름도 리치니까……. 후훗."

나는 시답지 않은 생각을 하며 뿜었다.

아뿔싸. 이렇게 바보 같은 짓을 하다가는 또 에타나 씨가 히죽거릴 것이다──.

"이번에는 안 보는 거냐!"

"……응? 뭘?"

"지금까지 실컷 저를 놀리는 표정이었잖아요?!"

"나는 선량한 일류 마법사야. 그런 짓은 안 해. 네 자격지심이지."

"'빤'이라고 소리도 냈으면서?!"

변명이 억지였다.

그리고 선량한 마법사는 자신을 일류라고 자칭하지 않을 겁니다. 에타나 씨.

"별수 없네. 꼭 원한다면 어울려줄게."

어쩔 수 없다는 듯 말했어?!

"왜 이렇게 거만하게……. 아니요. 딱히 원하는 건 아니에요."

"그럼 욕실에서 들린 물소리에 무슨 상상을 했어? 밀키트의 알몸?"

"왜 그렇게 됩니까!"

"네가 첫 데이트 하기 전날의 사춘기 남자 같은 표정을 지으니까."

예시가 너무 심했다.

에타나 씨에게 나는 대체 어떻게 비치는 것일까?

그보다 최소한 여자라고 말해주지 않으실래요?

"저는 열여섯 살의 지극히 평범한 **여자**라고요!"

"평범한 여자애는 붕대를 푸는 상상을 하며 몸부림치지 않아."

"크윽!"

나는 가슴을 누르며 괴로워했다.

정확한 크리티컬 히트였다.

그녀의 말은 아주 정확하게 내 고민의 핵심을 찔렀다.

역시 눈치채고 있었구나!

하지만 잠깐 기다려. 여기서 물러서면 내가 몸부림쳤다는 게 사실이 된다.

확실히 밀키트의 붕대에 대해 이런저런 고민을 했지만, **몸부림**

415

은 치지 않았다.

당황이라거나 **곤란**처럼 소녀에게 더 어울리는 말이 있지 않나요?

"기다리세요. 에타나 씨. 몸부림이라는 말에는 어폐가 있어요!"

"그럼…… 불끈불끈?"

나는 풀썩 무너져내렸다.

악화되었다.

왜 그렇게 되지?!

"그건 더 심해요! 저는 다만, 이렇게, 뭐랄까……? 더 아름다운 마음으로 고민했다고요."

"나는 잘 모르겠어."

"뭐가요?"

"밀키트의 얼굴은 무사히 고쳤어. 그리고 붕대를 풀고 맨얼굴을 봤어."

"맞아요."

"그럼 왜 밀키트는 또 붕대를 감았는지, 왜 플럼 앞에서만 맨얼굴을 보여주는지 나는 설명을 듣지 못했어."

듣고 보니 맞는 말이었다.

……설마 에타나 씨가 나를 놀린 건 그걸 가르쳐주지 않아서인가? 언짢은 기분을 어필한 거야?

그렇다면 그것은 변명할 여지 없는 일이다.

밀키트의 얼굴을 치료해준 사람은 다름 아닌 에타나 씨인데.

그 장본인을 제쳐놓은 것은 실례겠지.

"죄송해요. 에타나 씨."

나는 순순히 머리 숙여 사과하고 이유를 설명했다.

"그건 밀키트가 제가 아닌 사람에게 얼굴을 보여주는 걸 부끄러워해서예요."

"흠, 그렇구나. 지금까지는 계속 붕대로 얼굴을 가리고 살았으니 갑자기 보여주는 건 아직 마음의 준비가 부족하겠지."

"그런 거예요."

실제로는 내가 '예쁘다'고 말했기 때문이라 미묘하게 다른 기분이 들지만—— 아마 크게 틀리지는 않았을 것이다.

오차 범위 이내이니 세이프라고 치자.

에타나 씨는 그 말에 납득했을까?

턱에 손을 대고 복잡한 표정으로 생각에 잠긴 모양인데.

"그래서 주인인 네게만 맨얼굴을 보여준다?"

"그래요."

"단둘이 방에서 붕대를 푼다?"

"뭐, 그렇죠."

"단둘이 밀실에서 붕대를 풀고 맨살을 드러낸다?"

"틀린 얘기는 아니지만, 왜 반복하는 거죠?"

"단둘이 밀실에서 몸을 덮은 천을 벗기고 몸을 드러낸다……?"

"그건 어째 다르지 않나요?!"

방금 한 말 취소.

기분과 상관없이 에타나 씨는 이런 사람이다.

나를 놀리고 싶을 뿐인 사람이다.

"플럼, 야하다."

"누가요?! 도저히 그 노선에서 벗어나질 않네요……. 아니, 확실히 예쁘다고는 생각했어요. 얼굴도 뜨거워졌고, 분위기도 이상한 느낌이라 **그저 붕대를 풀었을 뿐**이라기에는 심하게 분위기가 난다고는 생각했지만…… 했지만!"

타인에게는 보여주지 않는 밀키트의 맨얼굴을 보는 행위는 옷을 벗기고 몸을 보는 것과 비슷한 부분도 있을지 모르겠다.

하지만 결단코 음란한 생각은 하지 않았다.

아직 익숙지 않을 뿐이라 앞으로 몇 번만 반복하면 분명 평범하게 할 수 있을…… 것이다.

하지만 그런 나의 본심을 듣고 에타나 씨는 어찌 된 일인지 곤란한 표정을 지었다.

"……인정하니깐 그건 그것대로 곤란하네."

"그럼 처음부터 놀리지 마세요오오오!"

나는 의자에서 일어나 소리쳤다.

요~ 오~ 오~…… 하고 외치는 목소리가 밤의 왕도에 울려 퍼졌다.

밀키트가 욕실에서 나오자 우리는 침실로 향했다.

방으로 들어가자 그녀는 한발 먼저 침대에 앉아 기다리듯 내 쪽을 보았다.

심장이 쿵쾅거렸다.

으으으, 에타나 씨와 이상한 이야기를 해서인지 묘하게 의식하게 된다.

그냥 붕대를 풀 뿐이라고.

어제도 했는데……. 아니, 어제도 마지막에는 나도 좀 부끄러웠지만, 이렇게 묘한 생각은 하지 않았단 말이야.

이게 다 에타나 씨 때문이다.

"주인님?"

고개를 갸웃거리는 잠옷 차림의 밀키트는 반칙일 정도로 귀엽다.

아니, 지금 그녀의 모습을 보고 가슴 뛰지 않을 생물이 이 세상에 있을까?

에타나 씨도 조금 젖은 머리카락이 쇄골에 달라붙은 광경을 본다면 반드시 심장이 벌렁거릴 것이다.

아니야? 나만 그래? 말도 안 돼. 인정 못 해.

하지만 확실히 어제는 처음에 태연한 얼굴로 밀키트에게 "예쁘다"고 말했던 것 같은데.

하지만 도중부터 묘하게 부끄러워지기 시작했다.

결국, 내가 불필요하게 의식하는 이유는 '그녀의 맨얼굴을 봐도 되는 건 나뿐'이라는 상황 때문일까?

독점욕 발생── 같은 거야?

"저기…… 왜 그러세요?"

"응? 아니, 아무것도 아니야. 아하하……."

"……?"

더 고민해봤자 소용없다.

나는 우선 밀키트의 옆에 앉아 그녀 쪽을 보았다.

눈과 눈이 마주쳤다.

탁한 구석이라고는 전혀 없이 깊고 맑은 눈동자가 내 마음속을 들여다보듯 똑바로 향해 있었다.

"그나저나 반칙이야."

"뭔가 마음에 들지 않는 게 있으신가요?"

"아니, 그런 게 아니라 네 눈이 반칙일 정도로 예뻐서."

이런 걸 눈 페티시즘이라고 하나?

페티시즘…… 그것과는 어쩐지 다른 것 같았다.

하지만 그렇게 생각할 정도로 나는 그녀의 눈동자에 끌렸다.

"주인님 눈도 예뻐요."

"빈말은 됐어. 나는 눈도 마음도 탁하니까."

"그렇지 않아요. 주인님은 저보다 훨씬 더 예쁘세요."

"아니야. 네가 훨씬 더 예뻐."

"아니요. 주인님이 더 예쁘세요."

"네가 더 예쁘대도!"

내가 양손을 잡고 강변하자 밀키트는 갑자기 "후훗" 하고 뿜었다.

아뿔싸. 너무 필사적이었나?

하지만 사실이니 별수 없다.

내 얼굴은 거울로 봐서 지겨울 정도로 잘 안다.

게다가 내가 밀키트를 지키려고 생각한 것은 나 자신을 북돋우기 위한—— 요컨대 타산이었다.

"이건 주인의 체면을 봐서 인정해. 응?"

"주인님의 체면을 생각한다면 보통은 그 반대가 아닌가요……? 하지만 알겠어요. 그렇게까지 말씀하신다면."

으~음, 어째 이건 내가 응석을 부리는 것 같네.

뭐, 사실이고, 솔직히 이렇게까지 필사적으로 인정받을 필요는 없었지만.

하지만 어쩐지 인정하고 싶지 않았다.

부정적인 사고는 나쁜 버릇이다. 하지만, 덕분에 이상한 분위기는 사라졌다.

이거라면 침착하게 붕대를 풀 수 있을 것 같았다.

"그럼 풀게."

"네. 마음의 준비는 됐어요. 언제든 푸세요."

마음의 준비라니……. 봐, 역시 밀키트도 여러 가지 생각을 했네.

똑같다고 생각하자 마음은 더 가벼워졌다.

나는 손끝을 목 뒤로 돌려 매듭을 만졌다.

얼굴을 들이대자 밀키트의 숨결이 내 귀를 간질였다.

체온이 올라서인지 호흡도 따뜻했다.

"음……."

팔이 목덜미에 닿았다.

그녀의 목에서 작은 목소리가 새어 나왔다.

나는 낯간지러운 분위기를 막고자 서둘러 매듭을 풀었다.

그리고 얼굴을 덮은 붕대를 제거했다.

그 밑에서 무엇이 나올지 나는 이미 알고 있다.

하지만 조금씩 드러난 흰 눈처럼 아름답고 고운 피부를 보자 한숨을 쉬지 않을 수 없었다.

그곳에 베리 시럽을 뿌린 듯 연홍빛이 퍼져 있었다.

감정을 나타내는 색채.

공감을 의미하는 붉은빛.

밀키트와 나는 틀림없이 그 이름도 모를 똑같은 기분을 품고 있었다.

세밀한 부분은 다르지만, 향하는 방향은 같았다.

맞닿고, 주고받고, 깊어지면 분명 같은 도착점에 다다를 것이다.

그런 기분이 들었다.

아마 그것은 지금은 상상도 할 수 없을 정도로 먼 여로의 끝이 될 테지만—— 하고 생각하며 나 자신도 잘 알 수 없게 되었다.

아무튼 나와 밀키트의 방향성은 지금 이대로면 된다.

에타나 씨가 말한 것처럼 이상한 관계가 아니니까!

아무도 듣지 않는데 머릿속에서 그렇게 주장하는 나는 그녀의 붕대를 다 풀자 뺨에 양손을 대고 그 눈동자를 바라보았다.

"역시 예쁘다."

"오늘은 너무 말하지 마세요. 기쁘지만, 주인님의 얼굴을 똑바로 볼 수 없게 되거든요."

"후후, 알았어. 그럼 조금만 말할게."

"어쨌든 말은 하실 거군요……."

"그야 말해야지. 왜냐하면 밀키트는 정말로 예쁘니까."

펑 하고 밀키트의 뺨이 단숨에 빨개졌다.

손바닥이 상승하는 체온을 느꼈다.

그대로 나는 매끄러운 피부를 만진 채 그 감촉을 즐겼다.

"제 뺨이…… 그렇게 기분 좋으세요?"

"응. 만지고 있으면 행복해져."

빈말이 아니라 정말로 행복해진다.

"저기, 무례한 부탁인데요."

"응? 뭐 하고 싶은 게 있으면 사양 말고 말해."

"네…… 그게, 저도 주인님의 뺨을 만져도 될까요?"

밀키트는 조심스레 말했다.

뭐야? 그런 거면 그냥 만져도 되는데.

"내 뺨은 네게 공짜니까 마음대로 해도 돼."

"그, 그럼…… 실례할게요."

밀키트의 손바닥이 내 뺨을 착 감쌌다.

조금 차가운 온도가 뜨거운 살갗에서 일순 체온을 빼앗아갔다.

하지만 이내 열기를 띠며 같은 온도를 공유했다.

그녀는 내 눈 밑에 있는 노예의 인을 만지며 눈을 가늘게 뜨고 엄지로 그것을 문질렀다.

"이게 저와 주인님을 잇는 거예요……."

어제 밀키트는 나의 인을 보고 "주인님과 똑같네요"라고 말했다.

나는 부끄러움을 감추기 위한 말인 줄 알았는데 사실은 더 깊은 의미가 담겨 있었던 걸까?

밀키트는 자신을 노예라고 단정 짓고 바꾸려 하지 않았다.

아무리 말해도 그녀에게 내가 **주인**이라는 높은 입장인 사실은 변하지 않았다.

그런 두 사람의 사이에 있는 유일하게 대등한 연결고리.

그것이 이 노예의 인이라고 한다면——.

"내 뺨을 만지는 게 그렇게 재미있어?"

나는 살며시 입가를 푼 밀키트에게 물었다.

그녀는 고개를 끄덕이더니 대답했다.

"제 안에 지금까지 텅 비었던 부분이 메워진 것 같아요."

그것은 내게도 무척 공감이 가는 표현이었다.

그렇다. 이것은 서로 텅 비었던 **무언가**를 메우는 행위였다.

결단코 음란한 짓이 아니다.

아니, 딱히 그것을 부정하려고 억지로 갖다 붙인 게 아니라 정말로 그렇게 생각했다.

가족과도 달랐고, 친구와도 달랐다. 물론 노예에 대한 것도 아니다.

"……감사합니다."

밀키트는 갑자기 그렇게 말하더니 내 뺨에서 손을 뗐다.

손을 떼자 차가운 공기의 흐름이 살갗을 쓰다듬었다.

다만 손이 떨어졌을 뿐인데 조금 섭섭했다.

"내일 또 만져도 될까요?"

"물론이지!"

미안한 듯 묻는 그녀에게 나는 적극적으로 대답했다.

"원한다면 오늘도 괜찮아."

"그건 무리예요."

빨개진 그녀는 부끄러운 듯 고개를 숙이고 작은 목소리로 말

했다.

"갑자기 오래 만지면 가슴이 터지며 어떻게 될 것 같아서……
조금씩 부탁드릴게요."

아아──이 아이는 정말로 왜──내 약점을 이토록 능숙하게
찌르는 것일까?

"주인님의 마음은 기쁘…… 히익?!"

나는 덮치듯 그녀를 침대 위에 밀쳤다.

그리고 그녀의 머리를 가슴에 끌어안고 누웠다.

"주인님…… 안을 거면 미리 말씀을 해주세요."

"미안해. 나도 모르게 그만."

어제와 마찬가지로 감정만으로 움직인 것을 조금 후회하면서
도 '이럴 수밖에 없었어'라며 나 자신에게 반복적으로 변명했다.

그렇다. 이럴 수밖에 없을 정도로 밀키트가 너무 귀여웠다.

이 아이는 뭘까? 혹시 내 마음을 터트리기 위해 보낸 자객인가?

"심장이 너무 벌렁거려요."

아니, 살이 별로 없어서 잘 들리는 거겠지.

"깜짝 놀랐지만…… 이렇게 주인님의 온기를 느끼니 어쩐지 안
심이 돼요."

밀키트는 그렇게 말하며 내 등에 손을 감았다.

나도 안심이 되었다.

배신당해도, 버려져도, 노예가 되어도── 내게는 밀키트가 있다.

혼자가 아니라고 실감할 수 있으니까.

「나를 잊었군.」

뇌 속에서 에타나 씨가 무슨 말인가를 했지만, 지금은 무시하자.

이틀 연속으로 나와 밀키트는 끌어안은 채 보냈다.

그리고 그녀가 귀엽게 하품을 하자 "그만 잘까?" 하고 몸을 떼었고, 그녀는 자신의 침대로 이동했다.

홀로 이불 속에 들어가도 몸과 이불에는 그녀의 온기와 향기가 남아 있었다.

감싸여 있기만 해도 편안한 잠과 행복한 꿈을 주다니 마법보다 훨씬 마법 같다.

우리의 이런 행동은 앞으로도 매일 밤 이어질 것이다.

에타나 씨가 진저리를 치겠지만, 우리는 서로의 마음을 채워주며 존재를 확인하는 스킨십을 멈출 생각이 없다.

설령 무슨 변화가 생긴대도 그것은 아주 먼 나중── 나와 밀키트의 관계에 확실한 이름이 붙은 뒤의 일일 것이다.

플럼 애프리코트
Flum Apricot

세라 앙빌렌
Sara Anvilen

네이거스
Neigass

에타나 린바우
Eterna Rinebow

Cyrill Sweechka
키릴 스위치카

밀키트
Milkit

작가 후기

「너 따위가 마왕을 이길 수 있다고 생각하지 마」이하 생략을 구매해주셔서 대단히 감사합니다.

저는 저자인 kiki라고 합니다.

표지와 삽화에서 불온한 분위기를 감지하신 분도, 왕도에서 자유롭게 사는 평화로운 이야기를 기대하신 분도, WEB판을 보시고 내용을 아시는 분도 재미있게 즐기셨나요?

소위 말하는 추방물 체재를 취하며 판타지+백합+호러+배틀이라는 취향을 한껏 펼친 작품입니다.

매우 취향을 타는 내용이라고 생각하지만, 서적화에 이른 것은 WEB판 때부터 응원해주신 독자 여러분, 그리고 제안해주신 담당 편집자님의 덕분입니다.

설마 저도 서적화 되리라고 생각하고 쓰질 않아서 이렇게 작가 후기를 쓰는 일 자체가 아직 믿기지 않을 정도입니다.

인생은 무슨 일이 일어날지 알 수 없네요.

이 작품은 40자가 넘는 아주 긴 제목인데요, 사실 제목의 약 70퍼센트가 1권에서 회수됩니다.

따지고 보면 1권은커녕 1장, 아니 1화에 『"너 따위가 마왕을 이길 수 있다고 생각하지 마"라며 용사 파티에서 추방되었으니』까지 회수된다고 말해도 과언은 아닐 것입니다.

남은 단어는 『왕도에서 멋대로 살고 싶다』지요.

그렇습니다. 이것이 바로 이 작품의 목적── 즉, 플럼이 밀키트와 함께 왕도에서 자유로운 생활을 쟁취하기 위해 분투…… 아니, 격투……라기보다 분쇄……?합니다.

슬로 라이프는 죽었습니다.

적은 판타지에 흔히 나오는 슬라임이나 고블린, 하피, 드래곤…… 등이 아니라 2장에서 나온 그런 겁니다.

몬스터라기보다 크리처라는 편이 알맞겠지요.

어마어마한 것을 디자인하여 일러스트 킨타 선생님이나 이미지를 공유해주신 담당 편집자님께는 정말로 면목이 없습니다.

그리고 죄송합니다. 2권부터는 그거나 그게 나와서 더욱 힘들어질 듯합니다.

……여기까지 쓰고 알아챘는데요. 작가 후기를 쓰는 것은 소설을 쓰는 것보다 어려운 것 같네요.

소설 때에 비해 몇 배가 걸리는 것 같아요.

다른 작가님은 어떠실지 생각하며 앞에 있는 책을 넘겨보니 고민하시는 분도 제법 계신 모양이네요.

여기서는 작가 후기의 최종 수단인 '작중의 캐릭터끼리 대화를 시키고 거기에 저자 자신이 난입한다'는 고전적인 수법을 취하는 것도 하나의 선택지일지 모르겠습니다.

플럼 "야호~ 플럼이야~!"
밀키트 "아, 안녕하세요? 밀키트입니다."
저자 "그리고 제가 저자인 ki

지옥도가 될 테니 역시 그만두겠습니다.
하지만 대사 덕분에 적당히 글자 수를 벌었으니 이쯤에서 멍청한 이야기는 끝내겠습니다.

마지막으로 이 책에 관련된 여러분께 감사를 드립니다.
여러모로 어려운 요구를 했음에도 불구하고 저의 상상을 100배쯤 넘는 훌륭한 일러스트를 완성해주신 킨타 선생님. 새로운 일러스트가 올 때마다 설레었습니다. 정말 감사드립니다.
죄다 첫 경험이라 부족한 저를 도와주시고, 다양한 조언을 해주신 담당 편집자 I님. 정성스럽고 신속한 대응을 해주셔서 큰 힘이 되었습니다. 감사합니다!
그 밖에 출판에 관련된 여러분, 훌륭한 책으로 완성해주셔서 감사합니다.

그리고 이 책을 구매해주신 독자 여러분께도 다시 한번 최고의 감사를 드립니다.
정말, 정말 감사합니다.
플럼 일행의 다음 이야기에서 또 뵙게 되기를 바라겠습니다.

Omaegotokiga Maou Ni Katerutoomouna To Yusyaparty Wo Tuihousaretanode Outo De
Kimama Ni Kurashitai Vol.1
©2018 by kiki / kinta
All rights reserved.
First published in Japan in 2018 by MICRO MAGAZINE, INC.
Korean translation rights reserved by Somy Media, Inc.

"너 따위가 마왕을 이길 수 있다고 생각하지 마"라며 용사 파티에서 추방되었으니 왕도에서 멋대로 살고 싶다 1

2020년 5월 15일 1판 1쇄 발행
2021년 4월 15일 1판 2쇄 발행

저　　　자	kiki	
일 러 스 트	킨타	
옮 긴 이	조민경	
발 행 인	유재욱	
본 부 장	조병권	
편 집 1 팀	이준환 정현희	
편 집 2 팀	정영길 김민지 조찬희	
편 집 3 팀	오준영 곽혜민 김혜주	
편 집 4 팀	성명신	
디 자 인	김보라 서정원	
라 이 츠	김슬비 한주원	
디 지 털	박상섭 최서윤 이성호	
발 행 처	㈜소미미디어	
등　　　록	코리아피앤피	
주　　　소	제2015-000008호.	
판　　　매	서울시 마포구 토정로 222, 403호(신수동, 한국출판콘텐츠센터)	
제 작 처	㈜소미미디어	
마 케 팅	한민지 이주희	
물　　　류	허석용	
전　　　화	편집부 (070)4164-3962, 3963 기획실 (02)567-3388	
	판매 및 마케팅 (070)4165-6888, Fax (02)322-7665	

ISBN 979-11-6507-666-5
ISBN 979-11-6507-665-8 (세트)